KB268993

디지털 문화와 문학교육

디지털 문화와 문학교육

디지털 문화와 문학교육

장 창 영

장 창 영

머리말

　첫 원고를 매만지기 시작한 후 10년의 세월이 훌쩍 지났다. 처음 대학에서 강의를 시작하던 무렵, 강의실에서 만났던 학생들에게 과제로 이메일을 만들라고 했던 일이 기억난다. 아마도 몇몇은 투덜거렸겠지만, 그 작은 시도들이 그들을 인터넷과 디지털 세계로 이끌었을 것임을 지금은 의심하지 않는다.

　만약 지금 그와 같은 과제를 낸다면 어떤 반응들을 보일까? 말이 끝나기 무섭게 학생들은 친구에게 황당하다는 문자를 보내거나 트위터에 접속하여 시큰둥한 반응을 토로할지도 모른다. 이처럼 우리는 휴대전화, 인터넷 등 각종 문명의 이기를 빼놓고는 이야기 할 수 없는 시대에 살고 있다. 언젠가 인터넷이 순식간에 사라진다면 누군가는 자신의 삶 전부가 송두리째 망가지는 허탈한 느낌이 들지도 모른다. 하지만 나는 그날이 오기 전까지는 디지털이라는 생물이 우리 가운데에서 어떻게 진화하고 변화하는가에 대해 지속적인 관심을 가지며 버틸 작정이다.

　돌이켜 보면, 처음 디지털에 관심을 가지게 된 것은 우연한 기회였다. 대학에서 문학이론과 관련한 교재를 집필하면서 사이버문학에 관심을 기울이게 되었고, 이후 산발적으로 쏟아져 나온 생각들이 디지털 현상과 맞물리면서 글로 빚어졌다. 이후로도 한동안 디지털 관련 논문을 쓰거나 학회 발표를 준비하는 내내 길을 걸으면서, 때로는 서울을 오가는 버스 안에서 정신없이 메모를 하고 생각을 가다듬곤 했었다. 차 안에서 떠오르는 생각을 놓치지 않기 위해 두 시간 넘게 정신없이 펜을 휘두르던 때도 있었으니 여기 수록한 글들은 내 젊은 날의 열정이자 고뇌의 산물이라 할 수 있을 것이다.

이 책에 수록된 글을 쓰는 동안 내 생활과 감각들은 온통 인터넷과 디지털로 향해 있었다. 때로 그 끝은 날카로운 칼날처럼 다가오거나 거칠고 둔탁한 울림으로 내 뼈와 살 속 가득 파고들었다. 그렇기에 내게 디지털은 단순히 연구대상이나 치기어린 관심으로만 치부할 수 없는 내 삶의 일부이자 또 다른 운명의 서곡이었다. 내가 매일매일 고독한 순례자처럼 활자와 인터넷의 주변을 맴돌면서도 그 끝을 놓지 않을 수 있었던 것은 '소망'이 있었기 때문이다. 사이버라는 가상의 공간 속에서 그 소망의 실마리를 발견했기에, 나는 내 곁을 스치듯 흘러가는 무수한 인터넷 파편들에 둘러 쌓여 있으면서도 결코 외롭지 않았다. 아니 어쩌면 너무 외로웠다는 말이 옳을지도 모른다. 나는 그때 알 수 있었다. 내가 중독의 세계로 건너왔다는 것을, 그리고 그것은 이미 중독 차원이 아니라 일상이 되어버렸다는 사실을.

디지털에 관심을 갖고 살아오는 동안 참 많은 일들이 있었다. 미선이·효순이 사건으로 인하여 촛불집회가 열렸고, 월드컵의 열기를 거쳐 故 노무현 대통령의 서거를 경험했다. 우연인지 몰라도 그 모든 논란의 중심에는 언제나 인터넷이 자리 잡고 있었다. 오늘도 여전히 인터넷 공간에서는 그와 유사한 일이 벌어지고 있고, 앞으로도 계속 될 것이다. 어쩌면 우리는 과거를 비판하고 닮아가면서 미래를 꿈꾸는 잔인한 운명을 가지고 있는지 모른다. 인터넷은 그 틈바구니에서 우리를 또 다른 세계로 인도하는 산파 역할을 했을 테지만.

이 책이 나오기까지 많은 분들의 도움이 있었다. 먼저 서울대에 계신

우한용 선생님을 꼽지 않을 수 없다. 생각해 보면 우 선생님께는 대학시절부터 지금까지 학문이나 삶, 모든 면에서 너무나 큰 빚을 지고 있다. 그분의 관심과 열정을 따라가기에는 여전히 버겁지만 그런 분을 알고 있다는 사실만으로도 세상을 살아갈 든든한 힘을 얻곤 한다. 다음으로 고려대에 계신 최동호 선생님이 떠오른다. 학위논문으로 인연을 맺은 이래 학문의 섬세함과 정교함, 그리고 인생을 어떻게 살아가야 할지 큰 그림을 그려주신 분이다. 고전읽기 팀과 함께 했던 시간 내내 그 옆에서 곁불을 쬐면서 부러웠고, 지금도 가끔씩 그 훈훈한 온기가 그리워진다. 내게 고전읽기 팀은 늘 돌아가고픈 고향 같은 곳이다.

가깝게는 전북대에 근무하시는 최전승 선생님이 계신다. 대학이라는 외롭고 고독한 동네에서 사람 사는 정을 느끼게 해주신 분이다. 어려운 시절, 그분이 건네시던 한마디 한마디가 내게는 피가 되고 살이 되었다. 그리고 어쭙잖은 논문의 지도교수를 맡아 고생하신 전정구 선생님, 내가 지금까지 해오고 있는 학문에 대한 치열성과 열정의 한 축은 그분의 가르침에 힘입은 바 크다.

마지막으로 장미영 선생님과 이수라 선생님, 그리고 고은미 선생님을 빼놓을 수 없다. 처음 인연을 맺은 이후 무수히 많은 작업을 하면서 학문의 길에서 동지이자 전우로서 든든하게 자리를 지켜준 분들이다. 이분들의 격려와 관심이 없었더라면 이 책도, 지금의 나도 없었을 것이다. 내가 디지털에 관심을 갖고, 지금까지 학문의 끈을 놓지 않게 해준 것은 모두 이 분들의 덕택이다. 그 고마움과 미안함은 살아가면서 두고두고 갚을 생각이다.

무엇보다 어설픈 글을 쓴다고 귀가가 늦거나 밤을 새울 때, 그 그늘한 켠에 있던 가족들에 대한 미안함이 가장 크게 다가온다. 글빚에 시달리는 가장의 빈자리를 지켜준 아내와 항상 든든한 후원자이자 믿음직한 전사인 한결, 석훈이의 눈망울을 볼 때마다 가슴이 아프다. 지금까지 쓴 글과 앞으로 쓰게 될 글들은 그들과 함께해야 했던 시간에게 빚진 결과물이다. 생각만으로도 눈시울이 뜨거워지는 가족들, 그들을 떠올리면 항상 고맙고 가슴이 아리다.

아울러 기꺼이 이 책을 출간해 주신 도서출판 글누림의 최종숙 사장님께 감사의 마음을 전한다. 그분의 용단이 없었더라면 이 책은 한동안 제자리를 잡기가 힘들었을 것이다. 어설픈 책을 다듬어 책다운 꼴을 잡아 주신 추다영 씨와 편집부 식구들에게도 머리 숙여 감사드린다.

2009년 가을의 갈피에서
장창영

차 례

제2부 디지털 문학과 전개양상

방사상 수사와 디지털 텍스트 읽기 __ 95
—'아햏햏'과 〈언어의 새벽〉의 소통구조를 중심으로

디지털 문학의 텍스트성과 입체화 전략 __ 119

문학작품의 문화콘텐츠 활용 방안 __ 145

제3부 디지털 문학교육론

제1부 디지털, 그 반역의 몸부림

- 매체 환경 변화와 독자 대응양상
- 디지털 시대의 정전 위상과 의미
- 현대시에 나타난 매체 상상력의 확산과 강화

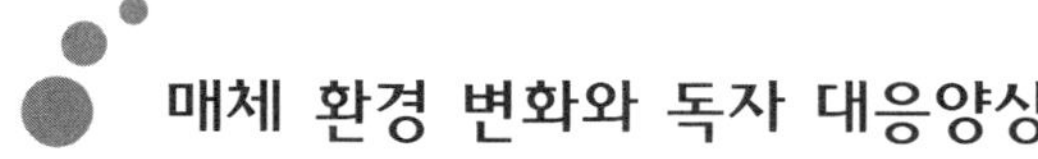

매체 환경 변화와 독자 대응양상

1. 디지털, 격변의 시대

　디지털 시대의 문학환경에서 가장 두드러진 특징은 작가의 위상 변화와 작가 권위주의의 해체이다. 최근 한국 문학계에서 주목할 만한 현상은 전문작가의 고유권한으로 남겨져 있던 창작세계가 완화 내지 해체에 이르렀다는 점이다. 그동안 전문작가들은 창작에 있어서만큼은 일반인들의 진입을 허락하지 않는 범위 내에서 보수적이면서도 독점적인 위치를 고수하고자 노력하였다.

　실제로 우리 문학계에서는 정식으로 등단을 하지 않은 이들에 대해 폄하하거나 인정하지 않음으로써 차별화를 시도하는 한편 주류와 비주류의 경계를 뚜렷하게 고착시켜 왔다. 이는 문단 내부의 권력화 현상과 맞물리면서 우리 문학계의 고질적인 병폐로 인식되기도 했다. 하지만 최근 몇 년 사이에 조금씩 변화의 바람이 불고 있으며, 오늘날 한국 문학계를 주도하고 있는 문단의 분위기에서도 이와 같은 기류는 감지된다.

〈그림 1〉 도종환, 『접시꽃 당신』

문학의 전성시대로 일컬어지는 80년대에 한국 현대시는 새로운 형태의 발전을 모색하게 된다. 첫째는 베스트셀러로 알려진 양적 팽창[1]이고, 둘째는 일반인들의 높은 관심도이다. 당시 이례적으로 몇몇 시집은 100만 권이 넘게 팔리는 현상이 발생하였고, 이는 사회적으로도 엄청난 반향을 일으켰다.[2] 이후에도 몇 십만 권 이상 팔리는 시집들이 종종 등장함으로써 시를 쓰는 이들에게 긴장과 자극을 유발하는 요인을 제공하기도 했다. 다양한 매체와 인터넷 시대에도 불구하고 서점의 출판순위에서 우위를 점하고 있는 시집의 판매부수는 시를 즐겨 읽는 이들이 여전히 존재한다는 것을 의미하며 한국 문학의 미래가 그렇게 암울하지 않을 것에 대한 암시이기도 하다.

---

1) 출판 시장의 양적 팽창은 베스트셀러와 밀접한 관련을 맺고 있다. 대중성을 확보한 유명 작가의 경우, 출판 이후 판매부수가 안정적일 정도로 고정 독자를 확보하고 있다. "집필과 번역을 동시에 하는 류시화도 블루칩이다. 그의 이름을 달고 나온 시집이나 잠언집은 흥행보증수표로, 『하늘 호수로 떠난 여행』, 『사랑하라 한 번도 상처받지 않은 것처럼』 등 서점에서 그의 이름으로 팔리는 책은 80~90종 정도다. 거의 모두 베스트셀러 목록에 이름을 올렸던 책들이다. 블루칩 작가들에게는 공통점이 하나 있다. 이들은 모두 작품성과 대중성을 겸비하고 있는 작가들이다. 작품성만 있으면 독자들에게 주목을 받기가 힘들고, 대중성만 있으면 작가로서 수명이 짧을 수밖에 없다. 이들은 또 흔들리지 않는 자신만의 스타일을 갖고 있다"(허연·손동우, 「블루칩 있다…독특한 개성에 작품성 대중성 겸비」, 『매일경제』, 2008. 4. 13).
2) 도종환 시인의 『접시꽃 당신』과 서정윤 시인의 『홀로서기』는 우리나라에서 시집 100만 부 시대를 연 책들이다. 개인의 시집이 100만 권 이상 팔린다는 사실은 다른 나라에서는 쉽게 찾아 보기 힘든 특기할 만한 사건이 아닐 수 없다. 일부에서는 이와 같은 현상이 한국에서만 가능한 일이라는 지적이 있을 정도이다.

또 다른 환경변화 요인으로는 창작에 대한 일반인들의 높은 관심도를 들 수 있다. 이는 단순히 독자로 지칭되는 수용층의 문제만은 아니다. 출판 및 미디어의 확산과 더불어 창작층이 광범위하게 넓어졌고, 이미 이들은 적극적으로 자신을 표현하고자 하는 욕구를 지속적이고 다양한 방식으로 분출하고 있기 때문이다. 예전에 소수 작가에 국한되던 창작층은 이미 공식 시인만 2만여 명에 달한다는 설이 있을 정도로 확장되었고, 해마다 12월이면 등단을 꿈꾸며 몸살을 앓는 이들로 넘쳐나는 것이 우리의 현실이다.[3]

또한 창작환경과 관련하에 각종 잡지의 출간과 함께 인터넷상에서 이들이 발표할 수 있는 지면이 꾸준히 늘고 있다는 점도 주목할 필요가 있다. 최근 들어 전문지를 표방하는 시 잡지들이 늘고 있으며, 각종 포털 사이트나 카페에는 문학을 동경해 온 이들이 자신들의 역량을 펼칠 수 있는 기회가 수시로 제공된다. 뿐만 아니라 자신이 원하는 시인에게 직접 시창작을 지도받을 수 있는 기회가 오프라인과 온라인에 동시에 제공되고 있다.[4] 이는 오프라인과 온라인의 상호 연계에 의해 시공간의 제약으로 자신의 창작에 대한 꿈을 실천하지 못했던 이들에게 창작활동을 지원할 수 있는 무대가 형성된다는 것을 의미한다. 이와 같은 양적

---

3) 각 신문사의 신춘문예 투고현황을 보면 해마다 증가하는 추세임을 알 수 있다. 이러한 현상은 예전과 달리 최근에는 양적 팽창과 함께 질적 심화가 함께 이루어지고 있다는 점에서 차별화된다. 이에 대해 평론가 손정수 씨는 "신춘문예 응모자 중 경쟁력이 높은 20, 30대 외에도 상당한 수준에 이른 10대와 40대도 눈에 띄었다"면서 "최근 다양한 매체를 통한 '쓰기 바람'으로 인해 글쓰기 세대에 포함되지 않았던 세대도 글을 쓰게 된 것으로 보인다"고 분석했다. 평론가 김동식 씨도 "중편의 경우 장르 특성상 10대가 도전하기 어려운데 어느 정도 완성도 있는 10대의 작품도 있어 고무적이었다"고 평했다(김지영, 「언어를 벼려 生을 헤집는 文靑들의 맥박」, 『동아일보』, 2007. 12. 18).
4) 디지털 문화예술 아카데미의 <아트앤 스터디 창작학교>(www.artnstudy.com), <시사랑문예대학>(www.poemq.or.kr)과 <시와 시학>(www.poemtopia.com)에서 진행하고 있는 온라인 시창작 교실이 대표적인 경우이다.

팽창은 단순한 외형적인 변화에 그치지 않고 질적 심화를 수반하는 문학 내적기반의 형성 토대를 제공한다는 점에서 중요한 의미를 지닌다.

또한 디지털 시대의 첨병인 인터넷의 등장으로 인해 작가 연령층의 다양화 현상이 가속화되고 있다. 본명이 이윤세인 '귀여니'의 등장에서 나타나듯이 이제는 나이가 아닌 실력과 대중성이 작품의 성패를 결정짓는 주된 요인으로 작용하고 있다.[5] 디지털에 익숙한 이우혁이나 귀여니와 같은 새로운 작가군의 출몰은 우리 문학의 체질 변화와 범주 확장에 기여하고 있다.[6] 이들은 기존의 문학계에서 중시하는 정식 등단절차를 거치지 않고 인터넷에 연재한 글들이 대중적인 인기를 얻음으로써 본격적인 작품활동을 시작한 경우이다. 비록 기존의 문학계에서는 제대로 인정하고 있지 않지만 이들의 작품은 일부 연구자들에 의해 연구 대상으로 다루어질 정도로 우리 시대를 이해할 수 있는 아이콘으로서 상징적인 의미를 갖는다.

근래 들어 우리 문학계는 디지털의 한 축인 인터넷을 중심으로 기존의 장르에 구애받지 않고 다양한 형태의 작품 활동이 이루어짐으로써 창작영역의 확산과 다변화를 꾀하고 있다. 이와 함께 잠재적인 능력 보유자와 문학지망생들에게 참여기회를 제공함으로써 향후 우리 문단을

---

5) 최인호의 사례에서 확인할 수 있듯이, 우리 문단에서는 나이가 어릴 경우 불이익을 받는 경우가 종종 발생했던 것도 사실이다. 하지만 동아일보 신춘문예의 최연소 당선자 사례에서 확인할 수 있듯이, 이제는 나이가 더 이상 창작의 장애가 되지 않는 것이 우리의 현실이다.

6) 하지만 현실계에서 그 벽을 넘기란 여전히 어려워 보인다. 『해리 포터』 시리즈는 영국에서 가장 권위 있는 문학상인 부커상(The Booker Prize)의 마지막 경선에서 탈락하였다. 슈퍼 베스트셀러였던 이 책이 탈락한 이유는 제도권에서 인정했던 정통문학 장르가 아니라는 사실 때문이었다. 그런데 이 책은 상업적·오락적·문학적 성공을 거두면서 정통문학 옹호론자들을 당혹스럽게 만들었다(박종성, 「디지털 문명과 문학의 생존」, 『인문학연구』 제27권 1호, 충남대 인문과학연구소, 2000, 64면 참조).

책임질 수 있는 인적자원의 확충이 이루어질 수 있는 내적기반을 갖추게 되었다. 이와 같은 다양한 시도들은 이전에는 작가지망생의 꿈에 불과했던 '작가'라는 목표를 실천할 수 있는 구체적인 장이 인터넷 공간 안에서 현실화되는 사례에 해당한다. 이처럼 대중매체의 확산과 인터넷의 보급은 창작을 동경해 온 문학지망생들의 꿈을 현실로, 그리고 가능성을 실천동력으로 바꾸는 기반을 마련해주고 있다.

또한 아날로그 시대에는 경외시하던 작가에 대한 환상이 해체되면서 좀 더 친근하고 일상적인 형태로 전환하고 있는 것도 디지털 시대에 주목할 만한 특징이다.[7] 이러한 현상은 대중매체의 보편화와 함께 인터넷의 확산이 우리 사회 전반에 영향을 미친 필연적인 결과이다.

2. 디지털 시대의 독자 대응론

디지털 시대의 도래와 함께 나타난 두드러진 특징은 문화의 주도권이 작가 위주에서 독자 병행체제로 점차 바뀌고 있다는 점이다. 그 위상에서 아날로그 시대와 별다른 차이를 보이지 않는 작가들과 달리 디지털 시대를 맞이하여 독자들의 체질 변화는 급격하고 빠르게 진행되고 있다. 여기서 주목할 점은 독자들의 체질 개선이 예상외로 광범위하고 전폭적으로 이루어지고 있는 사실이다.

---

7) 인터넷에서는 개인이 취득할 수 없는 고급 정보의 접근이나 취합이 용이하게 이루어진다. 인터넷 자체가 어떤 사건이 발생할 경우, 검증할 수 있는 이들에 의해 그 진위여부가 밝혀지는 구조를 취하고 있기 때문이다. 따라서 우리들은 신비주의의 그늘에 존재하고 있던 시인들의 실체를 확인할 수 있고 우리와 같은 인간으로서의 친근감과 동질성을 확보할 수 있다.

아날로그 시대의 주류를 형성하던 구술이나 기록문학과 달리 디지털 시대에는 문학을 포함한 대중문화 전반에 걸쳐 독자들의 참여 폭과 영역이 확장되고 있으며 보다 적극적인 속성을 지닌다.[8] 이를 대변하듯이, 소통의 방향이 일방향에서 쌍방향의 형태로 전개되고 있으며, 그 전개 또한 다양화 양상을 띠고 있다.

M. 맥루한은 새로운 미디어의 출현에 대해 "인쇄된 책은 예술가들에게 표현 형태를 가능한 한 활자적으로 단순하고 기술적이며 이야기체적인 모습으로 환원하도록 만들었다. 그러나 전기 미디어의 등장은 예술을 이러한 구속에서 단번에 해방시켜 클레, 피카소, 브라크, 에이젠슈타인, 마르크스 형제, 제임스 조이스의 세계를 만들어냈다."[9]고 주장한 바 있다. 일찍이 맥루한이 간파했던 것처럼 인터넷상에서는 예술장르의 영역 확장과 함께 작가와 독자층의 경계 약화와 관심 대상의 확장이 뚜렷하게 나타난다. 디지털 시대에는 사람들의 관심이 문학 외에 TV나 영화 등 다른 장르로까지 확산되는 것이 보편적인 추세이기 때문이다. 뿐만 아니라 현대인들은 자신의 취향과 흥미에 어울리는 소재들을 끊임없이 관심대상에 편입시키고 지속적으로 관리하고자 시도한다. 이와 같은 심리의 기저에는 급변하는 사회문화의 전개에 대해 신속하게 대응하고자 하는 논리와 그 대열에 동참하고 싶은 욕망이 자리 잡고 있다. 디지털 시대에는 이전의 공동체 사회에서 자신을 전면에 드러내기를 부담스러워 했던 이들조차 대중매체의 확산과 인터넷을 기반으로 삼아 적극적인

---

8) "인류가 창안한 마지막 인쇄방식이라는 '온디맨드 북(On Demand Book)' 역시 디지털 기술과 종이책의 장점을 결합한 양식이다. 즉 전자정보를 그대로 인쇄기에 저장해 놓은 채 주문에 따른 부수만을 종이책으로 만드는 식이다"(신성환, 「디지털 복제시대의 새로운 예술미학」, 『한국언어문화』 제34집, 한국언어문화학회, 2007, 218면).
9) M. McLuhan, 박정규 역, 『미디어의 이해』, 커뮤니케이션북스, 1997, 90면.

방식으로 자신을 부각시키고자 하는 것이다. 나아가 이들은 개성을 드러
내거나 자기만의 목소리를 고수하는 데 그치지 않고 다른 이들과 연계
를 통하여 동조화 내지 세력화를 시도한다.

　이를 반영하듯이 네티즌들의 최근 경향은 오프라인의 동아리나 동호
회 등으로 전개되던 방식에서 벗어나 온라인 카페나 각종 포털사이트에
글을 올리거나 사람들의 지지층을 결집시키면서 독자성과 군집성을 동
시에 수반하는 형태를 보이고 있다. 그만큼 디지털 시대에는 개인의 필
요나 목적에 의해 만남이 이루어지고 지속되거나 해체하는 성향이 강하
다. 여기에는 소극적인 경계인의 자리에서 벗어나 자기 스스로가 문화의
주도세력으로 부상하고자 하는 개별 주체들의 의지가 깔려 있다. 하지만
이와 같은 인터넷상의 모임은 직접적인 구속력이 없기 때문에 본인의
노력이나 특정한 계기가 지속적으로 구현되지 않는다면 상호 간의 관계
가 단절되거나 극심한 소외를 경험할 수밖에 없다는 본질적인 한계를
안고 있다.

　글쓰기를 둘러싼 네티즌들의 외적인 변화는 그동안 사회질서와 규율
에 의해 억압당했던 본능을 발산하고자 하는 구체적인 시도에서 찾아볼
수 있다. 이러한 욕구들은 각종 대중매체와 결합함으로써 개인의 욕망
배설 차원을 넘어서 사회적인 반향을 일으키는 등의 부가적인 효과를
유발하기도 한다. 또한 외적인 변화는 네티즌들의 대중매체 활용과 함께
인터넷과 같은 매체를 활용하여 적극적인 글쓰기에 참여하는 양상으로
나타나기도 한다.

〈그림 2〉 SBS, 〈열린TV 시청자 세상〉

최근의 <TV 속의 TV>(MBC), <미디어 비평>(KBS), <열린 TV 시청자 세상>(SBS) 등과 같은 프로그램에서 자신의 주장을 글쓰기로 토로하는 경향이 활발하게 나타나는 것은 시청자들이 자신들의 목소리를 내세우고자 하는 의지가 강력하다는 사실을 의미한다. 이는 대중매체와 인터넷이 네티즌들에게 자기 열등감을 극복하며 꿈을 실현할 수 있는 무대를 제공하고 있으며, 점차 그 영역을 우리 삶의 전반으로 확장하고 있음을 시사한다.

인터넷상에서 작가들의 두드러진 참여는 일반인들의 글쓰기에 대한 자신감 형성과 함께 구체적인 창작으로 이어지는 계기를 만든다는 점에서 의미가 크다. 기술발달로 인한 출판시장 개선과 지면 확대와 같은 글쓰기를 둘러싼 환경변화는 일반인들이 글쓰기에 동참할 수 있는 최소요건 충족에 결정적으로 기여하고 있다. 잠재능력을 보유하고 창작에 대한 열망을 갖고 살아가던 이들이 온라인을 기반으로 전문작가들의 지도를 받고 작품 창작을 통해 사회와 본격적인 소통 기회를 가짐으로써 그 역량을 발휘할 수 있게 되기 때문이다. 이는 기존의 공교육이나 개인의 노력만으로는 극복할 수 없었던 능력 발휘나 사회와의 소통 문제의 해결을 위한 실마리의 제공이라는 점에서 그 의미가 크다.

디지털 시대와 함께 시작된 글쓰기의 구체적인 변화는 글쓰기 방식과 표현매체, 나아가 출판에 이르기까지 폭넓고 점진적으로 이루어지고 있다. 이와 관련하여 인터넷상에서 이루어지는 글쓰기의 주요 변화 양상에 대해 살펴보도록 하자.

첫째, 표현매체의 확장 현상이다. 기록문화와 달리 인터넷이 표현매체이자 전달매체로 등장함으로써 글쓰기에도 변혁이 일어나고 있다. 즉, 일반인들의 입장에서는 활자매체에만 국한되던 글쓰기 장이 가상공간으로까지 확장됨으로써 결과적으로 정보 확장성과 창작 기회의 확대라는 결과를 초래한 것으로 볼 수 있다. 뿐만 아니라 즉각적이고 감각적인 형태의 글쓰기가 활성화됨으로써 다양한 매체에 기반을 둔 창작의 다변화가 이루어지게 되었다. 기록하는 과정에서 발생하던 생각과 표현 사이의 시간괴리를 인터넷을 활용하여 최소한으로 좁힐 수 있게 되었기 때문이다. 또한 디지털상에서는 시공간의 경계를 뛰어넘어 단기간에 집중과 확산 형태로 진행이 가능하다는 점에서 오프라인에 비해 상대적으로 파급효과가 훨씬 크게 나타난다.

둘째, 독자층의 대응양상 변화이다. 오늘날 독자들은 표현에 대한 욕구를 기반으로 기존의 활자 외에 사진, 음악, 동영상 등을 활용하여 자신의 의사와 욕구를 다양한 방식으로 표출하고자 한다. 즉, 인터넷상의 개인 홈페이지나 블로그, 그리고 카페 등이 그 대표적인 표현의 장이며, 이를 통하여 네티즌들은 다른 이와의 소통을 모색한다. 개인 홈페이지나 블로그, 그리고 카페 등에서 개인의 사생활이라 할 수 있는 부분이 전면에 공개화되면서 다른 이들과의 소통과정에서 발생할 수 있는 경계 허물기가 본격적으로 이루어지는 계기를 마련하고 있다. 이처럼 인터넷의 생활화 과정에서 네티즌들은 자기 검열의 해체 내지 약화를 경험하게 된다. 또한 익명성을 기반으로 네티즌들은 더 이상 글쓰기에 대해 두려움을 갖지 않게 됨으로써 별다른 거부감이나 두려움 없이 인터넷상의 글쓰기로까지 관심영역을 확장하고 있다.

이러한 변화는 정보 공유과정에서도 뚜렷하게 나타난다. 이미 개인의 독보적인 전유물이었던 글쓰기 영역에조차 정보 공유를 통한 공동창작 형태가 등장하고 있는 것이 이를 입증한다. 오프라인에서와 마찬가지로 인터넷상에서도 개개인의 특성과 변별성이 존재하기 마련이다. 하지만 네티즌들은 일정한 경쟁체제를 유지하면서도 상호 간의 협력체제를 구축함으로써 공생의 관계를 모색한다. 물론 이 또한 부정적인 측면을 간과할 수 없지만 다른 측면에서 본다면 글쓰는 과정에서 경쟁이 자극이 되거나 보완의 계기를 제공하여 긍정적인 방향으로 진행되는 측면을 무시할 수 없다. 이는 상호 간의 협조체제를 통하여 자기 점검과 실력 상승으로 이어질 수 있다는 점에서 현실적이면서도 효과적인 방법이다. 이것이 가능한 이유는 기존의 오프라인과 달리 인터넷상에서는 경쟁을 넘어서는 공유정신을 바탕으로 자신이 축적한 기법이나 노하우 공개가 자발적으로 이루어지기 때문이다. 이는 정보 독점 개념의 파괴를 의미하는 것으로 문학의 대중화와 글쓰기의 활성화를 촉진시키는 요인이라 할 수 있다.

셋째, 표출방식의 다양화 현상이다. 인터넷 시대에는 기존의 활자 외에 그림, 사진, 동영상, 음악 등을 활용한 다매체 글쓰기가 나타난다. 다

매체 글쓰기는 기존의 오프라인 글쓰기의 연장선상에서 진행되지만 집
필진, 대상, 표현방식 등에서 차별화가 이루어진다. 특히 기행문과 같은
형태의 글에서는 사진이나 동영상, 그리고 음악 등을 동원한 글쓰기가
유용한 방식이 될 수 있다.10)

이와 같은 유형의 글들은 대중들의
폭발적인 반응 유도가 가능하다는 점에
서 네티즌들의 관심 대상이자 선호 대상
이다. 또한 네티즌들은 환경만 갖추어진
다면 인터넷상에서 자신들이 필요한 정
보들을 실시간으로 취사·선택하여 볼
수 있다는 점에서 정보의 선도와 정보
활용도를 높이는 데 상당한 효과를 거두
고 있다. 물론 이와 같은 미디어 의존
현상이 상상력의 제약이라는 측면에서

〈그림 3〉 일본 여행객이 직접 구입한 현지 교통 티켓

부정적인 논의들이 있기는 하지만 이해를 돕고 현실감을 부여하며 대중
성의 확보가 용이하다는 점에서 의미 있는 시도라 할 수 있다. 또한 매
체 발달은 새로운 장르의 가능성을 시사해주고 있으며 실험적인 성격의
글쓰기 창작 환경 조성에 기여하고 있다.

넷째, 창작계층의 의식 변화이다. 디지털 시대의 가장 큰 특징은 전문
가들의 적극적인 형태의 동참 의사 피력과 구체적인 실천이 나타난다는

---

10) 신성환은 문학과 멀티 장르와의 결합 양상을 첫째, 문학과 그림·사진·동영상 등의 영
상 매체와의 결합, 둘째, 문학과 노래·음악 등 청각 매체와의 결합, 셋째, 문학과 비문
학 텍스트들과의 결합으로 제시하고 있다(신성환, 「새로운 잡종의 미학, 문학예술에서
의 퓨전 현상 분석」, 『한국언어문화』 제28집, 한국언어문화학회, 2005, 258~279면 참
조). 이와 같은 형태는 매체와의 결합을 통하여 문학이 그 영역을 확장하고자 하는 노력
의 연장이며 독자와의 소통을 통하여 문학의 위기를 타개하기 위한 시도로 볼 수 있다.

사실이다. 오프라인 시대와 온라인 시대의 뚜렷한 현상은 아날로그의 최대 수혜자라 할 수 있는 기성 작가들이 경계 자체를 스스로 해체시킴으로써 독자들과의 접근성을 강화하고 있다는 점이다. 이는 디지털 시대 도래와 함께 창작 주체들의 의식이 변화하고 있다는 것을 의미한다. 보수성이 강한 문단의 성향상 이와 같은 변화는 주목할 만한 현상이다. 이와 같은 문단의 변화는 현실세태를 점검하고 시대 변화의 흐름을 감지하여 독자들과 호흡을 같이 하려는 적극적인 동참 의지의 피력이라 할 수 있다.

3. 소통 변혁과 글쓰기의 전개 양상

아날로그와 디지털은 용어의 개념만이 아니라 기본적인 소통방식에서부터 뚜렷한 차이가 발생한다. 이들을 변별하는 가장 큰 특징은 시공간의 제약을 많이 받는 아날로그에 비해 디지털에서는 시공간의 문제로부터 비교적 자유롭다는 사실이다. 따라서 이를 어떻게 활용하느냐에 따라 현상에 대한 대응양상과 전개 흐름이 달라질 수 있다. 이와 같은 차이가 발생하는 이유는 디지털이 갖고 있는 기본적인 소통방식의 특질 때문이다.

디지털을 지배하는 속성은 폐쇄성과 개방성, 집중과 몰입, 확산과 방사상의 특징이다.[11] 문제는 이와 같은 디지털의 속성이 개인에 국한될 수 있는 차원을 넘어서 사회 전반에 걸쳐 방대하게 영향을 미친다는 사실이다. 그 결과 디지털은 개인의 생활과 대응방식, 그리고 의식 전반에 걸쳐 지대한 영향을 미침으로써 삶 자체가 근본적으로 변화하는 데 일

---

11) 장창영, 「방사상 수사와 디지털 텍스트 읽기」, 『한국언어문학』 51집, 한국언어문학회, 2003 참조.

조하고 있다. 중요한 것은 의식 변화가 구체적인 실행으로 이어지면서 사회적인 영향력을 행사하기 때문에 일정한 형태의 순환구조를 취한다는 사실이다.

디지털 시대에는 실시간 대응양상이 흐름 전개의 주도적 방향성을 제시한다. 철저하게 속도 논리에 의해 지배받는 인터넷상에서는 관심 대상이 되었던 정보들이라 할지라도 순식간에 사장되거나 사라질 가능성이 상존한다. 또한 네티즌은 실시간으로 변화하는 사회 흐름과 문화 현상을 직시할 수 있기 때문에 정보를 일방적으로 받아들이기보다는 자신 스스로 주도적으로 대응방식을 조절하면서 쌍방향의 소통을 지향한다.

이는 개인과 사회의 외적 변화만이 아니라 글쓰기 양식의 변화에도 유효하다. 인터넷의 도래와 함께 글쓰기의 활성화 과정에서 발생할 수 있는 주요 양상은 다음과 같다.

첫째, 실험 성격의 글쓰기가 두드러진다. 패러디 작품의 사례에서 확인할 수 있듯이, 기존의 창작 방식을 토대로 얼마든지 다른 유형의 작품이 창작될 가능성이 있다는 것을 의미한다. 둘째, 소모적인 형태의 작품 양산이 나타난다. 하지만 경우에 따라서는 질적 수준을 담보하지 못하는 기형적인 형태의 양적 팽창이 이루어질 수도 있다. 셋째, 정식 등단 절차의 무의미화가 나타난다. 아날로그 방식의 글쓰기 대신에 컴퓨터를 중심으로 전개되는 글쓰기 문화가 지배하면서 향후 글쓰기 방식 자체에도 근본적인 변화가 발생할 수 있다. 넷째, 개인 작품 발표 및 작품집 발간의 일반화이다. 디지털 시대에는 전자출판의 활성화와 함께 자신이 의도한대로 소량화·전문화하는 맞춤형 출판이 일반화된다. 다섯째, 상업성과 개인 욕구를 충족시키기 위한 출판의 대중화 현상이 두드러진다. 틈새시장을 공략하려는 출판사의 의도에 따라 이전보다 유행이 진행되는 기간이 짧아지며 온라인을 바탕으로 한 광고와 다양한 소재 활용이 적극적으로 이루어진다. 이와 같은 양상은 향후 출판 시장이 대형 출판사 위주가 아니라 특수성과 공유에 기반을 둔 전문화된 소규모 출판사 형태로 전개될 수 있음을 시사한다. 이처럼 수요자/소비자층이 소극에서 적극적인 형태로 전환이 이루어진다는 것은 문학 또한 문화와 같은 무한경쟁 체제로 진입하고 있음을 의미한다.

최근에 나타나는 현상 중에 주목할 점은 작가의식[12]과 관련하여 치열성의 변화가 나타난다는 사실이다. 이전의 장인정신 대신에 다양성이, 진지함 대신에 가벼움이 그 자리를 점차 대체하고 있다. 이와 같은 현상은 특히 접근성이 용이한 소설이나 수필에서 두드러지게 나타난다. 개인들은 자신들이 관심 있는 소재를 바탕으로 책을 집필하고 있으며, 그 주제 또한 흥미와 취미를 대상으로 한 책들이 많아지는 추세이다.[13] 이러한 변화는 대중매체의 확산과 함께 인터넷으로 인하여 소재의 다양화가 좀 더 구체화되면서 집필자들이 자신의 욕구 충족과 현실적인 수요에 초점을 맞추기 때문에 발생한다. 이미 수명을 다한 진부한 소재나 주제보다는 현실적이면서 생동감 넘치는 소재들이 새롭게 부각되는 추세이다.[14]

---

12) 하이퍼텍스트 문학은 릴레이식 글쓰기를 통해 하나의 권위적인 작가를 해체하고 다중의 글쓰기 주체를 생산하고 있다. 이때 다중은 많은 작가라는 의미와 작가와 독자의 경계를 허무는 글쓰기 주체를 의미한다. 또한 문자와 영상과 음향의 통합은 하이퍼텍스트 소설이나 멀티미디어 시의 형태로 자리잡아나가고 있다. 이러한 상호텍스트성 문학 형태는 기존의 소설이나 시의 형태와는 다른 형식이다(임지연, 「하이퍼텍스트 문학의 미학 특성과 하이퍼텍스트 시의 존재 방식」, 『겨레어문학』 제37집, 겨레어문학회, 2006, 340면).

13) 회사원이 자신의 스페인 산티아고에서의 경험을 토대로 여행기를 집필하거나 관심 있던 음식이나 쇼핑을 주제로 한 글도 등장하고 있다(김효선, 『산티아고 가는 길에서 유럽을 만나다』, 바람구두, 2006).

14) 제4회 세계문학상을 받은 『스캔들』이나 '문학의 문학상'을 받은 『하늘다리』는 각기 패션 잡지 기자와 펀드매니저 영역을 다룸으로써 독특한 현장감각을 구현해내고 있다는 평가를 받았다. 자신의 체험에 기반을 둔 작품의 같은 현실성은 기존의 작가들이 추구

디지털 시대를 맞이하여 급격한 가치관의 변화는 오늘날의 한국 문학을 돈이 되는 문학과 돈이 되지 않는 문학으로 양분하는 현상을 낳고 있다. 이 말은 더이상 돈이 되지 않는 문학에 매달리고 싶지 않다는 작가들의 현실적인 속내를 그대로 반영하는 것이기도 하다. 상황이 이렇게까지 악화된 데는 작가만의 책임은 아니다. 작품 창작만으로 생계를 책임질 수 없는 현실 하에서 경제적인 문제를 간과할 수 없기 때문이다.[15] 냉혹한 현실은 장기간의 자료 조사가 수반되어야 하는 장편소설의 부재로 이어지고 있다. 실제로 2007년에 한국에서 출간된 장편소설은 전년도 대비 20% 이상 급감하고 있는 실정이다.[16]

이처럼 급격하게 이루어지는 창작 형태의 변화는 기존의 출판계 대신 인터넷을 주 활동무대로 삼는 작가의 양적 팽창과 작품의 다변화를 유발하는 원인으로 작용하기도 한다. 하지만 결코 우리가 간과해서는 안될 사안은 이와 같은 양적 팽창이 반드시 질적 수준과 비례하지는 않는다

했던 현실성과는 다른 형태의 창작방식이라 할 수 있다.

15) 경기문화재단이 2008년 전문조사기관에 의뢰하여 도내 문화예술인 826명을 상대로 '경기도 문화예술인 실태조사'를 벌인 결과를 보면, '월평균 수입이 200만 원 이상'이라는 응답은 11.2%, '100만 원~200만 원'은 13.9%인 반면 '100만 원 미만'이라는 응답은 67.9%였다. 그러나 이 가운데 40.7%는 '수입이 아예 없다'고 대답해 상당수가 경제적으로 어려움을 겪는 것으로 나타났다. 이에 따라 '문화예술활동의 경제적 보상에 대해 만족한다'는 대답도 1.1%에 그쳤다. 그러나 자신의 문화예술활동에 대한 만족도에서는 전체 응답자 중 '만족한다'는 대답이 31.7%를 차지했고 '만족하지 않는다'는 응답은 37.3%로 엇비슷했다. 만족 요인으로는 '좋아하는 일을 하기 때문'이라는 응답이 88.9%를 차지했다(홍용덕, 「문화예술인 10명 중 4명 '수입 전혀 없다'」, 『한겨레신문』, 2008. 1. 17). 물론 이 조사결과는 평균으로 산정한 것이기 때문에 개별적인 편차가 존재할 수 있으나 전업으로 작품만을 쓰기가 쉽지 않은 것이 우리 문학계의 현실이다. 원고료를 책이나 잡지로 대신하려는 의식이 팽배한 한국의 문학계에서 전업작가로서 창작에만 전념하는 이들이 인세를 받으며 생활한다는 것은 거의 불가능에 가깝다.

16) 조사에 의하면, 전업작가가 아닌 대다수의 작가들은 겸업을 하고 있는 현실이다. 그들 중에는 막노동이나 도배, 식당일 등을 하면서 창작을 하는 경우도 있다. 이런 상황은 작가들이 글을 쓸 수 있는 최소한의 시간과 체력을 허락하지 않는다.

는 사실이다. 오늘날 한국문학의 비극은 작품의 폭발적인 양적 증가에도 불구하고 작품의 질적 수준을 담보할 수 없다는 데서 기인한다. 예를 들어 전국에서 행해지고 있는 백일장의 경우, 이미 대학입시를 위한 수단으로 전환된 지 오래이다. 대부분의 전국백일장대회가 입상자에게는 특례 입학의 기회를 제공하기 때문에 일부 고등학교에서는 이를 목적으로 조직적이고 전문적인 창작 훈련이 이루어지기도 한다. 만약 문학에 관심이 있다면 대학 입학 이후에도 문예창작과를 비롯하여 대학의 평생교육원이나 사설단체 등지에서 다양한 형태의 창작교육을 접할 수 있는 가능성은 열려 있다. 이 기관들은 한편으로는 창작의 폭을 넓혀주고 넓은 시야를 확보하도록 도와준다는 점에서 긍정적인 의미를 갖지만 다른 한편으로 본다면 작품세계의 정형화를 촉발하는 계기가 될 수도 있다는 측면을 고려하지 않을 수 없다.

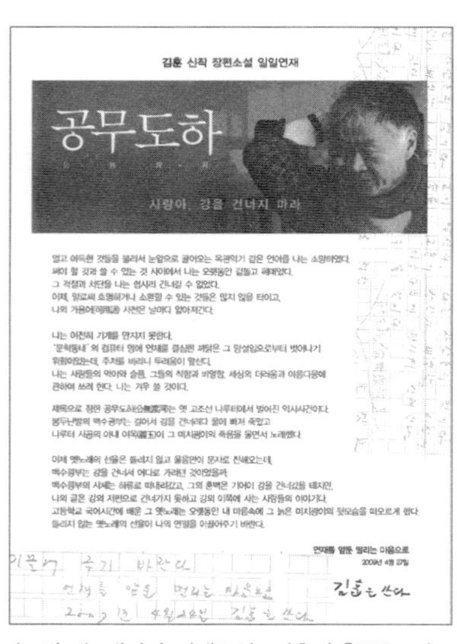

〈그림 4〉 네이버 연재소설, 김훈의 『공무도하』

최근 들어 우리 문단에서 나타나는 주목할 만한 현상의 하나는 작가들이 인터넷을 적극적으로 활용함으로써 독자들과의 새로운 형태의 접맥을 시도하는 것이다.

특히 황석영, 박범신, 김훈 등이 네이버에 진행했던 소설 연재와 같은 실험적인 시도는 한국 문단에 충격적이라 할 만하다. 물론 이전에도 홈페이지 등을 운영하는 작가들이 있었지만 이들은 본격적으로 발표지면을 온라인으로 확장시킨 경우에 해당한다.

"젊은 시절 저는 대부분의 작품을 신문 연재로 발표했습니다. 그 때문에 베스트셀러 작가가 되었지만 잃은 것도 많았죠. 40대 후반에 개인적으로도 괴롭고 문학이란 무엇인지 고민하다가 급기야 '절필'을 선언하고 한동안 글을 쓰지 않았습니다. 사실 그때는 '다시는 대중매체에 연재 않겠다'는 생각도 있었습니다. 그러나 소설로 돌아온 뒤 종이신문『한겨레』에 「나마스테」를 연재한 데 이어 두 번째로 인터넷에 「촐라체」를 연재한 것입니다. 포털사이트에 소설을 연재하면서 저는 패스트푸드에 익숙한 젊은 독자들에게 한식 정찬을 차리는 마음이었습니다. 또 신문의 소설 연재가 갈수록 줄어드는 상황에서 인터넷이 작가들의 새로운 소설 발표 공간으로 활용되었으면 하는 생각도 했습니다."

– 최재봉, 「젊은 독자들 자신만의 '촐라체' 찾길」,『한겨레』, 2008. 3. 4.[17]

박범신의 최초 시도와 독자들의 호응에 힘입어 네이버에서는 이후 황석영의 연재를 기획하였다. 단순한 연재지면 제공에 그치지 않고 네이버 측은 독자들이 황석영을 쉽게 이해하고 접할 수 있도록 회사 차원에서 적극적인 지원을 시도하였다.[18] 이들 문인들의 시도는 기존의 출판문화

---

17) 작가 박범신 씨는 "인터넷의 특성상 연재와 거의 동시에 독자들의 생생한 반응을 접할 수 있어서 일종의 '콘서트 글쓰기' 같았던 점은 좋았다"면서도 "인터넷 악플 때문에 특별히 고통스럽지는 않았지만, 토론의 수준은 솔직히 기대 이하였다"고 말했다. "작품에 관한 건전한 문학적 토론이 있었으면 했는데, 일방적 인민재판과 찬미미사가 공존하는 식"이었다는 것이다. 작가는 "『촐라체』의 주인공 같은 살짝 미친 사람들이 세상을 구원하는 것"이라며 "역시 살짝 미친 역사 속 인물을 다루는 다음 소설을 준비 중"이라고 소개했다.

18) "황석영 작가의『개밥바라기 별』은 1960년대를 배경으로 베트남 파병을 앞둔 한 젊은이의 과거 회상을 풀어낸 작가 본인의 자전적 성장소설로, 네이버 블로그(blog.naver.com/hkilsan)를 통해 28일부터 4개월간 매주 5회 게재될 예정이다. 이를 위해 네이버는 황석영 작가를 잘 알지 못하는 독자들도 친숙하게 글을 접할 수 있도록 작가에 대한 소개와 연보를 제공함은 물론, 전문 일러스트레이트팀을 구성해 전문적인 삽화를 제공함으로써 소설에 대한 이해도와 공감대를 높이겠다는 계획이다."(심화영, 「디지털 책을 읽어요」, 디지털 타임즈, 2008. 2. 29) 누적 방문자 180만 명을 모았던 이 연재소설은 책으로 출간되어 독자들의 사랑을 받았으며, 이후 공지영(『도가니』), 박민규(『죽은 왕녀를 위한 파반느』), 공선옥(『내가 가장 예뻤을 때』), 김훈(『공무도하』) 등이 활발하게 인터넷에 작품

기획과 달리 일상화되다시피 한 인터넷을 기반으로 한 본격적인 문학과의 접점 모색이라는 점에서 의미가 있다.

그동안 한국문단은 기존의 출판문화 외에 다른 영역으로 창작의 대상을 확장하는 일에 소극적으로 대응해 왔다. 이와 같은 성향은 TV나 컴퓨터와 같은 미디어의 활성화 현상과 맞물림으로써 한국 문학의 위기 상황을 초래하는 데 일조하였고, 결국 우리의 출판시장은 새로운 형태의 돌파구를 모색해야만 하는 상황을 맞이하였다.

다매체 시대를 맞이하여 독자들은 이전의 활자매체 일변도 방식에서 벗어나 다종다양한 문화를 경험하고 있다. 하지만 한국의 문단 현실은 외부적인 세태 변화에 주목하고 적극적으로 동참하기보다는 일정한 거리를 두면서 근본적인 변화 자체를 외경시하는 경향이 강했다고 할 수 있다. 만약 지금이라도 변화의 시대를 맞아 준비하지 않는다면 독자와의 심각한 괴리 현상을 유발할 수 있으며, 우리 문학의 미래에 대해서도 결코 낙관적인 전망만을 할 수는 없을 것이다.

기성 작가들의 인터넷 연재가 전달매체의 변화를 통한 독자 수용층의 확대를 의식한 것이라면 일부 네티즌들은 인터넷에 자신이 쓴 글을 연재하거나 댓글 등의 방식을 이용하여 적극적으로 자신의 의견을 표현하거나 공유하고자 하는 경향이 뚜렷하다.

그 실질적인 형식 변화의 한 예가 이모티콘을 활용한 이모티콘 시이다. 이와 같은 창작 형태는 문자를 중심으로 시창작을 고수해온 기존의 문학창작 형태에서는 찾아보기 힘든 방식이다. 기성 문인들이 시의 형식과 형상화방식에 근거하여 시창작을 진행한 데 비해 일반인들이 쓴 이

을 연재하였다.

모티콘 시는 이모티콘과 한글의 조합을 바탕으로 내용을 전개해나간다. 하지만 시각을 위주로 하는 이모티콘과 함께 감성적인 시어를 도입하는 실험적인 방식에도 불구하고 시의 완성도와 미학 확보에는 실패함으로써 한계를 드러내었다.

이모티콘에 대해서는 기성 시인들도 관심을 보이고 있다.

> 반갑게 폴더를 열면
> LCD화면 가득 어린
> 슬픔
>
> "황화초고38회동창아
> 무게부친노환으로별
> 세발인:05년0월00일
> 논산某某장례식장"
>
> 다량 배달되는
> 초고속 디지털부고장이다
>
> 부음도 시대따라 변하는구나
>
> －윤여설, 「✉문자메세지4.(TmT)」

위의 시는 본격적인 의미의 이모티콘 시는 아니다. 하지만 시 제목에서 암시하듯이, 시인은 이미 우리의 일상이 되어버린 휴대전화를 통해 우리가 살아가고 있는 사회의 단면을 직시하게 만든다. 시인은 자신이 받는 문자메세지의 '부고'를 통해 디지털 이후 달라진 세태를 투영하고자 하고 있다. 하지만 이와 같은 방식은 비록 문자를 사용하고 있지만

기본적인 사고의 출발점과 전개방식은 기존의 오프라인을 벗어나지 못
하는 데서 필연적인 한계에 직면하고 만다. 즉, 이 시는 비록 전달매체
는 바뀌었지만 이를 대하는 인간의 근본적인 사고방식은 별로 달라지지
않았음을 보여준다. 그 결과 이 시는 문명 이기의 일상화에도 불구하고
우리가 직면하고 있는 현실과의 문제 해결이 여전히 요원하다는 사실을
암시하고 있다.

컴퓨터와 디지털 문화의 확산에 대한 시인들의 소재 및 주제 접근 시
도는 작품의 형상화로 다양하게 구체화되고 있다. 이원은 컴퓨터가 우리
삶을 지배하게 된 현실에 대해 좀 더 직접적이고 노골적으로 토로한다.

이곳의 사람들은 머리를 떼어놓고

머리 대신 모니터를 달고 다닌다

모니터 안에 페르몬[19]이 주입되어 있는지

하늘이 자주 지퍼를 배꼽 근처까지 내리고

배경이 흘러내린 구름 속은 투명한

네트워크를 구축 중이다

어느 쪽으로도 기울지 않는

---

19) 인터넷에는 '페르몬'이 '암내'로 제시되고 있다. 같은 의미라 할지라도 이를 어떤 용어
　　로 제시하느냐에 따라 시 전체의 분위기가 달라지게 된다. 시인들이 시어 선정에 고심
　　한다는 점을 고려한다면 인터넷에 나타나는 이와 같은 시어 변형은 심각한 작품 훼손
　　에 가깝다.

모니터마다 허공의 동서남북들이 생겨나고[20)

레고블럭 같은 공기들은 <u>허공의 모서리</u>에 끼워지고 있다

그러나 기어이 무선이 된

사람들의 몸에서 플러그가 뽑혀나간 흔적은 없고

이곳에 전력은 아직도 충분하다

- 이원, 「공중도시」 전문(『시와 반시』, 2000, 가을, 49~50면)[21)

 이 시에서 시인은 사람들의 '머리' 대신에 '모니터'를 대체시킴으로써 가치와 본질, 그리고 진실과 가상이 전도되고 있는 우리 삶의 오도된 부분에 대해 냉철하게 지적한다. 그는 가장 중요한 '머리'가 존재하지 않고, 그 자리를 '모니터'가 대체하는 현실 속에서 어느 정도 외형상의 형식은 갖추었지만 오히려 그 실체는 확인할 수 없게 되어버린 우리 세태를 냉혹하게 비판하고 있다. 시인은 우리가 살아가는 세계가 제목의 '공중도시'처럼 플러그 없이는 존재 의미 자체를 상실해버리는 컴퓨터의 세계와 크게 다르지 않다는 사실을 주지시키고 있다.
 위에서 살펴본 것처럼 인터넷 작품은 대중성과 예술성을 병행할 수

---

20) 인터넷에는 해당 부분이 생략되어 있다. 만약 누군가 원작이 아니라 인터넷에 게시된 글만 본다면 작품에 대해 오해를 할 소지가 높다고 할 수 있다.
http://cafe175.daum.net/_c21_/bbs_search_read?grpid=74q&fldid=29l8&contentval=0002Czz
zzzzzzzzzzzzzzzzzzzzzzzzzz&nenc=AqK9h.2Ust6nC2fPp1ArnA00&dataid=136&fenc=baqlZmjZp
Es0&docid=74q|29l8|136|20020318151752&q=%C0%CC%BF%F8*%B0%F8%C1%DF%
B5%B5%BD%C3
21) 위의 시에서 밑줄 친 부분은 인터넷 시에서는 존재하지 않는 부분이다. 만약 원전을 접하지 않은 사람이 인터넷에 올라온 시만 보고 이 시에 대해 이야기한다면 혼란이 생길 수 있으며 또 다른 논란을 야기할 수 있다.

있느냐의 여부가 창작과 성패의 관건이 될 수 있다. 인터넷 작품들은 대중성 측면에서는 성공한 부분이 있으나 예술성에 관해서는 담보할 수 없는 부분이 적지 않기 때문이다. 이는 인터넷에서는 창작과 출판을 결정하는 주요 요인으로 상업성이 자리 잡고 있는 사실과 무관하지 않다. 따라서 대중들이 선호하는 주제나 소재 부분에 대해서는 인터넷상에서 민감한 반응이 나타날 수 있지만 전문영역이나 그렇지 않은 부분은 소외될 수 있다. 그런 점에서 우리는 최근 논란이 되고 있는 각종 문학상의 범람이나 문학작품의 지나친 상품화 경향에 대해 지속적으로 경계할 필요가 있다.

4. 디지털 시대의 실험과 도전

근래 들어 일본에서는 휴대폰에 소설을 연재하는 '엄지소설'이 인기를 끌고 있다.[22] 또한 휴대폰 전송에 그치지 않고 책으로도 발간됨으로

---

[22] 휴대전화로 쓰고 읽는 일명 '엄지소설'이 일본 서점가를 점령했다. 휴대전화로 소설을 쓸 때 엄지손가락으로 번호판을 눌러야 하기 때문에 '엄지'라는 이름이 붙었다. 지난해 일본 베스트셀러 1~3위가 휴대전화 소설이며 상위 10위 열 권 중 다섯 권을 휴대전화 소설이 차지했다고 뉴욕타임스가 20일 보도했다. 엄지소설은 작가가 휴대전화에 문자 메시지를 입력하듯 글을 쓰면 독자들은 휴대전화로 인터넷에 접속해서 이를 읽는다. 짧은 문장들로 쓴 사랑 얘기가 대부분인 엄지소설은 책으로도 출판됐지만 문학적으로는 가치가 없다고 평가받아 왔다. 그러나 엄지소설이 출판계를 주도하게 되자 일본 정통문예지 『문학계』 1월호에서는 '휴대전화 소설은 작가를 죽일 것인가'라는 제목으로 휴대전화 소설 특집을 마련했다. 엄지소설의 인기는 휴대전화의 저렴한 문자요금제에서 출발했다. 일본 최대 통신사 도코모(Docomo)가 한 달에 일정 요금만 내면 문자를 무제한으로 쓸 수 있는 요금제를 만들자 젊은 세대들은 글이나 이메일 대신 휴대전화 문자를 쓰기 시작했다. 엄지소설 『이프 유(If you)』로 지난해 베스트셀러 5위에 오른 작가 린(여·21)도 시간이 날 때마다 휴대전화로 글을 썼다. 이 글이 인기를 끌면서 142페이지의 소설로 출간돼 지난해 40만 부가 팔렸다. 엄지소설 작가들은 대부분 휴대전화 소

써 많은 이들에게 문학에 대한 기본적인 개념을 해체시키고 있다.

이와 같은 방식은 단순한 표현매체의 변화가 아닌 새로운 실험적인 성격의 도전이라는 점에서 의미가 있다. 엄지소설과 같이 실험적인 창작은 향후에도 문학의 실험과 또 다른 방식으로의 전개 여부를 가늠케 하는 계기가 될 수 있다.[23]

인터넷에 기반을 둔 디지털 문학작품들은 기존의 시창작과는 창작 및 접근방식이 다르다. 기존의 시창작이 고도의 정제과정을 거친 문학

〈그림 5〉 일본의 '엄지소설' 『엄지 연인』

작품 위주라면 디지털 시문학은 좀 더 감각적이고 감상적인 측면의 작품들이 대부분이다.[24] 또한 디지털 시문학은 작가에 대한 검증이 쉽지 않고, 작품 역시 신뢰도가 떨어지기 때문에 발표 지면이 한정되어 있는

설이 첫 작품이며 독자들 역시 기존 문학은 어렵다고 기피해온 세대다. 엄지소설 팬들은 만화를 즐겨보는 새로운 세대가 문학장르를 만들었다고 반기고 있지만 비평가들은 기존 문학보다 수준이 떨어지는 엄지소설이 출판계를 휩쓸 경우 일본 문학의 몰락이 빨라질 것이라고 걱정했다(변희원, 「'엄지소설'의 반란」, 조선일보, 2008. 1. 23).

23) 이미 인터넷에 연재된 작품을 영화나 만화로 진행시키는 작업이 활발하게 이루어지고 있다. 귀여니의 『도레미파솔라시도』는 현재 영화와 만화 형태로 출간이 된 상태이다. 또한 『식객』과 같이 만화가 영화나 드라마로, 또는 〈온에어〉와 같이 드라마가 만화로 작업되는 경우도 종종 발생하고 있다. 이는 우리 시대가 문화의 다변화와 함께 장르를 불문하고 동시다발적인 형태로 문화콘텐츠 개발이 활발하게 이루어지고 있음을 입증해 주는 현상이다.

24) "이모티콘의 득세는 합리적 이성보다 감정의 표현이 중요해진 현대사회의 풍경을 반영한다. 프랑스의 미디어 이론가 레지스 드브레는 "좌파는 언어를 선호하고 우파는 이미지를 선호한다"는 말을 한 적이 있다. 여기서 언어란 자신의 이념과 사상·신념에 대한 표현을 지칭한다. 그런 점에서 이모티콘은 분명 언어보다 이미지에 가깝다. 0과 1로 분리된 디지털 감수성은 그 사이의 무한한 점들을 무시한다. 점멸하는 부호로 구성된 이모티콘 역시 수많은 감정을 배제한다. 여기서 감정을 표현하는 이모티콘에 아무런 감정이 실리지 않은 역설이 가능해진다. 감정 없는 감정 언어, 그것이 바로 이모티콘의 실재이다."(강유정, 「이모티콘 세대」, 한국경제, 2007. 6. 15).

경우가 종종 발생한다. 발표 지면 또한 오프라인이 아닌 온라인상에서 확보되기 때문에 안정적인 창작여건이 마련되기가 쉽지 않은 것이 현실이다.

디지털 시대의 글쓰기 변화와 함께 대두된 또 다른 문제는 작가층의 다변화를 뒷받침할 만한 실질적인 장치가 없다는 사실이다. 현재 인터넷상에 발표되는 작품들이 양적 팽창을 뒷받침해 줄만큼의 질적 심화가 수반되지 않기 때문에 디지털 문학 전반에 대한 신뢰도가 미약한 상태이다. 인터넷상에 발표되는 상당수의 작품들이 양적 팽창에 어울릴 만큼 양질의 수준 확보가 어렵기 때문이다. 이 점은 디지털 작가로 지칭되는 이들에 대해 일반 독자들의 신뢰와 호응을 떨어뜨리는 결정적인 요인이 되기도 한다. 결국 무분별한 창작층의 확대 문제가 작품의 질적 수준과 신뢰도와 맞물림으로써 디지털 시문학의 활성화를 방해하는 요인으로 작용하고 있는 셈이다.

작가와 창작계층의 변화 시도는 대중문화화 현상과 맞물려 두드러지게 나타나고 있다. 도종환, 안도현, 성석제 등에 의하여 인터넷이라는 매체를 활용한 문학의 대중화시도가 나타나고 있는 것이 대표적이다. 이처럼 문학의 대중화 현상은 잠재적인 문학독자층의 확대, 문학독자의 작가화, 문학 현상의 일반 대중화, 문화콘텐츠의 개발 등의 부가가치를 창출하는 형태로 확산되고 있다. 하지만 이것 또한 문제가 적지 않으며, 그 대표적인 것이 무분별한 '펌' 현상으로 인한 오독의 문제이다.

디지털 시대에 빈번하게 발생하는 '오독'과 그로 인한 정보 오류는 작가의 원 텍스트가 아닌 인터넷상의 작품을 그대로 '펌' 형태로 옮기는 과정에서 검증이 되지 않기 때문에 발생한다. 인터넷상에서는 심지어 작품의 오탈자를 그대로 옮기거나 임의로 변형시키는 경우도 나타나고 있다25). 심지어 어떤 이들은 작품의 작가가 누구인지도 모르고 좋아하는 일까지 생기고 있다는 사실은 이 시대에는 더 이상 작가나 작가의식이 관심 대상이 되지 않는다는 의미를 내포한다. 기존의 문학세계에서는 생각조차 할 수 없었던 일이 디지털 세상에서는 아무렇지도 않게 일어나고 있는 셈이다. 디지털상에서 작가는 존재하지 않고 작품만이 대중의 사랑을 받는 일이 생기고 있으며, 작품의 원 텍스트가 훼손된다 할지라도 네티즌들에게 더 이상 문제가 되지 않는다는 사실은 여러 가지 의미를 함축한다.

아날로그 시대와 달리 디지털 시대에는 작가의식이나 작가관, 작가정신이 절대적인 관심대상이 아니며 본질적인 가치보다는 오히려 개별 현상이 더 중요하게 받아들여진다. 또한 디지털 시대에는 과정보다는 결과가 중요하며 대중성과 상업성을 기반으로 한 글쓰기가 다양한 형태로 확산되어 나타난다. 마지막으로 자기복제를 통하여 원전과 복제본이 동시에 진행됨으로써 원전의 가치가 희석되고 의미의 재해석 과정을 거쳐 생명을 부여 받는다.

작가정신과 작가의 원 텍스트를 훼손시키는 '펌'과 같은 행위는 문학에 대한 불신 형성과 함께 문학에 대한 평가를 절하시키는 효과를 유발할 수 있다. 저작권과 금전적인 문제를 떠나서 창작에 대한 작가들의 열정 훼손과 작가의식 형성에 치명적인 결과를 초래할 수 있기 때문이다. 이는 작가들의 창작의욕 저하와 최악의 경우 절필로까지 이어질 수 있다는 점에서 심각하게 고려해야 할 사안이다. 이 현상이 일상화 되어, 작가층의 분열과 창작 중단으로 이어진다면 한국 문단의 창작기반을 송

---

25) 인터넷상에서 다루어지고 있는 자신의 작품이 변용되고 있는 현실에 대한 도종환의 술회는 인터넷 작품의 진정성에 대해 시사하는 바가 크다.

두리째 뿌리 뽑는 결과가 생길 수 있다. 그럼에도 불구하고 디지털을 중심으로 한 글쓰기 환경변화와 그에 따른 독자들의 적극적이고 능동적인 대응양상은 우리 문학의 미래에 대해서 긍정적인 측면을 시사한다는 점에서 고무적이다.

디지털 시대의 정전 위상과 의미

1. 원전과 정전의 경계

정전(正典, canon)[1]은 시대를 대표할 뿐만 아니라 세대와 세대를 연계시키는 매개물이자 상징적인 존재이다. 또한 정전은 개인의 영역에 국한되기보다는 공동 창작과 집단에 의해 보수·유지를 거치면서 자연스럽게 문화유산을 형성한다. 일반적으로 문학정전은 첫째, 뛰어나고 우수하며 특별한 가치가 있는 작품, 둘째 시대를 초월하고 영원하며 기념비적이고 지속적인 작품, 셋째, 전형적이고 모범적이며 고전적인 작품, 넷째, 반드시 전승될 가치가 있고, 누구에게나 알려진, 그리고 계속 집중적으로 읽히는 작품을 말한다.[2] 이를 입증하듯 정전은 텍스트로서의 영속성과 가

---

1) 정전(canon)은 측정의 도구로 사용된 '갈대'나 '장대'를 의미하는 고대 그리스의 'kanon'에서 유래한 말로, 이후 'kanon'은 '규칙' 혹은 '법'이라는 제2의 의미를 갖게 되었다(J. Guillory, 박찬부 역, 『문학연구를 위한 비평용어』, 한신문화사, 303면).

치성, 사회 환원성 등의 복합적인 의미를 가지면서 대중에게 지속적인 영향력을 행사해 왔다.

구술시대의 정전이 유동적인 형태로 존재하면서 창작과 전파과정에서 많은 이들의 개입과 영향력 행사가 이루어졌다면 기록문학의 경우에는 문자 확정형태로 창작과 전파가 진행되었다. 특히 문학에서의 정전의 문제는 원전 확정 문제와 밀접한 관련을 맺고 있다는 점에서 연구자들의 지속적인 관심 대상이 되어 왔다.

〈그림 1〉 임종국편 『이상 전집』

한국문학사에서 특이한 존재로 알려져 있는 이상(李箱)의 경우, 임종국에 의해 『이상 전집』이 나온 이후 여러 연구자들에 의해 여러 차례 작품집과 전집이 출간되었다.3) 이후 여러 형태의 판본이 나오면서 『이상 전집』은 정본으로서의 절대성과 신뢰성이 현저하게 약화되었다. 또한 이를 검증하는 과정에서 몇몇 작품의 진위여부가 논란의 대상으로 등장하기도 했다. 이와 같은 현상은 문자시대를 대표하는 '정전'이 다른 무엇으로 대체될 수 없는 절대성과 독자성을 지니고 그 가치를 평가받는 과정을 필수적으로 요구받기 때문에 발생한다.

이 외에도 한국현대시에서 원전 논란이 문제 제기되었던 작가로는 김

---

2) 라영균, 「정전과 문학교육」, 『독어교육』 제26집, 한국독어독문학교육학회, 2003, 138면.
3) 『이상 전집』은 이상의 생전에 나온 것이 아니라 그의 사후 1966년 임종국에 의해 3권으로 처음 출간되었으며, 이후 이승훈(1989), 김윤식(1991) 등에 의해 전집형태로 출간되었다.

소월, 서정주, 백석 등이 있다. 이 시인들의 작품은 인쇄나 출간을 통해 자료로서의 안정성을 확보하고 있음에도 불구하고 어느 작품을 원전으로 삼을 것인가에 대해 여전히 논란을 안고 있다. 그 이유는 이들의 작품이 발표를 거친 고정형태의 기록문학이지만 발표 이후 메모나 습작 형태의 다른 작품이 발견되거나 작가가 지속적으로 수정을 거치면서 인쇄본만을 정본으로 확정하기가 어려운 경우가 발생하기 때문이다.[4]

창작과 전파 과정에서 발생하는 여러 가지 문제의 개입으로 구술이나 기록문학은 작가가 생존하지 않은 상태일 경우, 원전 확정과정에서 난관에 봉착하게 된다. 이처럼 원전 미확정시 발생하는 가장 큰 문제는 작품에 대한 정확한 해석이 불가능하다는 점이다. 시의 특성상 하나의 시어나 행간, 그리고 부호에 의해서도 전체 흐름이나 전개가 바뀔 수 있는 상황에서 연구자가 저본으로 삼을 수 있는 원전이 확정되지 않는다는 사실은 대상 텍스트 자체가 연구의 기본토대를 훼손할 만큼 중대한 결함을 내포하고 있다는 것을 의미한다.[5]

---

4) 작가의 작품집을 내는 과정에서 작가의 의도와 달리 출판사의 편집진이 개입되어 내용이 달라지기도 한다. 박경리가 1969~1994년에 걸쳐 창작한 『토지』의 경우, 각기 다른 출판사에서 내고 있는데, 편집자에 의해 작품이 변형되었기 때문에 정본 확정에 어려움을 겪고 있다. 이에 대해서는 최유찬은 "문화일보에서 5부를 연재, 지난 1994년 완간된 『토지』는 그간 여러 출판사를 전전하면서 판본이 바뀌는 과정에서 원전에서 탈락 또는 누락된 부분이 많이 생겼을 뿐 아니라 출판사 편집자들이 임의로 작품에 손을 대는 바람에 소제목이 상당수 바뀌었고 세부내용에서도 많은 부분이 첨가, 삭제됐다"고 지적하고 있다(최유찬, 「토지의 다매체 수용과 문화지형학─『토지』 판본 비교 연구」, 『현대문학의 연구』 Vol.21, 현대문학연구학회, 2003).
5) 전정구의 경우, 박사논문 이후 김소월의 육필 원고를 발표지면과 비교하여 정본 확정을 시도하고 있으며, 이러한 연구성과를 기반으로 『소월 김정식 전집』(1993, 한국문화사)과 『김정식 작품 연구』(2007, 소명출판)라는 저서를 낸 바 있다.

〈그림 2〉 권영민, 『김소월 시전집』

〈그림 3〉 김용직, 『원본 김소월 시집』

〈그림 4〉 오하근, 『원본 김소월 시집』

〈그림 5〉 전정구, 『김정식 작품 연구』

시집의 경우, 작가에 따라 이본과 정본 및 개작본이 존재하며 시집에 수록된 작품의 경우에도 편집하는 과정에서 착오나 실수가 발생할 수 있다. 특히 작가가 의도했던 바와 달리 거꾸로 된 활자, 한자어 오용, 띄어쓰기 잘못 등과 같은 인쇄 과정상의 오류는 작가의 창작 의도 내지 작품의 오독을 야기할 수 있다는 점에서 심각하다.

특히 연구자가 저본이라 할 수 있는 텍스트가 아닌 다른 텍스트를 연구대상으로 삼을 경우, 연구의 근간을 이루는 텍스트의 오류에 직면하게 된다. 실제로 이승훈의 『이상 문학 전집』[6]에서는 이와 같은 사태가 발생하고 있다. 실제 발표 지면에는 정상으로 되어 있는 사자성어를 편저자가 작가의 독창적인 사유방식의 결과로 인식하여 해석하고 있기 때문이다. 이와 같은 경우 텍스트는 결과적으로 작가의 창작의도를 다르게 해석하는 문제가 나타날 수 있을 뿐만 아니라 원전 자체를 오역하는 결과를 초래하게 된다. 이와 같은 맥락에서 원전은 연구자의 연구 근간이 될 뿐만 아니라 이를 바탕으로 다른 연구자들의 다양한 연구를 촉발시킬 수 있다는 점에서 그 자체가 상징적인 의미를 갖는다. 또한 원전은 연구자들에게 작품 해석의 단초를 제공하며, 안정적인 형태의 작품 접근이 가능하도록 하고 작가의식의 실체에 접근하는 통로를 제공한다는 점에서 그 의미와 가치가 있다.

결과적으로 원전 확정 작업은 작가의 저본을 확정하는 의미이자 다른 연구의 초석을 마련한다는 의미를 갖는다. 하지만 디지털 시대가 도래하면서 원전 내지 정전의 개념은 이전과는 다른 방향으로 전개되고 있다. 원전에 기반을 둔 정전의 개념 자체가 이전과는 다른 형태로 변질되고 있기 때문이다. 디지털 시대에는 구술이나 기록문학 시대와 달리 정전에 대한 개념 자체가 모호할 뿐만 아니라 비중도 과거에 비해 미약하다. 또한 디지털 시대에는 정전의 중요성이 약화될 뿐만 아니라 무수히 많은 변종들이 나타나기 때문에 정전의 개념이 애매하며 이를 구분하는 자체

---

6) 이승훈, 『이상 문학 전집 1−시』, 문학사상사, 1989.

가 난해성을 띠게 된다.[7]

기존의 구술이나 기록문학에서 정전의 가치를 시간이 지나더라도 퇴색하거나 약화되지 않는 영속성에서 찾았다면 오늘날 정전의 가치는 생성과 변화, 그 자체를 만들어가는 생명력과 다양성에서 발견할 수 있다. 따라서 기존과 달리 정전의 가치가 훼손되거나 변형된다 할지라도 그 과정 자체가 또 다른 의미를 창출하는 의미를 갖게 되는 것이다.

이 글에서는 이러한 현실에 주목하여 디지털 매체에 등장하는 문자현상을 중심으로 정전의 위상과 그 의미에 대해 검토하고자 하였다. 디지털 시대에는 이전의 아날로그 시대의 구술이나 기록문학시대의 정전과 달리 새로운 형태의 정전이 등장하고 그 정전의 변종들이 다양하게 발생하기 때문이다. 이는 디지털 기술의 발달로 인하여 원전과 복제본의 경계가 해체되는 시대 흐름과 무관하지 않다.

2. 디지털과 정전 개념의 해체

디지털은 우리 문화의 흐름과 삶의 방식에 커다란 변화를 야기하였으며, 지금 이 순간에도 다양한 형태의 변혁을 유발하고 있다. 이와 같은 현상이 발생하게 된 근본적인 원인은 기술 발달로 인하여 원전과 차이가 없는 복제품 양산 시대, 즉 무한복제가 가능한 시대가 도래했기 때문이다.[8] 네티즌들에게 텍스트는 기존의 원전이나 정전 개념이 아닌 개별

---

7) 이 글에서 지칭하는 원본이 텍스트에 초점을 맞춘 것이라면, 정전은 원본을 포함한 좀 더 포괄적인 개념에서 개인의 사상과 시대 정신을 올바로 이해할 수 있는 텍스트를 총칭하는 개념이다.

8) "복사품은 진품의 질낮은 흔적에 불과하다. 여기서 복사품은 오히려 진품의 위대성을 반증

정보 형태로 인식될 뿐이다. 따라서 얼마든지 정보의 재조합이나 합산, 그리고 다양한 형태로의 변형이 가능하게 되는 것이다. 이는 결과적으로 원전 의미의 약화 현상을 야기하고 있으며, 창작에 따른 저작 개념 또한 약화되는 추세로 이어지고 있다.

아날로그 시대의 텍스트와 달리 디지털상의 텍스트는 고정 불변이 아닌 유동적인 형태로 존재하면서 이를 접하는 이들에게 창작동기 유발과 함께 해석의 다양성을 제공한다. 텍스트의 개념변화는 디지털의 확산과 더불어 텍스트 전파과정에서 쌍방향 소통과 함께 일반 네티즌들이 창작자 내지 공동 창작자로 등장하는 현상이 점차 빈번해지면서 나타난 특징이다.9) 그 결과 인터넷상에서는 기록문학에서 발생하기 힘든 작가나 출처 확인 불가 상태의 작품들이 종종 등장한다. 뿐만 아니라 원전과 변형된 형태의 작품이 동시에 인터넷상에 전파되면서 이를 구분하는 것 자체가 어려워진 것도 주목해야할 현상이다. 기존의 처용설화가 김춘수의 「처용단장」으로 작품화되는 경로를 추적할 수 있었던 데 비해 디지털 시대에는 가공이나 익명의 인물들에 의해 이전과는 다른 형태의 창작물로 양산될 가능성이 커지고 있다.

디지털 텍스트의 또 다른 특징은 구술이나 기록문학과 달리 각종 매체를 활용하는 시청각 형태의 작품을 시도하는 현상이 빈번하게 나타난다는 점이다. 이는 원전을 패러디하는 차원을 넘어서 네티즌들이 자신만

하는 데에 활용될 가능성이 크다. 벤야민 시대의 복제기술은 차이의 미학에서 완전히 자유로울 수 없었다. 그것은 순전히 기술적인 한계 때문이었다. 디지털 이전의 복제품은 약간의 품질 손상을 내포한, 진품의 근사치를 흉내낸 차원에 그쳤다."(신성환, 「디지털 복제시대의 새로운 예술미학」, 『한국언어문화』 제34집, 한국언어문화학회, 2007, 203~204면)
9) 작업의 성공여부에 대해서는 논란이 있을 수 있으나 문화관광부 문학분과위원회가 주관한 <언어의 새벽> 같이 공동참여 방식의 의도성이 강한 창작 작업이 향후에 진행될 수도 있다. 팬포엠(www.FanPoem.co.kr)이 여기에 해당한다.

의 방식으로 재구성하거나 원전과 완전히 변형된 형태의 작품을 제작하는 현상과 밀접한 관련을 맺는다. 디지털은 구술이나 기록문학과 달리 사진 및 음향, 그리고 UCC를 비롯한 동영상의 활용이 가능하다는 점에서 광범위한 계층의 즉각적이고 폭발적인 반응 유발이 가능하다.[10] 또 다른 측면에서 본다면 디지털 시대의 기술 발달은 일반인들이 손쉽게 작가가 심혈을 기울인 작품을 복사하고 변형시키는 일을 가능하게 만듦으로써 창작의 근간 자체를 뒤흔들고 있다.

실제로 디지털 시대의 창작작업은 고정이 아닌 진행형으로 이루어지기 때문에 작가들은 완성형태의 저본을 제작하지 않아도 얼마든지 지속적인 수정과 보완이 가능함으로써 자신의 창작의도를 효율적으로 반영할 수 있게 되었다. 또한 디지털 시대를 사는 이들은 상상력에 초점을 맞추던 기존의 글쓰기 방식에서 탈피하여 다양한 소재 차용과 전달방식의 변화 외에 실시간 업그레이드 기능을 추가함으로써 창작방식이나 창작형태의 전반적인 변화를 주도하고 있다.

주지하다시피 아날로그 시대에는 정전의 고유가치를 결정짓는 요인으로 작가, 희소성, 작품의 완성도, 예술성 등의 요소가 복합적으로 작용하였다. 결과적으로 어느 작가가 창작했는지, 그 작가의 어느 시기에 창작했는지, 작품의 희소성이나 작품 수준 등이 작품의 가치를 평가하는 주요 근거가 된다. 만약 작가가 남긴 작품에 여러 유형이 있다면 이와 같은 요소들은 작가의 원전이나 정전 확정 과정에 영향을 미치는 또 다른 근거로 인정받을 수 있었다. 하지만 디지털 시대에는 창작과정의 고뇌와 고통 대신에 저장된 결과물과 대중적인 호응도 여부가 그 자리를 실질

---

10) 수전 보일 동영상과 같이 조회수 1,000만 건을 넘는 동영상이 존재한다는 사실은 디지털을 매개로 한 시장의 가능성과 잠재력을 단적으로 보여준다.

적으로 대체한다.

전통적으로 작가의 작품은 치열한 작가정신과 작가혼이 깃든 산출물
이라는 점에서 고유성과 가치를 인정받는 것이 일반적이었다. 이와 같은
이유에서 기록문학의 경우, 성장 배경을 비롯하여 직접 쓴 육필원고나
창작 배경 등이 연구의 대상이나 문화관광의 소재로 등장하기도 했던
것이다.11) 이러한 요소들이 중요하게 평가받는 것은 이들이 위대한 문학
작품을 배태한 작가의식과 창작 모티브를 추정할 수 있는 실질적인 근
거를 제공하기 때문이다.

하지만 복제본의 경우는 그 양상이 다르다. 높은 인지도와 절대 권위
를 인정받는 원전과 달리 복제본은 천덕꾸러기 신세를 면하지 못한다.
심한 경우 위작 논란으로 인하여 사회 문제를 유발하기도 한다.12) 경우
에 따라서는 복제본이나 위작을 남긴 작가들이 복구불능의 치명적인 훼
손을 입는 경우도 있다. 물론 예외적으로 고호의 작품을 변형시킨 작품
들만을 모아 놓은 ‘복제미술관’처럼 유명한 경우도 있다.13) 하지만 이와
같은 미술관은 원전이 갖고 있는 의미와 가치를 재확인시켜주기 위한
보조 장치에 불과하며 그 자체가 독자성을 확보하고 있는 것은 아니다.
만약 고호의 아우라가 존재하지 않는다면 이 미술관은 성립 자체가 원
천적으로 불가능해지기 때문이다.

그렇다면 문학에서 창작이 갖는 의미와 위상에 대해 좀 더 살펴보도
록 하자. 문학의 경우, 그동안 창작은 작가 고유의 영역으로 남겨져 있

---

11) 일본의 경우, 바쇼를 기념하는 문학비가 전국에 4,000여 개에 이르며, 노벨문학상을 받
았던 『설국』의 작가 가와바다 야스나리가 머물렀던 여관마저도 관광상품화되어 있다.
12) 대표적인 사례가 이중섭의 작품을 둘러싼 위작 논란이다. 이중섭의 유족까지 개입하여
조직적인 형태의 위작 거래가 이루어졌다는 방송 보도와 함께 지금도 정확한 실태를
밝히기 위한 조사가 진행 중인 상태이다.
13) KBS 수요기획 <고호, 돈을 만나다>, 2004. 4. 21 내용 참조.

었다. 창작이야말로 작가가 절대적인 권한을 행사하는 공간이자 다른 이들이 결코 침범할 수 없는 신성불가침의 세계로 인식되어 왔다. 작가들은 이 영역을 고수하기 위해 자신들의 열정과 혼, 그리고 목숨을 담보로 하여 작품을 치열하게 창작하는 데 기꺼이 동참해 왔다. 하지만 디지털 시대에는 글을 접근하는 작가나 독자 쌍방의 의식 변화와 대응하는 방식에서 이전의 아날로그 시대와 큰 차이가 있다는 점에서 문제가 발생한다.

가장 주목할 만한 변화로는 경계인의 영역에 머물러 있던 독자들의 참여가 두드러지게 나타난다는 점을 들 수 있다. 독자들은 작가와 지속적인 교통을 시도하면서 자신들의 요구사항을 제안하고, 이를 작품에 반영하도록 압력을 행사한다. 경우에 따라서는 작가 스스로가 일반 대중의 참여 유도 및 대중화에 직접적으로 나서기도 한다.14) 뿐만 아니라 독자들이 직접 각종 창작 프로그램에 참여하여 창작 산출물을 발표하는 경우도 점차 많아지고 있다.

이는 그동안 창작과 전파, 그리고 수용으로 이어져오던 일련의 문학 전개 방식의 중대한 변혁이 발생하고 있음을 시사한다. 창작과정에서 집단 참여가 가능해졌을 뿐만 아니라 독자들까지 참여에 가세함으로써 창작의

〈그림 6〉 인터넷을 통한 문학나눔, 〈안도현의 시배달〉

---

14) 대표적인 예로, 한국문화예술진흥원은 문화관광부로부터 창작 활성화를 위하여 국고보
조금을 지원 받아 우수 인터넷 문학사이트 지원 사업과 우수 작품 보급을 시행하고 있
으며 점차 그 폭을 넓혀나가고 있다.

기본 범주가 넓어졌으며 창작품 또한 다양한 형태로 산출되고 있기 때문이다. 의식변화에서 기인한 독자들의 적극적인 참여 현황은 그 목적의 다양성과 각종 통계자료에서도 확인할 수 있다.15) 이와 같은 변화의 흐름은 독자들의 참여의 장을 확장시킴으로써 또 다른 문화 창출의 단초를 제공하기도 한다.16)

독자들의 참여폭이 점차 확대되는 이유는 디지털 시대가 가상과 현실, 그리고 주체와 객체가 혼재하는 세계이기 때문이다. 디지털 내에 자리 잡고 있는 인터넷상의 세계는 현실에서는 존재하지 않지만 또 다른 측면에서 본다면 엄연히 실존하는 실체이다. 문학 역시 상상력과 창조성을 기반으로 하여 가상과 현실을 넘나든다. 따라서 인터넷과 문학작품이 상호 연계할 경우, 그 상승작용은 더욱 가공할 위력을 형성하게 된다. 그렇기 때문에 네티즌들은 이우혁의 『퇴마록』, 귀여니의 『그놈은 멋있었다』에서 나타나듯이, 경계인의 자리에 머물러 있지 않고 직접 창작자로 변신하여 작품을 접하는 이들을 독자층으로 수용하면서 작품 산출에 직·간접적으로 영향을 미치는 것이다.

창작 이외도 네티즌들은 지속적이면서 반복적으로 인터넷상을 배회하면서 정보들을 습득하는 데 주력한다. 이 정보들의 유통기간은 한시적이며 끊임없는 제공되는 새로운 정보들에 의해 추월당한다. 그 속성 자체

---

15) 문학의 위기가 거론되던 90년대 이후 신인 등용문을 표방하는 신문사나 잡지사의 수가 증가하고 있으며, 투고하는 전체 작품수 또한 증가 추세에 놓여 있다. 이와 같은 수치 증가는 외면적인 면에서 투고 작품의 양적 팽창을 보여주는 것이지만 이와 함께 질적 심화 또한 동시에 진행되고 있다고 보아야 한다.
16) 전례 없이 인기를 끌었던 TV 드라마 <다모>와 관련한 '다모폐인'에서 확인할 수 있듯이, 최근 들어 TV를 포함한 방송매체에서는 방송사가 운영하는 시청자 게시판에 시청자와 독자들의 참여 빈도가 증가하고 있으며, 방송사 역시 이를 프로그램에 직접 반영하는 사례가 증가하고 있다.

가 자본시장의 논리에 충실하기 위해 네티즌들의 시청각을 자극할 수 있는 대중성과 상업성을 기반으로 하기 때문이다. 이러한 상황이기 때문에 인터넷상에서 예전과 동일한 형태의 정전 개념을 유지하는 것은 현실적으로 불가능에 가깝다. 인터넷상에서 정보 활용 여부를 책임지는 주체는 네티즌 본인 자신이며, 매일 매일 엄청난 양의 정보들이 쏟아져 나오는 추세 속에서 어떤 정보들을 취사 선택할 것인가에 대한 결정 또한 당연히 네티즌의 몫이다. 하지만 이러한 정보들이 인터넷상에서는 다른 작품을 양산할 수 있는 원천을 제공한다거나 파급효과를 끼치기 보다는 단편적인 개체로서 그치고 마는 것이 우리의 현실이다. 구술이나 기록문학에서와 같이 정전으로까지 개념이 확장될 여지가 적다는 것이 인터넷 정보가 갖고 있는 근원적인 한계이다. 문제는 인터넷과 각종 대중매체가 양산하는 엄청난 양의 정보가 결과적으로 구술이나 기록문학에서 제한된 정보를 접촉해야 했던 시대에 구축했던 질의 미학을 훼손할 가능성이 크다는 점이다.

인터넷과 각종 대중매체의 범람은 독자들의 관심 분산과 함께 집중력의 저하로 이어질 뿐만 아니라 피상적인 형태에 분산하게 만드는 효과를 낳는다. 작품에 대한 진지한 고민이나 소통을 위한 노력이 배제된 상태에서 감각적인 형태의 독서나 자극적인 호기심 유발만이 인정을 받기 때문이다. 네티즌들은 실시간으로 넘쳐나는 정보를 접해야 하는 상황이기 때문에 원전이나 정전의 개념과 그 가치에 대해서 애정이나 특별한 관심을 기울일 여유가 없다. 물론 이렇게 된 근본 원인은 대중매체와 인터넷의 발달에 의한 우리들의 감각 변화와 사회·문화에 대한 대응방식의 변화에서 찾을 수 있다. 긍정적인 가능성에도 불구하고 인터넷의 보급이 가져온 정보의 파편화와 다원화는 디지털의 확산이라는 미명하에 작품의 질적 저하와 함께 실제 작품을 창작할 수 있는 창작계층과 수요계층의 와해를 동시에 초래할 수 있다는 점에서 심각한 문제가 아닐 수 없다.

일찍이 인류가 경험하지 못한 기술 발달과 첨단 문명 이기의 보급은 우리에게 가상 세계의 현실화를 앞당겼을 뿐만 아니라 CG와 같은 기술력을 통해 상상의 일반화를 가능하게 만들었다. 최근 각광받고 있는 TV나 컴퓨터 게임산업에서 사용되는 스토리텔링의 경우에도 양상은 크게 다르지 않다. 문제는 이들 작품 역시 시청자들의 시청률과 판매량을 의식하지 않을 수 없기 때문에 상업성과 대중성에 몰입하는 결과를 낳을 수도 있다는 사실이다. 최악의 경우 주체로서의 판단력 마비나 인터넷 중독 등과 같은 부정적인 현상의 팽배로 이어질 수 있다.

인터넷 중독 사례에서 볼 수 있듯이, 인터넷은 대상에 대한 몰입성과 중독성이 강하다. 또한 흥미와 재미를 전략의 기반요소로 삼기 때문에 네티즌들의 즉각적이고 감각적인 반응을 유발하지 못하면 지속적인 생존을 장담할 수 없다. 개발자의 입장에서는 가시적인 효과와 조회수와 같은 외부 반응을 의식하지 않을 수 없다. 결국 디지털이 보편화될수록 창작주체와 수용주체 사이에 이루어지던 상호 보완적인 관계는 해체되고 일방적이고 독단적인 주입식의 전개가 횡행하게 된다. 치열한 생존경쟁과 무한 경쟁의 악순환으로 인한 부작용을 감당해야 하는 대상은 전적으로 네티즌이다.[17]

---

[17] 현재 법원의 저작권(저작자의 권리와 이에 인접하는 권리를 보호하고 저작물의 공정한 이용을 도모함으로써 문화의 향상·발전에 이바지함을 목적으로 제정된 법)에 대한 판결은 인터넷에 공개자료를 올려놓은 것 자체를 불법행위로 간주하고 있다. 저작권법은 원저작물의 불법적인 복제, 배포, 전송을 금지하고 있다. 흔히 상업적인 목적의 복제나 배포만을 불법적인 것이라고 생각하기 쉽지만, 저작권법은 특별한 경우를 제외하고 원저작자의 허가를 받지 않은 모든 복제, 배포 행위를 저작권 침해로 간주한다.

네티즌들이 이에 대한 탈출 방식으로 즐겨 사용하는 인터넷의 '펌'은 독자적인 형태로 존재할 때보다 다른 자료들과 함께 결합하여 시너지 효과를 일으키는 데 유효한 인터넷 방식 중의 하나이다. 디지털 시대에는 '펌'을 통한 내용 전파가 그 어떤 대중매체보다도 더 광범위하고 막강한 파급력을 발휘할 수 있다. 물론 이 과정에서 글을 쓰는 이가 의도하지 않았던 형태의 정보 왜곡과 소외 현상이 발생할 수 있다. 그럼에도 불구하고 '펌'이 인터넷상에서 지식 공유의 특성을 소화시키는 데 유효한 수단이라는 사실에는 변함이 없다. 하지만 '펌'은 본질적인 의미에서 원전이나 정전과 달리 창작이라고는 할 수 없다. 즉 '펌'에서는 원전이나 정전이 유발했던 문화 확산 기능과 다른 이들에게 실행을 촉발하던 동기 부여가 제한적으로 이루어지는 셈이다.

전술한 바와 같이 인터넷의 '펌' 행위는 네티즌들의 유희 대상인 동시에 문화 전파의 핵심적인 역할을 수행한다. 네티즌들은 '펌'에 동참함으로써 다른 이들과의 상호 소통과 문화 전파의 속도를 높이는 데 기여한다. '펌'에 동참함으로써 네티즌들은 자신들이 소외될 수 있는 가능성이 큰 디지털 공간에서의 생존전략을 수립한다. 이를 통하여 네티즌들은 자신의 존재가치를 확인하고 다른 이들로부터 의미를 부여받고자 한다.

'펌'이 갖고 있는 또 다른 가치는 다른 산업으로의 파급을 이끌 수 있는 단초를 제공한다는 점에서 찾을 수 있다. '펌'의 활성화로 인하여 분리되어 있는 정보들 사이에 활발한 교류가 이루어짐으로써 결과적으로 네트워크망의 활성화가 가능할 수 있기 때문이다. 이는 정보의 상호교섭작용으로 나타날 수 있으며, 인터넷 외의 다른 영역과 연계하여 정전의 범주를 확장시킬 수 있다는 장점을 갖고 있다. 이와 같은 공유의식은 정보의 연계성과 활용도를 높임으로써 긍정적인 시너지 효과를 유발할 수 있다.

3. 가치 역전과 의미 충돌

인터넷상의 정보나 텍스트들은 언제든지 본질적인 의미와 가치의 역전 현상이 발생할 가능성이 상존한다. 즉, 인터넷상에서 영속적인 의미나 가치는 존재하지 않는다. 이와 같은 특성 때문에 정격성을 강조하는 오프라인과 달리 인터넷상에서는 인터넷의 특성이나 대중성을 반영한 다양한 형태의 글쓰기가 등장할 수 있다. 다른 이들이 쓴 글이나 내용을 편집을 통해 마치 자신의 것처럼 사용하고자 하는 이들이 등장하는 것도 '펌'이 네티즌들에게 각광받는 이유이기도 하다. 그 결과 원전과 복제본, 패러디와 표절의 경계선이 모호해지기도 한다.

익명에 기초한 글쓰기나 '펌'의 확산현상은 디지털 시대의 명암을 극명하게 보여준다. 네티즌들은 자신의 관심대상이나 전파하고자 하는 내용을 특별한 제한 없이 접속 상태에서 그대로 다운받아 올릴 수 있기 때문에 펌과 같은 행위를 선호한다. 그런 점에서 '펌'은 최소의 시간과 노력을 투자함으로써 각종 매체를 통해 단기간에 광범위하게 퍼뜨릴 수 있다는 측면에서 네티즌들이 선호할 수 있는 요인을 두루 갖추고 있다.

'펌'에서도 확인할 수 있지만 인터넷상에서 우리가 관심을 기울여야 할 사항은 창작 주체의 역할과 의미가 혼재 상태를 거듭하고 있다는 점이다. 네티즌들은 수시로 다른 이의 글에 댓글을 달기도 하고, 때로는 자신이 글을 쓰는 주체로 바뀌기도 한다. 그렇기 때문에 오프라인에 비해 인터넷상에서는 글에 대한 경계나 거리두기가 쉽지 않은 실정이다. 하지만 이와 같은 특성은 결과적으로 네티즌들이 글을 쓸 수 있는 다양한 기회를 부여받고 자신의 생각과 느낌을 즉각적으로 제시하도록 만드는 효과를 낳는 데 기여하였다.[18] 문제는 감상적이고 즉각적인 대응 방식이 결과적으로 인터넷을 접촉하는 이들의 수준을 전체적으로 하향 평준화할 수 있는 위험성을 내포하고 있다는 사실이다. 특히 이를 촉발시키는 요인 중의 하나가 '펌'이라는 사실에 주목할 필요가 있다. '펌'이 정보의 생산과 유통에 상당 부분 기여하면서도 그 가치를 무력화시키는 방향으로 사태를 악화시킬 수 있기 때문이다.

'펌'이 유발할 수 있는 또 다른 문제는 디지털의 가장 큰 논란 요인의 하나인 원전과 복제본에서 찾을 수 있다. 디지털 기술발달은 원전과 동일한 형태의 복제본을 가능하게 함으로써 원전 가치의 약화를 급격하게 초래하였다. 뿐만 아니라 경우에 따라서는 원전과 복제본의 가치가 역전되는 일이 발생하기도 한다. 예를 들면, 개인 사이트에 수록한 어느 글이 '펌'의 형태로 확산된다면 많은 사람들이 단기간에 공유를 통해 내용을 파악하고 주변에 확산시킴으로써 사회적인 이슈를 만들기도 한다. 이 과정에서 기존의 원전 텍스트 자체의 중요성을 강조하던 방식에서 벗어나 인터넷 시대에는 어떤 전달매체를 사용하느냐, 그 전달매체가 무엇이냐에 따라 전파 속도와 영향력에 차이가 발생하는 일이 생기기도 한다.

이때 누군가가 특정 내용을 수록한 사이트에서 일부분을 '펌'의 형태를 이용하여 유명 사이트에 옮길 경우 사람들은 원전의 출처를 자신이 최종적으로 접한 유명 사이트로 착각할 수 있다. 즉 '펌' 행위를 통하여

---

18) 이모티콘의 득세는 합리적 이성보다 감정의 표현이 중요해진 현대사회의 풍경을 반영한다. 프랑스의 미디어 이론가 레지스 드브레는 "좌파는 언어를 선호하고 우파는 이미지를 선호한다."는 말을 한 적이 있다. 여기서 언어란 자신의 이념과 사상·신념에 대한 표현을 지칭한다. 그런 점에서 이모티콘은 분명 언어보다 이미지에 가깝다. 0과 1로 분리된 디지털 감수성은 그 사이의 무한한 점들을 무시한다. 점멸하는 부호로 구성된 이모티콘 역시 수많은 감정을 배제한다. 여기서 감정을 표현하는 이모티콘에 아무런 감정이 실리지 않은 역설이 가능해진다. 감정 없는 감정 언어, 그것이 바로 이모티콘의 실재이다(강유정, 「이모티콘 세대」, 『한국경제』, 2007. 6. 15).

최초의 글이 갖고 있던 원형가치는 훼손되지만 실질 가치는 더 강력해
지는 형태로 변화하는 것이다. 중요한 점은 원작이 인터넷상에서 출처를
확인할 수 없는 펌글의 형태로 진행되면서 여러 가지 부수적인 문제를
야기한다는 사실이다.

실제로 펌글은 일반적인 형태의 글쓰기나 문학작품의 전파 양상과는
상당 부분 그 전개과정이 다르다. 우선 펌글은 전달 주체가 다른 이들에
게 전파하는 과정에서 정제화 과정을 거치지 않는다는 점에서 숙성과
내면화 과정을 거치는 일반적인 글쓰기나 문학과 변별성이 나타난다. 숙
성이 이루어지지 않고 사색이 개입할 여지가 적다는 점에서 네티즌이
보조적인 매개 역할에 그칠 수 있다. 다른 측면에서 본다면 전달주체의
감정 여과나 생각 정리 등이 특별히 필요하지 않는다는 점에서 펌글은
정거장과 같이 단순한 정보의 매개통로에 불과할 수 있다. 하지만 그만
큼 얼마든지 조작과 왜곡이 일어날 수 있다는 맹점을 갖고 있다.

일반인들이 원전이나 정전을 접촉하는 과정에서 여러 가지 제약이 있
었다면 펌글은 시·공간을 극복하여 다수에게 동시 전파가 가능하다는
점에서 문화 전개 양상의 새로운 가능성을 시사한다. 대중매체나 인터넷
상에서 문화 전파의 주도권이 소수의 전문가 일변도에서 일반 네티즌들
까지 참여할 수 있는 형태로 확장될 수 있다는 점에서 참여폭이 넓어지
기 때문이다. 하지만 이와 같은 문화 전파가 생산적이 아닌 소모적인 측
면으로 치달을 경우, 정보의 빈번한 노출과 누적으로 인하여 그 가치가
현저하게 약화되는 현상이 발생하기도 한다. 이러한 우려에도 불구하고
펌글은 정보의 단순 공유 차원을 넘어서 접속자들에게 창조의 원동력을
제공하고 경우에 따라서는 긴장과 자극을 주기도 한다는 점에서 긍정적
인 의의를 갖는다.

펌글의 이면에는 다른 이가 쓴 글을 오래토록 소유하고자 하는 욕망과 이를 다른 이들에게 제시함으로써 공유의 목적을 달성하고자 하는 의식이 교차한다. 그동안 아날로그 시대에는 일반인들이 정보나 문화의 생성 및 전파과정에서 소외당함으로써 자신들이 경계인의 위치에 불과하다는 사실을 직시해야만 했다. 하지만 펌글의 등장과 함께 정보나 문화 소통과정에서 발생하던 일방적인 관계의 역전 현상이 나타나고 있다. 이와 같은 관계 역전이 갖는 사회적 의의는 창작층의 저변 확대와 함께 소통 구조의 다변화를 들 수 있다. 이것뿐 아니라 펌글의 효과적인 활용을 통하여 우리 사회에서 문화를 전파하고 공유할 수 있는 기본적인 토대가 튼실해지는 효과를 기대할 수 있다.

전술한 바와 같이 펌의 가장 큰 문제는 표절과 맞물려 있다는 사실이다. 기존의 내용을 그대로 복사하여 전파하는 속성상 펌은 표절과 밀접한 관련을 맺을 수밖에 없다. 이 외에도 표절과 패러디의 경계를 구분하는 과정에서 충돌이 발생하기도 한다. 하지만 엄밀한 의미에서 본다면 펌글은 표절에 가깝다. 원전의 출처를 밝히지 않고, 마치 자신의 것처럼 제시함으로써 다른 이들을 현혹시킬 가능성이 상존하기 때문이다. 또한 다른 이들의 저작관련 부분을 고려하지 않는 것도 사회적인 통념에 배치된다. 원전이나 정전과 달리 펌글은 단순한 저작권상의 문제만이 아니라 개인의 지적 양심의 문제와도 상충된다는 점에서 치명적인 약점을 안고 있다.

이에 반하여 패러디는 생산적인 형태를 취함으로써 우리 사회에서 새로운 문화 흐름으로 점차 인정받고 있는 추세이다. 패러디가 기존의 원전이나 정전이 갖고 있던 복합적인 가치와 의미를 훼손하지 않는 상태에서 다른 의미를 발견할 수 있도록 가능성을 제시할 뿐만 아니라 가치를 환기시키는 역할을 수행하기 때문이다.

오늘날 오프라인과 온라인은 생성방식, 전개방식, 대응방식, 그리고 문화 확산에 이르기까지 상당부분 의미 충돌과 갈등을 유발하는 요소를 내포하고 있다. 각각 문화의 배태와 전개양상이 다른 상태에서 전개되는 이와 같은 문화 충돌은 소모적인 논쟁으로 그칠 가능성이 크다. 하지만 다행스럽게도 일부에서는 이와 같은 충돌을 완화시키거나 해결하고자 하는 적극적인 의지 피력과 다각적인 시도를 추진하고 있다. 결과적으로 오프라인과 온라인의 공존은 급변하는 시대 속에서 어떤 방식으로건 생존전략을 수립해야 하는 우리가 선택할 수밖에 없는 최선의 결정일 것이다. 그런 점에서 향후에 펌글이나 댓글문화는 오프라인과 온라인의 완충지대 내지 접점지대를 마련하는 데 중요한 역할을 수행할 수 있을 것이다.

현대인들은 기존의 사회와는 비교할 수 없을 만큼 급속한 속도 논리 속에서 양적 팽창과 함께 다양한 변화를 경험하고 있다. 속도와 경쟁 논리는 각종 포털사이트부터 온라인 가격비교 사이트, 온라인 교육시장에 이르기까지 빠르고 광범위하게 오프라인에서 해결하기 어려운 영역까지 확장되는 실정이다. 철저하게 속도와 경쟁 논리 속에서 살고 있는 우리에게 해당 분야의 연구자를 제외하고는 원전이나 정전은 일반인의 관심 밖에 위치해 있었다. 그러나 인터넷의 '펌'으로 대변되는 시도는 이러한 이방의 영역을 우리의 관심권 안으로 끌어들이는 데 일조하고 있다.

또한 디지털은 시공간의 제약을 받지 않는 점에서부터 오프라인과 같은 유지 및 관리비용이 발생하지 않는다는 사실이 온라인 시장의 성공을 예측 가능하게 하고 있다. 온라인은 네티즌 개개인의 성향에 맞게 맞춤식 주문과 상품 개발이 가능하다는 점에서 블루오션을 포함한 틈새시장 개척과 함께 현대인의 욕구를 충족시킬 수 있는 효과적인 대안으로 등장하고 있다. 결국 인터넷을 거점으로 한 글쓰기 전략은 네트워크망과 연계하면서 '펌'과 같은 현실적인 방안 모색과 함께 관점 변화를 통해 새로운 문화콘텐츠 발굴과 개발로의 확장이 가능하다.

상상력과 창조의 고유영역으로 남겨져 있던 글쓰기 또한 펌글이나 댓글의 형태에서 볼 수 있듯이, 디지털 시대에는 네티즌들의 인식 변화를 수반하면서 점차 양상이 달라지고 있다. 기존의 장르 해체만이 아니라 실험적인 형태의 글쓰기가 등장하고 있으며, 각종 매체를 활용한 글쓰기 현상도 활발하게 나타나고 있다. 글쓰는 목적이나 효용도에 맞게 글쓰기 방식과 전개형태가 달라짐으로써 원작자의 의도가 살아나고 글을 읽는 독자들 또한 감동과 충격을 경험하는 일이 많아지고 있는 것도 기존의 원전이나 정전에서는 찾아볼 수 없던 특기할 만한 현상이다.

인터넷상의 글들은 쓰는 이들의 도전정신을 바탕으로 실험성이 두드러지게 나타나기 때문에 다루는 영역과 표현하는 방식 또한 파격적인 형태를 취한다. 인터넷을 기반으로 한 글쓰기는 다음과 같은 점에서 상징적인 의미를 갖는다. 첫째, 인터넷 글쓰기는 기존의 글쓰기에서 강조해왔던 형식미학의 파괴를 통하여 의식을 환기시킨다. 둘째, 인터넷 글쓰기는 글쓰는 과정에서 자기 검열이 상당 부분 배제되기 때문에 그만큼 자유로운 표현 욕구를 대변할 수 있다. 셋째, 인터넷 글쓰기는 쓰는 이의 인식변화와 대응방식의 변화를 통하여 새로운 의미 부여가 이루어진다. 넷째, 인터넷 글쓰기는 소재의 다양한 활용과 함께 실시간 자료를 활용할 수 있다는 점에서 역동적인 전개가 가능하다. 다섯째, 글을 읽는 독자들의 의식변화와 맞물려 현실감각의 반영이 가능하고, 실시간 업그레이드가 가능함으로써 쌍방향의 소통이 가능하다.

이와 같은 이유에서 인터넷 글쓰기는 그동안 원전이나 정전의 권위 아래 일반인들이 근접할 수 없었던 절대 영역에 도전할 수 있는 계기를 제공하였다. 그런 점에서 최근 활발하게 전개되고 있는 인터넷 글쓰기는 평소 글쓰기에 관심을 갖고 있던 이들의 참여 기회 확대와 글쓰기 인구의 저변 확대를 가져오는 효과를 유발할 수 있다. 결과적으로 디지털 시대의 정전은 기존의 아날로그 방식과 다른 형태로 텍스트를 접근하고 해결할 수 있는 가능성을 제시함으로써 우리 문화의 폭을 확장시키고 다양화를 촉진시킬 수 있다.

4. 새로운 정전을 위하여

오늘날 원전과 정전의 형태가 바뀌고 있는 이유는 텍스트 자체의 변화만이 아니라 외부적인 요인과 밀접한 연관성이 있다. 디지털 시대에는 원전 텍스트의 개념 자체가 변화하고 있기 때문에 이에 대응하는 방식 또한 현저하게 변화를 거듭하고 있다.

특히 텍스트의 변화 문제는 형식적인 측면과 내용적인 측면에서 동시에 논의가 가능하다. 형식적인 측면의 변화는 구술이나 기록문학과 달리 사진이나 동영상, 그리고 음악 등을 내재한 형태의 텍스트 등장에서 확인할 수 있듯이 매체와 결합을 시도하는 실험적인 성격이 강하다. 여기에 미디어가 가세함으로써 디지털을 매개로 한 형식의 실험성은 내용에도 직접적인 영향을 미치고 있으며, 정전을 매개로 다음과 같은 변화를 유발하고 있다.

첫째, 글쓰기 방식의 변화이다. 기존의 기록문학과 달리 인터넷에 올라

오는 글들은 단문이 대세를 형성하고 있다. 이는 네티즌들이 문법을 포함한 여러 가지 사항을 고려해야 하는 긴 문장보다 단문 쓰는 것을 선호하기 때문이다. 이는 문체의 변화로도 이어지는데, 특히 이모티콘과 같이 감정을 반영하는데 효율적인 방식의 문장쓰기가 활발하게 나타난다. 기존의 문장과 달리 인터넷의 문장들은 직설적이고 감각적인 표현이 자주 등장한다. 논리보다는 감성에 의존하는 경우가 많기 때문에 글로 전달하는 과정에서도 그대로 반영이 되기 때문이다. 이처럼 감성을 주로 하는 글들은 즉각적인 반응을 유발할 수 있지만 다각적인 측면에서의 검토가 어렵다는 단점을 안고 있다.

둘째, 글쓰기의 수용 주체들의 변화이다. 디지털 시대를 살아가는 수용 주체들은 자신들이 글의 수동적인 수용자의 차원에 머무르지 않는다는 사실을 알고 있다. 따라서 그들은 어떤 식으로건 자신들의 의사를 적극적으로 피력하며, 이러한 과정을 거침으로써 사회 속에서 자신의 존재감을 확인하고자 한다. 소극적인 수용자에 머물러있던 수용주체들은 작성자와 쌍방향의 소통구조를 취함으로써 적극적인 관계형성을 모색하고자 노력한다. 이는 작성자에게도 직·간접적으로 영향을 미치는 한편, 글의 전개방향을 결정짓는 요인으로 작용하기도 한다. 좀 더 적극적인 형태로는 영화나 드라마 게시판에 올라오는 시청자의 글이 극 전개 방향에 영향을 미치고 있는 현실을 들 수 있다.

셋째, 유통경로의 변화이다. 개인이 전달의 주된 매체역할을 수행하던 구술문학 시대나 한정된 출판경로를 통해 유통이 이루어지던 기록문학 시대와 달리 오늘날은 인터넷을 통해 전방위적인 전파가 이루어진다. 이와 같은 유통통로의 변혁은 문학 전체의 전개 흐름을 바꾸는 계기를 마련하고 있다. 유통의 구심점 역할을 해오던 출판시장이 변화하고 있는 것도 경로 변화에 결정적인 요인으로 작용하고 있다. 출판자가 원고를 평가하고 출판여부를 판단하던 시대에서 지금은 창작자 스스로가 출판의 주체로 변신하기도 한다. 경우에 따라서는 블로그나 인터넷 포털사이트에 연재한 글이 폭발적인 반응을 불러일으키면서 출판 제의를 받아 책으로 출간되기도 한다.19) 이 모든 변화의 중심에는 대중의 호응여부, 즉 상업성이 자리 잡고 있다. 인터넷 글쓰기가 추상적인 성과보다는 가시화 될 수 있는 구체적인 결과에 초점을 맞추기 때문이다.

넷째, 의미의 약화 현상을 들 수 있다. 예전과 달리 오늘날 사람들은 책을 내거나 작품을 발표하는 것에 별로 부담을 느끼지 않는다. 이미 글쓰기가 일상화된 세계 속에 우리가 살고 있기 때문이다. 우리들은 하루 종일 문자를 보내고, 인터넷을 서핑하고, 댓글을 달면서 하루하루를 살아간다. 그렇지 않다 할지라도 자신의 의지와 무관하게 대중매체나 광고 등을 통해 자연스럽게 다양한 정보들을 체득하면서 살아야 한다. 이는 필연적으로 가치에 대한 평가와 대응방식에도 영향을 미치고 있다. 예전에는 심각하게 다루어지지 않던 문제들이 논란의 중심에 등장하기도 하고, 지극히 개인적인 소재들이 사회 문제화 되기도 한다. 특히 복제를 확장시킨 패러디 양상이 우리 시대의 유행과 문화 형성에 상당 부분 기여하고 있다는 사실은 절대가치의 약화가 낳은 긍정적인 산물에 해당한다.

다섯째, 관심의 확산을 들 수 있다. 오늘날 현대인들이 정보를 접하는 방법은 다양하며 광범위하다. 현대인은 매일 새롭게 쏟아지는 정보들 속에서 자신들이 원하는 정보를 취사 선택하거나 무의식적으로 노출되면

---

19) 김형곤의 『12분만에 뚝딱!－혼자 먹기 아까운 밥상』(영진출판, 2006), 케이킴의 『케이킴의 깔끔요리－브런치부터 디너까지』(수학사, 2007)는 자신이 취미로 만든 요리를 인터넷에 연재하다가 책으로 출간한 경우이다.

서 살아가는 데 익숙하다. 이러한 현실은 두 가지 측면을 갖고 있다. 하나는 기존의 정보 사각지대에 놓여 있던 정보들의 노출을 통하여 일반인들이 정보를 접할 수 있는 기회를 확장시켜준다는 점이다. 나머지는 우리가 정보의 양적 팽창을 감당할 수 있을 만큼의 실력을 확보하고 있는가 하는 문제와 직결된다. 정보의 양적 팽창은 불특정 정보들을 자신이 원하는 가치 있는 정보로 판단하여 선택할 수 있는가 여부와 상관관계를 맺는다. 아날로그 시대와 마찬가지로 디지털 시대에도 정보의 범람 현상으로부터 생존하기 위해서는 어느 정도의 선택과 집중이 필수적이기 때문이다.

오늘날 정보들은 처음 생성되었던 본연의 가치보다 더 많은 가치를 창출하면서 그 의미 전개가 이루어진다. 기존의 정보가 사전적인 의미에서의 한정적인 형태를 취하였다면 오늘날의 정보들은 그 의미를 다른 영역으로까지 확장시켜 나가고 있다. 이와 함께 나타나는 두드러진 사회 현상은 신조어의 출현이다. 기존에는 없던 물건이나 신개념들이 발생하는 만큼 이에 적합한 신조어의 등장은 필연적이라 할 수 있다. 하지만 기존의 경우와 다른 점은 이와 같은 새로운 개념들이 처음에는 개인의 우연한 시도에서 시작되지만 대개의 경우 사회집단의 동조를 거치면서 사회화되는 현상을 빚고 있다는 사실이다. 이와 같은 현상은 이미 현대인들이 단순히 개인의 차원을 넘어서 사회성장 동력의 한 축을 담당하고 있음을 보여준다. 이전에는 신문이나 방송매체 등에서 유행어가 형성되는 구조였다면 지금은 인터넷을 통해 올린 글들이 사회의 대표성을 띠는 형태로 발전하고 있다.

이러한 이유에서 현대는 예전과 달리 정전이 그 대표성과 독자성을 확보하기가 쉽지 않은 시대이다. 각각의 개성이 강한 요소들이 사회 구성원 전체를 지배하고 있으며, 각종 대중매체나 인터넷이 이를 무력화시키거나 강화시키는 역할을 담당하고 있다. 따라서 개인이 충분한 사유를 바탕으로 판단하고 주체적으로 행동하던 시대에 대한 환상은 이미 상당 부분 훼손된 지 오래다. 하지만 우리가 이 시대에 간과해서는 안 될 것은 정전이 갖는 상징성과 대표성이다. 오늘날에도 여전히 정전들은 인터넷을 통해 그 영역을 확장시켜 나가고 있으며, 새롭게 급부상하는 정전들에 의해 그 위치를 위협당하고 있다. 이는 무수히 많은 정전들이 우리 시대에 새롭게 생성되거나 사라지는 원인이기도 하고 우리가 더 치열하게 살아야 하는 이유이기도 하다.

그럼에도 불구하고 우리들이 정전에 대한 논의를 하고자 하는 것은 정전이 우리 시대와 삶, 그리고 우리가 나아가야 할 미래를 검증할 수 있는 계기를 제공하고 나아가야 할 방향을 제시하고 있기 때문이다. 정전은 우리에게 삶의 가치와 생존해야 하는 이유에 대해 진지한 고민을 던지게 만들며, 우리들이 살아가야 할 가치에 대한 실마리를 제공하기도 한다. 오늘날에도 정전은 여전히 시대와 문화를 읽어내는 아이콘으로서의 그 의미를 지니며, 무수히 많은 다양한 얼굴을 한 채 사회에 대해 막강한 영향력을 행사하고 있다.

현대시에 나타난 매체 상상력의 확산과 강화

1. 디지털 문화와 매체 상상력

대중매체의 발달은 환경의 변화를 유발할 뿐만 아니라 거기에 속한 사람들의 인식까지 변화시킨다. 이는 대중매체의 속성이 확산과 팽창 전략을 통해 많은 이들을 단시간에 자신의 영향권 안에 포함시키는 속성을 지니고 있기 때문이다. 그 결과 불특정 다수의 사람들이 자신의 의도와는 달리 대중매체와의 직·간접 영향권 아래 놓이면서 생각과 판단을 강요받는 일이 종종 발생한다. 이는 문명발달에 따라 매체가 그만큼 개인의 삶과 의식 형성에 지대한 영향을 미치고 있음을 보여주는 예이기도 하다. 이와 같은 특성은 대상을 인식하는 방식의 근본적인 변화와 함께 사고의 전환을 통해 구체화된다.

현대는 사진, 영화, TV 등의 영상 매체가 기존의 문자 중심이던 문화를 빠른 속도로 흡수, 대체하는 특성을 지니고 있다.[1] 이러한 문화 흐름은 컴퓨터를 매개로 하는 문명의 발달이 뒤따르면서 이전 세대들이 일찍이 경험하지 못했던 대중성과 상업성을 바탕으로 하는 새로운 문화 형성의 준거를 마련하는 시도로 이어졌다. 이 시점에서 우리가 주목해야 할 사안은 매체의 발달이 단순히 물리적 환경 변화뿐만 아니라 이를 사용하는 이들의 소통 방식과 의식세계에도 결정적인 영향을 미친다는 사실이다.

대중매체를 중심으로 한 소통의 변화는 인간이 원래부터 지니고 있던 매체에 의한 의미 전달[2]이라는 의미를 지닌다. 이는 우리 시대의 소통 방식이 기존의 언어 표현에 국한되지 않고 매체 발달과 밀접한 관련을 맺으면서 새로운 방향으로 이루어지고 있음을 의미한다. 이와 함께 이루어지는 소통전략의 변화는 매체가 전달자의 의미 전달을 위한 효과적인 도구이자 의사소통 전략의 일환으로서 특수성을 지니게 되었다는 사실을 시사한다. 매체가 문명 발전과 확산을 촉발시키는 역할을 수행하는 배경에는 컴퓨터가 자리 잡고 있다. 컴퓨터를 기반으로 한 인터넷 사용 영역의 확장과 중독 현상은 매체 의존도가 높으면 높을수록 우리의 삶에 미치는 파급효과 또한 적지 않음을 단적으로 보여주는 예이다.

우리는 월드컵 축구 경기와 관련하여 자신에게 온 문자 메시지를 생방송 도중 그대로 전달하여 파문을 일으켰던 모 방송인의 경우나 빌게이츠 타살에 관한 조작 사건을 확인 없이 보도했던 방송 사례에서 볼 수 있듯이, 매체의 급속한 발달에 따른 문제점 또한 간과해서는 안 된다.

---

1) 김혜영, 「이미지의 작용 방식과 상상력 교육」, 『국어교육』 105호, 한국국어교육연구회, 2001, 39면.
2) Norbert Bolz, 윤종석 역, 『구텐베르그—은하계의 끝에서, 새로운 커뮤니케이션 상황들』, 문학과지성사, 2000, 49면.

정보의 참신성이나 신속성에만 초점을 맞추다 보면, 진위를 알 수 없는 정보가 가감없이 유통 과정을 거쳐 많은 이들에게 선의의 피해를 입힐 수도 있기 때문이다. 또한 초등학생이 사스 관련 기사를 인터넷상에 올려 놓아 혼란을 야기했던 홍콩의 경우처럼 익명성에 매체가 개입할 경우, 그 피해는 걷잡을 수 없게 된다. 이는 매체 발달이 인간의 삶을 편리하게 만들 뿐만 아니라 때로는 종속과 지배의 관계로 발전할 수 있음을 보여주는 예에 해당한다. 사건이 대중매체의 전면에 등장하거나 인터넷을 통해 사이버 공간에 대량 유통된 이후에는 오도된 정보를 바로 잡기란 거의 불가능에 가깝다.[3]

이러한 사안을 고려할 때, 다매체 시대의 글쓰기 특성을 논의하기에 앞서 TV와 컴퓨터를 비롯한 매체들에서 이루어지는 상상력의 확장방식과 전개형태에 주목할 필요가 있다. 학습자들에게 상상력을 가르친다는 것은 상상할 줄 아는 힘을 길러 준다는 의미이기 때문이다. 여기서 지칭하는 상상할 줄 아는 힘은 자신이 상상한 것과 남이 상상한 것을 자신의 상상력으로 수용할 줄 아는 공감력을 포함한다.[4]

기존의 상상력이 사람들의 생활과 환경을 개선하는 데 결정적으로 기여했다면, 대중매체가 등장하면서 형성된 매체 상상력은 사람들의 생활

---

3) 대중매체로 인한 문제를 해결하기 위해서는 다면 교차 접근 방식을 활용하는 것이 바람직하다. 즉, 특정 매체가 갖고 있는 영향력을 다른 매체와 연계시켜 상호 검증하는 방식으로 적용하는 것이다. 이는 대중매체와 전세계 네트워크망을 구축하고 있는 인터넷이라는 기술 발달을 적극적으로 활용함으로써 효율적인 대체가 가능할 수 있다. 즉, 동일한 주제에 대해 다른 매체들이 어떻게 상황을 인지하고 있으며, 구현하는 방식에서 차이가 왜 발생하는가 등을 총괄적으로 살펴볼 수 있기 때문이다. 이렇게 할 경우, 각 매체들을 대상으로 한 비교·분석이 가능해지기 때문에 예전처럼 특정 매체에만 의존했을 때에는 확인이 불가능했던 글쓰기의 훈련 효과를 가시화할 수 있다. 뿐만 아니라 이를 문학감상이나 창작에까지 확장시켜 적용할 수 있다.
4) 우한용, 「상상력의 작동구조와 상상력의 교육」, 『국어교육』 97집, 한국국어교육연구회, 1998, 71면.

수준과 의식을 획기적으로 개선하는 데 이바지했다. 이는 기존의 활자화된 문학작품에 비해 문자, 사진, 음향, 동영상 등을 활용하여 보다 자극적이고 감각적이며, 직접적으로 정서에 호소하는 측면을 띠기 때문이다. 또한 기술 발달은 추상의 영역에 머물러 있던 상상력을 현실계에서 생동감 넘치도록 실생활에 구현함으로써 사실감을 부여하고 가시화하는 데 성공하였다. 이는 다매체 시대에서 매체가 단순한 의미 전달을 위한 도구 이상의 의미를 지니며, 그 영역 또한 지속적으로 발전과 진화를 거듭한 결과라고 할 수 있다.

라디오나 TV가 쇼나 드라마와 상호 연계하여 이미지를 창출해 나간다면 인터넷은 강력한 자기 증식력을 바탕으로 세력을 확장시켜 나가는 특성을 지니고 있다. 인터넷의 이와 같은 속성은 각종 상업 광고의 사례에서 확인할 수 있듯이, 대중에게 노출 빈도가 높아지면 높아질수록 매체 의존도가 그만큼 상승하는 사실에서도 확인할 수 있다. 다만 인터넷은 자발적인 접속에 의해 정보접촉이 이루어진다는 점에서 일반적인 대중매체와는 그 성격을 달리한다. 또 다른 측면에서 살펴본다면 컴퓨터와 같은 대중매체의 보편화가 사용하는 이들의 의식 혁명을 유발하는 한편 가상세계에 대한 접근 가능성을 여는 데 기여하고 기술에 기초한 새로운 형태의 매체 상상력을 형성하는 데 일조했다고 할 수 있다.

이와 같은 사실을 고려할 때, 향후 글쓰기의 전개 방식은 활자문화에서 전파문화로 바뀔 것이며, 새로운 기술 개발에 의한 매체들을 적절히 사용할 때 시인들에게 공감하고 동참하는 사람들의 호응도 커질 것이다.5) 영화로도 만들어져 각광받았던 『엽기적인 그녀』, 『동갑내기 과외하

---

5) 최동호, 「하이테크 디지털 문화와 현대시의 존재 전환」, 『디지털 문화와 생태시학』, 문학동네, 2000, 83면.

기』를 비롯하여 『옥탑방 고양이』, 『그놈은 멋있었다』 등은 앞으로의 글쓰기 방식이 평면 방식에서 입체 형태로, 1 : 1의 방식에서 1 : 多의 다중 방식을 지향하는 형태로 변화할 것임을 시사한다. 이들은 인터넷을 매체로 하여 연재 형태로 올려졌으며, 네티즌들의 폭발적인 인기를 끌고 영화화로 이어졌다는 공통점을 지닌다.

이 글에서는 매체 변화에 따른 의식의 전이 양상을 살펴보기 위하여 대중매체를 소재로 하는 시를 대상으로 현대시에 나타나는 매체 상상력의 주요 특성을 살펴보고자 한다. 시의 상상력 작용 방식이 이미지에 근거한다는 사실을 고려한다면 대중매체야말로 이미지의 총체적인 집화이자, 이미지의 확대와 재생산 형태라 할 수 있다. 그러므로 이들을 소재로 하는 현대시 분석 작업은 다매체 시대를 살아가는 현대인들의 세태를 점검한다는 의미와 의식세계의 재조명이라는 의의를 갖는다. 이 글은 현대 문명을 반영하는 대중매체가 시에 형상화되는 방식과 이 과정에서 시인의 시의식이 어떻게 전개되고 있는가에 대해 고찰하고자 한다.

2. 소통 단절과 부재 넘나들기

기술 발달에 의해 온라인과 오프라인의 넘나듦이 많아질수록 다매체 방식의 중요성은 고조된다. 이는 구술이나 활자매체에 의존하던 시대에 비해 동영상을 중심으로 한 TV나 영화 등이 오늘날 우리 삶 가운데 깊숙이 자리 잡고 있기 때문이다.

매체의 영향력이 커지고 있다는 것은 TV나 인터넷이 문화 이데올로기의 구축과 새로운 권력을 양산하는 구심점에 위치해 있음을 의미한다.

이미 시청률이나 시청시간의 증가에서도 입증되고 있듯이, 현대인들에게 TV는 다른 대중매체에 비해 인지도와 지배력이 압도적인 매체이다. 인터넷의 경우, 중독에 대해 정부 차원에서 우려를 표명할 만큼 사태가 심각하다. 이와 같은 상황이기 때문에 TV나 인터넷을 배제하고 이 시대의 문화를 제대로 논의한다는 것은 불가능에 가깝다. 그런 의미에서 TV와 인터넷은 이 시대를 대변하는 의사소통의 장이자 새로운 문화를 창출하는 선봉에 서 있다고 할 수 있다.

TV 광고의 가장 큰 영향력은 언어생활의 변화를 주도한다는 점에서 찾을 수 있다. 단문 위주의 대화 전략, 광고 유행어의 일상화 현상, 맞춤법의 파괴 현상 등에서 나타나듯이, 광고를 모체로 하는 언어생활은 우리 삶을 문법에 근거한 정상 어법보다는 변칙 위주로 치닫게 만든다. 그리하여 감각적인 화면과 생생한 음향 등을 통해 포장된 내용에 자연스럽게 노출되면서 우리는 상품처럼 자신의 의식을 이미지화하거나 왜곡된 현실을 당연시하는 지경에 이르기도 한다. 이와 같은 현상은 다음 시에서도 확인할 수 있다.

> 그녀가 광고하는 비싼 침대에 누워
> 침대 광고하는 그녀를 보고 있는 사람들은
> 또 그녀가 광고하는 차를 타고 다니는 사람들
> 에 비하면 나는 그녀의 아주 작은 사랑밖에
> 받을 수 없다는 생각이 들었지만
> 나는 당당하게 그녀의 사랑을 받고 싶어
> 그녀와 잠시 같은 삶을 살고 싶어
>
> — 함민복, 「자본주의의 사랑」 부분

모든 것이 상품으로 축소된 소비사회에서 소비자를 현혹하는 광고의 위력은 막강하다.[6] 대다수의 사람을 대상으로 하는 동시성과 대중성을 지니는 광고를 접하는 많은 이들은 상품 자체를 떠올리기 보다는 그 속에 구현된 이미지들이 만들어내는 세상을 꿈꾼다. 비록 광고주들은 물건을 팔기 위해 광고를 하지만 소비자들은 광고가 만들어내는 세계의 허상 속에서 자신이 추구하는 이미지만을 받아들이는 것이다. 허구가 실체가 되어 나타나는 광고는 허위 욕망의 확산인 '자아 속임의 미학'[7]에 기반을 두고 있다. 광고 전략에서 확인할 수 있듯이, 광고는 회사나 상품 자체만을 홍보하는 데 치중하지 않는다. 오히려 광고의 전략은 광고를 보는 이들의 숨겨진 결핍과 욕망을 자극하고 이를 공개화하여 욕망 충족에 초점을 맞춘다.

위의 시에 드러나듯이, 화자의 기대는 소박하다. 문제는 소시민으로서 화자가 꿈꾸는 세계가 정작 현실에서는 이루어지기 어렵다는 데 있다. 그것이 현실에 기반을 두기 보다는 광고라는 가상의 상상력을 동원하여 구축된 세계이기 때문이다. 그렇기 때문에 화자의 '당당하게'는 오히려 현실 속에서 왜소한 자신의 현재 상태를 극복하기 위한 몸부림으로 읽혀진다. 이는 화자의 '그녀'가 화자만의 연인이 아니라 만인의 연인이며, 가상세계에서 이미지화된 허상에 불과한 데서 비롯한다.

화자는 "당당하게 그녀의 사랑을" 받고 싶어하지만 그의 염원은 '비싼 침대', '차' 등과 같이 물신화된 세계에 의해 철저하게 차단당한다. 결국 그는 산업화의 진전에 따라 비대해진 도시 현실과 자신의 이상을

---

6) 김성곤, 「대중문화, 중류소설, 소비사회」, 『뉴미디어 시대의 문학』, 민음사, 1996, 121면.
7) 문선영, 「패러디와 문화비평」, 김준오 편, 『한국 현대시와 패러디』, 현대미학사, 1996, 231면.

연결시키는 데 실패하기에 이른다. 그가 체감하고 있는 것처럼 가진 자와 가지지 못한 자의 간극이 현실세계에서 쉽게 좁혀지지 않기 때문이다. 다만 그는 자신의 상상력이 도달할 수 없는 세계에 대한 소외감과 상대적인 박탈감을 직시함으로써 자신의 한계를 절감할 뿐이다. 이러한 이유에서 화자가 광고를 통해 떠올린 사랑은 현실에서는 불가능한 것이며, 이미지를 통해 만들어진 '자본주의의 사랑'이 될 수밖에 없는 것이다.

그는 "아름답고 좋은 것만 가득 찬"(「광고의 나라」) 세상을 꿈꾸지만 그것은 결국 허상에 불과할 뿐이다. 광고가 실체를 그대로 드러내기 보다는 순간적인 이미지를 형상화하고, 인간의 잠재적인 욕망을 만족시키는 데 역점을 두기 때문이다. 광고의 특성상 화자의 욕망을 만족시켜줄 수 있는 대상은 현실 어디에도 존재하지 않으며, 그 결과 그는 극심한 결핍을 느끼게 된다. 이와 같은 결핍은 오프라인상에서 물건을 구매한다고 해도 쉽게 채워지지 않으며, 오히려 더 심한 결핍만을 양산하는 요인으로 작용한다.

그가 외치는 "자본의 에덴동산", "자본의 무릉도원", "자본의 서방정토", "자본의 개벽세상" 역시 모든 이에게 통로가 열려 있는 것이 아니다. 이들은 부와 명예를 가진 자에게만 제한적으로 영역을 개방하는 폐쇄성을 가지고 있다. 이런 상황이기에 그의 궁극적인 지향에 해당하는 TV 속 세상은 모든 이가 행복을 누리는 세계가 아니라 환상이 지배하는 허상의 잔치에 그치고 만다. 결국 광고는 이상적인 이미지를 통해 우리가 이상과 현실의 경계를 극복할 수 있게 도와주지만, 그 한계는 현실에 기반을 두지 않고 출발한다는 데 있다. 결국 그 차이를 직시하는 상황에 이르면 TV와 광고의 환상에 매달리던 이들은 오히려 더 심각한 괴리와 정서적 빈곤을 경험하게 되는 것이다. 이와 같은 특성은 라디오를 다룬 시에서도 나타난다.

‘김춘수의 「꽃」을 변주하여’라는 부제가 붙어 있는 장정일의 다음 작품은 라디오의 매체 특성에 주목한 시이다. 이 작품은 패러디 개념을 도입한 시로 볼 수 있지만, 또 다른 측면에서 본다면 상호텍스트성에 바탕을 둔 모방8)의 시로도 읽을 수 있다. 그 본원적인 이유는 대상을 접근하는 방식의 현격한 차이에서 발생한다.

내가 단추를 눌러주기 전에는
그는 다만
하나의 라디오에 지나지 않았다.

내가 그의 단추를 눌러주었을 때
그는 나에게로 와서
전파가 되었다.

내가 그의 단추를 눌러준 것처럼
누가 와서 나의
굳어버린 핏줄기와 황량한 가슴속 버튼을 눌러다오
그에게로 가서 나도
그의 전파가 되고 싶다.

우리들은 모두
사랑이 되고 싶다.
끄고 싶을 때 끄고 켜고 싶을 때 켤 수 있는
라디오가 되고 싶다.

- 장정일, 「라디오와 같이 사랑을 끄고 켤 수 있다면」 전문

---

8) 김상욱, 「활동 중심의 시 창작교육」, 『문학과 문학교육』 2호, 문학과문학교육연구소, 2001, 65면.

위의 시에서 화자와 대상과의 관계 맺음은 존재를 인식하는 방식에서부터 시작한다. 부사어 '다만'에서 확인할 수 있듯이, 1연에서 화자는 대상과 일정한 거리를 유지하고자 하는데, 이는 직접 얼굴을 대하지 않아도 되는 라디오 매체의 속성과 부합하는 것이다. 이는 대중매체의 특성 중의 하나인 간접성과도 밀접한 관련을 맺는다.

이 시에서 화자와 대상과의 관계는 단추를 누르기 '전'과 '후'라는 분기점을 통해 새로운 국면 전환을 맞이한다. 1연에서 "라디오에 지나지 않았"던 대상이 화자의 적극 개입에 의해 2연에 이르면 이전과는 다른 의미를 지닌 존재로 탈바꿈하기 때문이다. 이는 단추를 누르는 화자의 행위로 대변되는 화자의 관심 표명과 그로 인한 인식 전환이 상호 맞물림으로써 가능해진다.

화자가 단추를 눌렀을 때, 그것은 '라디오' 차원의 정적 단계를 넘어서 역동적이고 생동하는 '전파'로 변화한다. 즉, 단추를 누름으로 해서 화자가 무의미한 존재에서 의미 있는 존재로 거듭난다는 점에서 이 행위는 대상과의 상호 소통을 원활하게 만들기 위한 시발점에 해당한다. 결국 화자의 단추 누르기는 대상과의 관계를 활성화시키기 위한 시도이며, 관계 모색의 정당성을 부여한다.

하지만 쌍방향의 소통이 원활하게 이루어지기 위해서는 화자의 "굳어버린 핏줄기와 황량한 가슴"을 따뜻하게 만들어줄 누군가가 필요하다. 이는 전적으로 화자의 감성과 직관에 근거한 것이지만, 이를 실질적으로 기능하게 하기 위해서는 적극적이고 구체적인 행동이 뒤따라야 한다. 의미 부여는 김춘수의 「꽃」에서는 이름을 불러줌으로써 가능할 수 있었지만 라디오와 같은 대중매체일 경우 상황은 달라진다. 라디오가 열린 소통구조를 취하는 것처럼 보이지만 다분히 폐쇄적인 매체 특성을 갖고 있기 때문이다. 방송국에서 전파를 보내는 과정이나 이를 받기 위해 필요한 장치에서 확인할 수 있듯이, 라디오는 쌍방향 소통구조를 취하기보다는 일방적인 소통구조에 기초한 매체이다. 그렇다 할지라도 라디오를 둘러싸고 만들어지는 다양한 관계 자체를 전면 부정할 수는 없다. 이미 그것이 현실계에서 엄연히 존재하며, 라디오라는 매체를 중심으로 상호 소통의 진폭을 넓혀가고 있기 때문이다. 화자와 대상 간의 원활한 소통을 가능하게 하기 위해서는 '누군가'의 구체적인 노력이 병행되어야 한다. 그것이 이루어지지 않는다면 화자의 외침은 공허한 메아리에 머물 수밖에 없다. 이는 청각에 기반을 둔 라디오라는 매체의 특수성으로부터 기인한 것이지만, 화자와 대상 사이의 심리적 거리가 쉽게 회복되기 어려운 상태임을 암시하는 부분이다.

2, 3연에 걸쳐 화자는 사랑을 '전파'의 속성과 연계시키고 있다. '전파'는 공간의 경계 해체를 유발하여 상호 간의 연계를 직접 대응이 아니라 직·간접의 포괄적 관계로 발전시킬 수 있다. 또한 전파는 열린 공간의 특성상 불특정 사람들의 참여와 개입을 허용하여 언제든지 대열에 합류하게 만드는 특성을 가지고 있다. 이렇듯 전파는 현재의 청취자뿐만 아니라 잠재적인 청취자를 비롯한 불특정 다수를 포함시키면서 세력 범위를 확대해 나간다. 이 과정에서 전파를 매개로 하는 라디오가 시·공간의 경계를 급격히 해체시켜, 사람들의 생활방식과 의식구조의 변화에 기여하는 것이다.

다른 측면에서 본다면 화자에게 라디오는 또 다른 의미로 해석이 가능한 개체이다. 화자에게 라디오의 버튼이 살아 있음을 자극하는 내밀한 속성을 지니기 때문이다. 버튼이 새로운 생명을 부여하듯이, 화자가 대상의 이름을 불러주는 것은 살아 있음을 깨닫게 만드는 창조적인 행위이다. 화자는 "사랑을 *끄고 켤 수 있다면*"이라는 가정 제시를 통해 사랑의 단순화를 염원한다. 그러나 화자의 기대와 달리 현실에서는 사랑을 끄고 켠다는 것 자체가 불가능하다. 사랑이 사람의 고유 영역에 속하며, 인간 사이의 관계 맺음을 통하여 빛을 발하기 때문이다. 그럼에도 불구하고 화자가 사랑을 라디오와 연계시키는 것은 사랑이 인간을 살아 있게 만드는 본질적인 요소임을 직시한 결과이다. 즉, 화자는 매체에 의해 사랑의 속성이 쉽게 변하지 않으며, 오히려 삶의 중심 요소로 더 강하게 자리잡는다는 사실을 간파하고 있다.

이 시에서 화자는 "라디오와 같이" 무겁고 진지한 사랑을 "끄고 켤 수" 있기를 상정하면서 사랑의 무거움을 과감하게 해체시키고 있다. 그러나 화자가 '—다면'이라는 가정을 동원하여 사랑의 개념 해체를 시도하는 것은 그만큼 사랑이 우리 삶에서 진정성을 확보하고 있다는 사실을 반증한다. 그는 라디오처럼 사랑을 끄고 켤 수 있기를 희망하지만 역설적이게도 화자는 결국 사랑으로부터 자유로울 수 없는 존재라는 사실을 확인할 뿐이다. 결국 시인은 라디오의 특성을 전면에 부각시켜 가볍게 사랑에 임하는 세태에 '사랑'의 의미를 환기시키고자 하는 것이다.

현재 대중매체에서 방송되고 있는 다양한 광고는 이 시대를 살아가는 이들의 사고방식이 급격하게 변화하고 있음을 단적으로 보여 준다. 이미 TV 광고에서 선풍적인 인기를 끌었던 "묻지마 다쳐", "날 물로 보지마" 등은 광고 이외의 다른 의미까지 수반하면서 당대의 정서와 문화를 대변할 수 있는 대표성을 확보하였다. 이는 광고가 단순한 상품화 전략의 일환으로서만이 아니라 시대와 사회를 읽어낼 수 있는 의사소통 방식의 새로운 장을 열었음을 의미하는 것이다.

3. 휘발성과 시원(始原)으로의 복귀 의지

　최근에 문화에서 두드러지게 나타나는 특징 중의 하나는 기술의 발달
이 새로운 의식을 형성하고 사람들의 생활 양식을 바꾸는 데 주도적인
역할을 수행한다는 점이다. 컴퓨터와 인터넷을 중심으로 한 기술 발달은
수평·수직적인 공간 개념을 확대시켜 입체화로 만드는 한편 속도를 앞
세워 사람들의 생활 반경을 확대시키는 결과를 초래하였다. 나아가 환경
변화에 따른 사고방식의 변화를 유도하여 시대·사회적인 흐름을 변혁
시키는 방향으로 나아가고 있다.

　이 변화를 가능하게 만든 것은 컴퓨터를
매개로 하는 인터넷의 발달이다. 책상에 한
정되던 컴퓨터의 이용 환경은 노트북의 성능
향상과 함께 집 안과 집 밖, 그리고 이동하면
서도 쓸 수 있는 형태로 점차 바뀌고 있다.
컴퓨터 사용이 고정형에서 이동형으로 바뀌
고 있으며, 무선 인터넷 가능지역을 지칭하
는 '핫스팟'은 연일 급속하게 확산되고 있는
실정이다. 뿐만 아니라 첨단 기술을 장착한
'센트리노' 시대가 열리면서 이동반경이 더

〈그림 1〉 생활 공간 확장의 첨병, 노트북

욱 넓어졌고, 작업 시간 역시 예전에 비해 엄청나게 늘어나게 되었다.
이러한 외부 환경 변화는 이를 사용하는 이들의 생활양식을 바꾸는 한
편 그에 기반을 둔 매체 활용도 또한 급속도로 활성화시키고 있다. 이와
같은 변화의 핵심에는 컴퓨터의 등장이 자리 잡고 있다. 그렇다면 컴퓨
터 등장 초기 무렵, 이를 인식하는 방식을 통해 컴퓨터가 어떻게 우리

삶에 받아들여졌는지에 대해 살펴보자.

> 나의 사유는 16비트 컴퓨터의 스위치를 올리는 순간부터 작동된다
> 모니터의 녹색 화면에 불이 켜지고
> 뇌하수체의 분비물이 허용치를 넘어 적신호가 울릴 때까지
> 키보드를 두드리는 나의 손은 검다
> 부화되지 못한 욕망과 도덕적 관점에서 비난받아 마땅할 내 개인적 삶
> 의 흔적은
> 컴퓨터 파일 <삭제>키를 누르기만 하면 사라진다
> 나의 하루는 컴퓨터 스위치를 올리는 것
> 그리고 끊임없이 기록하고 기억을 저장시키는 것
> 세계는, 손 안에 있다
> 나는 컴퓨터 단말기를 통하여 지상의 모든 도시와
> 땅 밑의 태양 그리고 미래의 태아들까지 연결된다
> 나의 두 눈은 환한 불을 켜고 있는 TV
> 나의 심장은 거대하게 돌아가고 있는 공장의 발전실
> 모든 것은 개인용 컴퓨터의 스위치를 올려야만 움직이기 시작한다
> 전기를 공급하는 것은 그러나 그대의 의지
> 돌아 보면 땅끝으로 노을이 인다
> 우리가 절벽을 땅이라고 불렀던가

– 하재봉, 「비디오 / 퍼스널 컴퓨터」 전문

위의 시에서 화자는 컴퓨터의 존재 자체보다는 그로 인해 파생하는 환경과 일상성의 변화에 더 많은 관심을 기울이고 있다. 화자에게 컴퓨터는 단순한 *끄고 켜는* 기계 이상의 의미를 지니는 데, 그가 컴퓨터의 작동과 함께 자신의 사유 역시 시작하는 것으로 인식하고 있기 때문이다. 이는 0과 1이라는 비트를 매체로 무제한의 양적인 팽창을 가능케 만

드는 컴퓨터의 특성이기도 하다. 화자에게 컴퓨터의 작동은 정지해 있던 사유의 확장과 동일한 의미이며, 새로운 의식 전환을 이끌어내는 구체적인 계기로 작용한다. 이러한 발상이 가능한 것은 화자의 매체 상상력이 진화과정 중인 컴퓨터로부터 출발하기 때문이다.

화자는 자신의 삶을 "부화되지 못한 욕망"과 "도덕적 관점에서 비난받아 마땅할" 것으로 규정한다. 이는 화자를 지속적으로 괴롭혀온 뿌리 깊은 연륜을 가진 것이지만 컴퓨터 내에서는 동일하게 적용시키기 곤란하다. 그렇기 때문에 그는 '삭제' 과정을 거쳐 이전과는 다른 새로운 존재로 거듭나고 싶은 것이다. 자신의 존재를 새롭게 갈구하는 화자의 욕구가 개인 흔적의 '삭제'라는 표면적인 실제 형태를 통해 잠재적인 욕망의 분출로 나타나고 있다. 이는 컴퓨터라는 매체가 등장하기 이전에는 불가능했던 사고방식이기도 하다.

이전까지의 '삭제' 개념은 망각, 사망, 활자매체의 소각이나 분실 등과 같이 존재의 부정이나 물리적인 해체를 중심으로 이루어져 왔다. 하지만 컴퓨터를 매체로 한 환경에서의 삭제란 현존하는 자체, 즉 존립의 근거를 부정하는 것과 통한다. 이는 컴퓨터 특유의 휘발적인 속성과 깊은 관련을 맺는다. 삭제를 누름으로써 지금까지 분명하게 존재하던 것들이 순식간에 휘발해버리기 때문이다. 비록 컴퓨터에서 삭제 키를 누리지 않더라도 다른 외부 요인이나 물리적인 속성에 의해 휘발의 속성은 그 위력을 발휘한다. 컴퓨터 개발 초기에 워드 작업을 하는 과정에서 많은 사람들이 경험했던 것처럼 장시간 작업했던 것들이라 할지라도 저장하지 않으면 그것은 순식간에 사라져버린다.

컴퓨터 사용에서 저장 과정을 통해 존재 자체가 의미를 부여 받고, 이 과정에서 백업 파일을 통해 자료의 복원이 가능해진 것도 주목할 필요가 있다. 그리하여 결과적으로 시인의 존재 자체가 표면상으로는 드러나지 않으면서도 백업 파일이나 임시 파일 속에 여전히 존재하는 모순이 발생하는 것이다. 주목해야 할 점은 삭제 대상이 화자의 욕망과 양심이라는 사실이다. 이들은 자판을 누르는 화자의 행위를 통해 실행에 옮겨질 수 있지만 그것 역시 엄밀한 의미에서 완전한 해결책은 아니다. 이를 실행하는 과정에서 화자의 의지와 무의식이 개입할 수 있기 때문이다. 그럼에도 불구하고 화자가 '삭제' 버튼을 떠올리는 것은 매체 환경의 변화가 그에게 새로운 시대의 도래에 대한 확신과 자신감을 불어넣으리라는 기대 때문이다.

결국 화자에게 컴퓨터란 새로운 환경의 부산물이자 문명이 이룩해낸 효과적인 매체를 의미하지만, 그가 안고 있는 본질적인 문제까지 해결해주지는 못한다. 그의 궁극적인 관심사는 컴퓨터를 끄고 켜는 방식이 아니라 자신의 욕망을 정화시킬 수 있으냐, 그렇지 못하느냐에 집중되어 있다. 그렇기 때문에 화자에게 컴퓨터는 생명을 가진 것이면서 또 한편으로는 생명이 상실된 세계라는 이중성을 지닌다. 이와 같은 현실은 컴퓨터를 둘러싼 매체 특성과 이를 바탕으로 한 문화 환경의 특수성과 무관하지 않다.

화자는 컴퓨터의 기록과 재생, 그리고 이들이 빚어내는 관계에 관심을 기울이고 있다. 하지만 매체 상상력에 의존하는 것만으로는 그가 시도하는 "지상의 모든 도시와 / 땅 밑의 태양 그리고 미래의 태아"를 연계시키는 일은 요원하다. 여기에 기술 발달이 컴퓨터가 지배하는 세계와 인간 사이의 긴장과 갈등 국면을 초래할 수 있다는 문제의식이 뒤따른다. 결국 이러한 불안감은 화자로 하여금 가시적인 세계 외에 비가시적인 세계까지를 포함한 인식의 확대로 이어지고 있다. 이 과정에서 컴퓨터는 창조적인 산파의 역할뿐만 아니라 전세계를 파멸로 이끄는 저주받은 존재로 자리매김할 수도 있다.

위의 시에서 화자는 끊임없이 자신을 철저하게 매체와 동일화하기를 시도한다. 결국 화자는 자신의 두 눈과 심장을 소통으로 일원화시키는 성스러운 과정을 통해 대상과의 일체화를 떠올리는 것이다. 이는 문자와 소리, 그리고 영상을 이용한 통합매체(audio-visual)의 개념과 깊은 관련을 맺는다. 하지만 그가 정작 중시하는 것은 물질문명의 발달이나 그에 따른 산업화의 편리함이 아니다. 오히려 그는 스위치보다는 '전기', 즉 생명 불어넣기에 더 큰 의미를 부여한다. 이를 화자가 "그대의 의지"로 규정하는 것은 화자가 매체의 중요성을 인지하고 있음에도 불구하고 최종 판단을 인간의 영역으로 규정하고 있음을 의미한다. 이 과정에서 화자가 '의지'를 강조하는 것은 문명의 이기라 할지라도 이를 어떻게, 어떤 의도로 사용하느냐가 더 중요하다는 것을 간파한 결과이다.

컴퓨터와 인터넷의 등장은 문명 발달의 결과이지만 확산의 문제는 그동안 인간이 향유할 수 없었던 세계 확장의 영역에 주체의 의지 문제가 새로운 화두로 등장할 수 있음을 시사한다. 이 과정에서 예전에 없었던 개념이 발생하고, 이를 기존의 세계와 접맥하기 위한 구체적인 노력이 뒤따라야 하기 때문이다. 다른 시인의 시에서 어떤 방식으로 컴퓨터가 다루어지는가에 대해 살펴보도록 하자.

새로운 시간을 입력하세요
그는 점잖게 말한다

노련한 공화국처럼
품안의 계집처럼

그는 부드럽게 병립한다
준비가 됐으면 아무 키나 누르세요
그는 관대하기까지 하다

연습을 계속할까요 아니면
메뉴로 돌아갈까요 ?
그는 물어볼 줄도 안다
잘못되었거나 없습니다

그는 항상 빠져나갈 키를 갖고 있다
능란한 외교관처럼 모든 걸 알고 있고
아무것도 모른다

이 파일엔 접근할 수 없습니다
때때로 그는 정중히 거절한다

그렇게 그는 길들인다
자기 앞에 무릎 꿇은, 오른손 왼손
빨간 매니큐어 14K 다이아 살찐 손
기름때 꾀죄죄 핏발선 손을,
솔솔 꺾어
길들인다

민감한 그는 가끔 바이러스에 걸리기도 하는데
그럴 때마다 쿠데타를 꿈꾼다

돌아가십시오 ! 화면의 초기상태로
그대가 비롯된 곳, 그대의 뿌리, 그대의 고향으로
낚시터로 강단으로 공장으로

모오두 돌아가십시오

이 기록을 삭제해도 될까요 ?
친절하게도 그는 유감스런 과거를 지워준다

깨끗이, 없었던 듯, 없애준다

우리의 시간과 정열을, 그대에게

어쨌든 그는 매우 인간적이다
필요할 때 늘 곁에서 깜박거리는
친구보다도 낫다 애인보다도 낫다
말은 없어도 알아서 챙겨주는
그 앞에서 한없이 착해지고픈 이게 사랑이라면

아아 컴 - 퓨 - 터와 씹할 수만 있다면!

- 최영미, 「Personal Computer」 전문

　동일한 소재를 다루고 있으면서도 최영미의 접근 방식은 하재봉과 다르다. "끊임없이 기록하고 기억을 저장"(하재봉, 「비디오 / 퍼스널 컴퓨터」)하는 대상에 불과했던 컴퓨터가 이 시에 이르면 기계 이상의 역할을 충실히 수행하는 것으로 그려지고 있다. 그런 점에서 "컴-퓨-터와 씹할 수만 있다면!"이라는 다소 노골적인 표현은 비록 상상력의 도움을 받은 것이지만, 향후 컴퓨터가 인간의 고유 영역을 대체하는 시대가 멀지 않았음을 떠올리게 만든다.

　문명의 발달 과정에서 발생한 컴퓨터는 새로운 매체 환경과 시대적인 흐름을 주도하면서 화자의 삶과 인식 자체를 변화시킨다. 문제는 이와 같은 환경 변화의 혜택이 화자의 활동 반경과 운신의 폭을 제한하는 부작용을 유발한다는 점이다. 이처럼 매체 발달이 가져다주는 편리함은 그의 삶을 풍요롭고 안락하게 보이게 하면서도 정작 현실계의 문제를 해결할 가능성이 실제로는 부재하다는 사실을 각인시킨다. 하지만 매체 발달에 따른 환경의 변화야말로 화자가 자신의 현재 삶을 벗어나 새로운 생을 영위하기 위해서 필수적으로 거쳐야 하는 통과의례이다. 결국 이러한 과정을 거치면서 화자가 자신의 가식과 욕망을 극복하고, 자신의 정체성을 확보해 나갈 수 있기 때문이다.

그런 의미에서 가식이야말로 화자를 억압하는 최대의 장애이자 억압이다. 그에게 환경은 자신을 구속했던 세계이며, 욕망은 지워버리고 싶은 "유감스러운 기억"의 부산물에 불과하다. 그렇기 때문에 화자는 자신의 기억을 "깨끗이, 없었던 듯, 없애"기를 염원하는 것이다. 쉼표를 통해 의식의 단절 현상이 나타나는 것은 그렇게 한다고 해도 결코 깨끗하게 없어지지 않으리라는 사실을 화자가 냉철하게 인식하고 있음을 보여준다. 우리가 현실계에서 불가능한 일을 무의식의 힘을 빌어 달성하고자 하듯이, 화자 역시 컴퓨터라는 구체적인 실체를 통해 자신의 '유감스런' 기억을 지우고자 한다. 그가 궁극적으로 추구하는 것은 자신을 얽어매고 구속하던 부자연스러움에서 벗어나는 일이다. 이는 화자가 자신을 구속해오던 사회적 억압, 즉 없애버리고 싶었던 부도덕성의 굴레로부터 완전히 초월하고자 함을 의미한다. 이것은 화자의 생명에 대한 강렬한 열망인 동시에 자유 추구 의지에 근원을 두고 있다.

화자는 이를 또 다른 형태의 '길들이기'로 단언한다. 길들이기란 상호 문화화 과정(mutual culturation process)[9]이라 할 수 있는 것으로, 새로운 환경에 익숙해지는 것을 의미한다. 하지만 이는 결과적으로 인간을 통제하는 또 다른 방식에 종속된다는 것에 불과하다. 이 과정에서 화자가 주목하는 것은 컴퓨터 앞에서 모든 이들이 평등할 수밖에 없다는 보편 논리이다. "다이아 살찐 손"이나 "기름때 꾀죄죄 핏발선 손"이라 할지라도 컴퓨터 앞에서는 예외가 될 수 없다. 매체의 발달에 따라 기존의 세계를 지탱해주던 부와 명예, 그리고 권위의 절대성이 허물어지고 단순화되는 것이다. 그는 이 길들이기를 은근히 즐기고 있으며, 이를 예찬함으로써 그 세계에 동화되고자 한다. 하지만 컴퓨터를 사용하기 위해서는 여러 가지 환경적인 제약이 따른다는 점에서 이 평등은 처음부터 왜곡된 구조를 가지고 있다. 그러므로 화자가 인식하는 길들이기는 외부로 보여지는 표층 구조에 불과하며, 제한된 이들에게만 그 사용을 허가한다는 점에서 불평등에 가깝다. 또 다른 측면에서 본다면, 그것은 시원(始原)의 세계로 돌아가고픈 화자의 내밀한 욕망과 상반되는 세계이다. 그가 바이러스에 감염된 컴퓨터와 초기 화면을 떠올리는 것은 이러한 이유에서이다.

바이러스에 걸린 컴퓨터가 초기화를 통해 새롭게 거듭나듯이, 화자 역시 현실에서 벗어나 시원으로의 복귀를 끊임없이 꿈꾼다. 이를 통하여 화자는 자신이 몸담고 있던 세계의 한계와 경직성을 극복하고자 하는 것이다. 화자의 이러한 염원은 현재를 전면적으로 부정하는 쿠테타에 대한 염원으로 이어진다. 이러한 요소들은 그의 궁극적인 지향점에 해당하는 "그대의 뿌리, 그대의 고향", "낚시터로 강단으로 공장으로" 등에서 읽을 수 있다. 결국 화자의 지향이 컴퓨터와의 단순한 관계 맺음이 아니라 자신의 내밀한 욕망으로부터의 벗어남을 통해 생명의 세계로 다시 환원하는 것임을 알 수 있다.

---

9) 우한용, 「문학교육의 문화론적 기초」, 『문학교육과 문화론』, 서울대 출판부, 1997, 19면.

  화자가 컴퓨터를 전면에 내세우는 이유는 간단하다. 그가 컴퓨터에게 느끼는 것이 "매우 인간적"이라고 판단하기 때문이다. 하지만 이것은 본질을 왜곡한 착시 현상에 불과하다. 이와 같은 화자의 판단이 컴퓨터를 치밀하게 분석하여 획득한 결과가 아니라 주관적이고 감상적인 입장에서 파악하고 규정한 것에 지나지 않기 때문이다. 객관적인 사실은 컴퓨터가 인간적이지 않다는 것이지만, 화자는 이를 다분히 자의적으로 해석하고 있다. 그가 이렇게 생각하는 이유는 "필요할 때 늘 곁에서 깜박거리"는 지극히 현실적인 이유 때문이다. 그에게 '필요할 때'라는 조건부 제약은 이를 완벽하게 구현할 수 없는 현실 상황 앞에서 화자의 절망을 유발한다. 컴퓨터의 깜박거림은 화자를 위한 것이 아니라 매체의 특수성에서 기인한 것이다. 그럼에도 불구하고 컴퓨터 시대의 도래는 화자가 달성하지 못했던 새로운 가능성을 보여준다는 점에서 희망적이다. 하지만 인간의 정서나 감각만으로는 불가능하던 것들이 컴퓨터를 통해 해결되기까지는 외적 환경 외에 문화 환경과 의식 변화가 동시에 수반되었기 때문에 가능할 수 있었다.

  이러한 관점에서 화자는 컴퓨터를 인간과 대등한 관계로 등장시켜 독자들의 의식 환기를 꾀하고 있다. 이는 화자가 대상을 인식하는 방식의 한 단면이지만 현대인들의 내면세계를 그대로 드러내는 데에도 유효하다. 화자에게 컴퓨터란 늘 자신의 곁에 있으며, 자신의 불편함을 알아서 챙겨주는 새로운 개념의 친구이다. 그것이 화자로 하여금 기계에 불과한 컴퓨터를 친구나 애인보다 낫다고 판단하게 만드는 근거이다. 물론 이와 같은 접근방식은 컴퓨터의 본질과는 다른 문제이지만 화자에게는 각별한 의미를 갖는다. 그가 최종적으로 관심을 기울이는 것이 추상적인 존재의 차원이 아니라 직접 접촉할 수 있는 실체이기 때문이다. 이는 화자가 매체와 연계된 자신의 사랑을 새로운 사랑으로 규정하는 데서도 확인할 수 있다.

비록 그의 감상에 찬 독백이 공허한 메아리에 그칠지라도 그것은 새로운 의미를 환기시킨다. 그에게 컴퓨터는 단순한 매체 이상의 의미를 지니고 있으며, 살아 있게 만드는 의미를 창출하는 원동력이기 때문이다. 이러한 사유의 연장선에서 화자는 컴퓨터를 인간과 동격의 차원에서 접근하기를 시도한다. '씹'이라는 단어가 상징하는 의미에서 알 수 있듯이, 이제 컴퓨터는 인간의 가장 원초적이고 본능적인 영역까지 대체할 수 있게 된 것이다. 컴퓨터를 중심으로 한 사이버 공간에서 이루어지는 사이버 섹스가 그것이다.

하지만 이 시의 "컴ー퓨ー터와 씹할 수만 있다면"은 화자와 컴퓨터와의 완전한 동화나 일체화로 읽혀지지 않는다. 이 구절이 씁쓸하게 느껴지는 것은 컴퓨터와 인간의 관계 맺음이 화자 개인의 욕망 해결에만 국한되지 않기 때문이다. 급속한 컴퓨터의 발달과 그에 따른 다양한 부작용은 인간이 자신들의 정체성을 확보하기 어려운 시대에 처해 있음을 단적으로 보여주는 예이다. 그러므로 이 구절은 매체 발달에 따라 인간이 상대적인 소외감과 박탈감을 느낀 데 따른 절박한 호소의 성격을 띠고 있다. 그 결과 이 구절은 오히려 컴퓨터가 대체할 수 없는 고유의 영역, 즉 아직도 인간의 사랑을 대체할 수 없는 상황을 추구하는 강렬한 염원으로 읽혀진다.

위에서 살펴본 시들에서 드러나듯이, 컴퓨터의 등장은 매체 변화에 국한되지 않고 매체 상상력의 개념 자체를 변화시켜 우리의 삶과 의식 형성에까지 막강한 영향력을 행사하고 있다. 균형 잡힌 의식과 감각을 확보하기 이전에 매체의 영향력이 비대해지면서 그에 대한 반대 급부로 인간의 설자리가 점차 좁아지는 일이 벌어지고 있다. 컴퓨터와 인터넷이라는 첨단 매체의 부각으로 인하여 이전에는 존재하지 않았던 새로운 의미 가치와 정체성 확립의 문제가 시 전면에 등장하게 된 것이다.

4. 창작과 매체 상상력의 상관성

이 글에서는 현대시에 나타난 대중매체의 양상을 중심으로 매체에 투사된 매체 상상력의 특질과 주된 양상을 살펴보고자 하였다. 또한 그들이 형상화 과정을 거치면서 '어떻게' 시로 변용되고, 시인의 의식세계를 반영하는가를 고찰하였다.

각 장에서 살펴본 바와 같이 시인들은 막강한 영향력을 행사하는 매체들과 끊임없이 긴장과 갈등 관계를 유지하면서도 이에 굴하지 않고 독자적인 영역을 확보하고자 한다. 이러한 노력은 시 속에 투영된 다양한 매체와 연계를 이루면서 존재에 대한 확인이나 정체성 찾기와 같은 능동적인 방식으로 나타나고 있다. 이 글에서는 그들이 매체에 종속되거나 시대 변화를 외면하지 않고 매체 상상력을 바탕으로 매체와의 적극적인 관계 모색을 시도하는 것을 확인할 수 있었다.

대중매체를 기반으로 하는 상상력은 기존의 구비문화나 기록문화가 제공하던 상상력과는 구조화 방식에서 상당한 차이를 갖는다. 기존의 방식이 언어에 중점을 둔 소통방식이었다면 다매체 시대에는 디지털 개념을 동원한 사진, 음향, 동영상 등을 바탕으로 하는 매체 상상력이 주축을 이루기 때문이다. 그런 점에서 다양한 매체의 발달은 물질적인 풍요와 편리함을 가져다주었을 뿐만 아니라 인간들의 상상력을 새로운 형태로 구조화시키는 데 기여했다고 할 수 있다.

그럼에도 불구하고 다매체 시대에는 자신의 상상력을 적극적으로 발휘하기 보다는 타인에 의해 형성된 상상력을 재조합하거나 재구조화하는 데 그칠 가능성이 크다는 문제점을 안고 있다. 이러한 이유에서 대중매체에 반영된 시인의 상상력을 추적하는 작업은 매체 상상력의 구조화 과정과 의미 생성을 확인할 수 있다는 점에서 의미를 갖는다. 향후 이와 같은 매체 상상력이 다매체 시대를 살아가는 시인들의 창작 과정에 어떻게 작용하며, 나아가 학습자들의 문학교육과 어떤 상관관계를 맺는가는 우리에게 남겨진 숙제이자 이 시대의 화두라 할 수 있다.

제2부 디지털 문학과 전개양상

- 방사상 수사와 디지털 텍스트 읽기
  − '아햏햏'과 〈언어의 새벽〉의 소통구조를 중심으로
- 디지털 문학의 텍스트성과 입체화 전략
- 문학작품의 문화콘텐츠 활용 방안

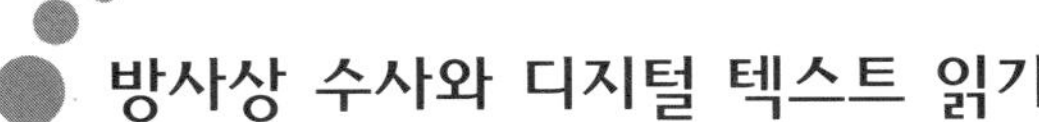

방사상 수사와 디지털 텍스트 읽기
― '아햏햏'과 〈언어의 새벽〉의 소통구조를 중심으로

1. 디지털 인식 코드

텍스트를 분석할 때, 디지털 방식을 동원하게 되면 이전의 아날로그 방식과는 전혀 다른 해석과 결과가 발생한다. 이는 대상을 인지하고 대응하는 방식의 변화에서 비롯한 것으로 '디지털'이라는 코드가 텍스트를 이해하고 분석하는 준거를 철저하게 재구조화하기 때문이다. 활자에 의존하던 아날로그 방식에 비해 디지털 개념을 적용하였을 때, 그에 따른 반응과 대응 전략은 대폭 달라진다. 디지털 개념을 텍스트 해석에 적용할 경우, 기존 사고방식의 해체와 재구성을 전개함으로써 대상이 지닌 고유의 특성과 그로 인해 파생되는 부수적인 문제들까지 총괄하여 검토할 수 있게 되기 때문이다.

예를 들어, 주체가 걸어갈 때 그것은 시간 변화와 함께 공간의 개념,

즉 수평과 수직의 동선 변화를 일으킨다. 그동안의 문학이론에서는 이 과정을 만듦으로써 주체가 시공간을 이동하면서 주변의 것들을 자신의 영역권 안으로 포함시키며 이에 적절하게 반응한다고 알려져 왔다. 이와 같은 방식에 착안하여 기존의 문학 연구 방법에서는 텍스트를 시점, 작가의식, 주인공의 행동양태 등에 초점을 맞추어 분석하는 일이 가능하였다. 하지만 동일한 텍스트라 할지라도 디지털을 적용할 경우에는 양상이 달라진다. 디지털에서는 0과 1의 비트 개념을 적용하여 원전과 복제 개념을 다원화하고, 또한 동영상 기술 등을 개입시켜 다각적이면서 입체적인 분석을 전개함으로써 이전과는 다른 텍스트 해석이 가능해질 수 있다. 전환과 속도에 민감한 디지털의 특성상, 대상을 접하는 주체의 시선이 끊임없이 달라지고 환경 변화에 따라 텍스트를 바라보는 관점 또한 새롭게 이동하기 때문이다. 이와 같은 경우는 활자 일변도에서 벗어나 그림이나 사진, 영화, 그리고 인터넷 등과 같이 대중매체를 활용하는 빈도가 높아질수록 더욱 활발해지고 다양해지는 특징을 갖는다.

이전의 문학 텍스트가 활자를 주축으로 하는 고정된 평면 형태에 머물러 있었다면, 디지털 시대에는 유동성과 결합하면서 사람들의 생활공간과 의식세계에 지속적으로 영향을 미치게 된다. 사물을 분절화하는 디지털 마인드에 분석의 기반을 둠으로써 정보와 자료들의 재구성과 재조합이 용이해지고, 의미 부여 과정을 통해 기존의 정보들이 전혀 다른 정보로 거듭나는 것이다. 그렇기 때문에 동일한 텍스트라 할지라도 기존과는 다른 의미를 부여할 가능성이 커진다. 이렇듯 디지털 시대에 기존의 가치들이 강력한 메시지를 내포한 개념으로 거듭날 수 있는 것은 동일한 대상이라 할지라도 접근 개념, 즉 인식 코드가 달라지기 때문이다.

결과적으로 아날로그 사고방식에 의해 텍스트를 분석할 때는 보이지 않던 것들이 '디지털' 개념을 동원할 경우 보일 수 있다. 이러한 현상은 디지털 문화가 기존의 텍스트에서 중시하던 것들을 해체시키고, 그 자리에 이전에는 주목받지 않았던 것들을 대체하는 과정에서 두드러진다. 기존의 문학이론에서 중시해오던 텍스트, 시점, 운율, 이미지, 상징 등과 같은 주요 개념들이 디지털 시대에는 전체를 구성하는 일부 개체에 불과하기 때문이다. 또한 디지털 시대에는 각 구성요소들이 독자적인 개체를 구성하면서 나아가 전체를 구성하는 형태를 취하는 모바일(mobile) 개념이 활성화되는 것에 주목할 필요가 있다.[1] 이와 같은 개념의 등장은 외부 환경 요인에 힘입은 바 크지만 환경 변화에 따른 인식 주체의 의식 변화와 밀접한 관련을 맺는다.

그 결과 아날로그 시대에는 작품의 창작배경이나 작가 약력, 작가의식, 나아가 텍스트의 행간 읽기가 논의의 주축을 이루었던 데 비해 디지털 시대에는 접속자들이 직접 참여하여 작품 생산과 배분에 관여하고 논의의 활성화를 가속화시키기 위해 자발적인 노력을 기울인다. 그들의 관심영역이 어느 한 영역에 제한적으로 머무르지 않고 작가, 텍스트, 독자, 비평가 등을 총괄하는 영역으로까지 무한 확장을 거듭하기 때문이다. 이러한 현상은 연구의 주된 초점이 작가나 텍스트에 한정되던 이전의 문학 접근 방식과는 뚜렷하게 구분된다.

디지털 문화의 경우, 수용자가 텍스트의 의미 분석에 집중하기 보다는 이를 감각적으로 수용하고 자신의 느낌을 전달하는 한편 적극적으로 발산하는 행위 자체에 초점을 맞춘다. 이러한 문화 흐름의 기저에는 텍스트를 생

---

1) 최근 새롭게 등장한 디지털 컨버전스(digital convergence) 개념에 주목할 필요가 있다. 디지털 컨버전스란 사전적 의미에서는 디지털 제품이나 기술 간의 융합을 의미하며, ① 기존 제품의 디지털화, ② 디지털 제품 간의 융합, ③ 광대역 네트워크에로의 통합이라는 3단계 발전과정을 거치면서 진화하는 양상을 띤다.

산하고 소비하는 대상층의 변화와 기술 발달에 따른 시대·문화적인 흐름의 시각차가 자리하고 있다. 즉, 문자세대에서 영상세대로의 이동이 대상을 인식하고 대응하는 소통 방식의 근원적인 변화를 초래하는 것이다.[2] 이미 영상세대들은 텍스트를 접하면서 이를 토대로 자신들의 사회·문화 경험을 결합하여 재구성하는 데 익숙하다. 그들에게 텍스트는 다양한 정보들의 총합이자 집적체로서의 의미를 지니면서 영향력을 행사하는 실체이다. 이처럼 접근방식의 차이와 유연성에 의해 디지털 시대에는 기존에 많이 다루어졌던 텍스트라 할지라도 전혀 다른 해석 결과를 초래할 수 있는 것이다. 이는 나아가 문화를 접촉하는 방식이 매체 발달에 따라 외부적인 환경 요인 외에도 정서와 의식세계까지 변화시키는 데서 비롯한다. 그러므로 디지털 시대에는 정보를 섭렵하면서 자신만의 문화코드를 창출해내며, 다른 구성원들의 정서적인 공감대를 형성해나가는 일이 무엇보다 중요하다.

이 글에서는 '아햏햏'을 중심으로 셀(cell)과 블록(bloc) 개념을 동원하여 디지털 텍스트의 형성 과정을 살펴보고, <언어의 새벽>을 통해 디지털 텍스트 분석의 틀을 마련하고자 한다. 이를 위하여 디지털 문화의 주요 특징 중 하나인 방사상 수사의 주요 특성을 규명하고, 이들이 어떻게 셀과 블록의 형태를 거쳐 텍스트화 하는가를 살펴볼 예정이다.

2. '아햏햏'에 나타난 문화 접점과 확산

디지털 텍스트에서 셀은 전체를 구성하는 가장 원초적인 개체이자 기

---

2) W. J. Ong., 이영걸 역, 『언어의 현존』, 탐구당, 1985 참조.
　W. J. Ong., 이기우·임명진 옮김, 『구술문화와 문자문화』, 문예출판사, 1995 참조.

초자료에 해당한다. 셀은 기존의 문학이론에서 논의되었던 지배소(the dominant)와 유사한 성격을 지니고 있지만 이보다 확장된 개념이라 할 수 있다. 이들은 특정 기호나 부호일 수도 있고 경우에 따라 단어나 의미의 집적 형태로 나타나는 등 다양한 변모 양상을 지니고 있다. 그렇기 때문에 쉽게 의미를 규정하거나 단정 짓기 어려운 속성을 지니고 있다. 또한 디지털 문화에서 셀은 독자적인 생명력을 지니며, 셀로부터 출발하는 각각의 개체들에게 역동적인 힘을 제공하는 원천으로서의 의의를 지닌다. 조합과 재구성의 다양한 방식에 따라 셀은 개체인 동시에 전체를 이루며, 이합과 집산에 의해 블록 단위로의 확장이 가능하다는 특성을 가지고 있다.

각각의 셀들은 유동성의 확보를 통해 전체에 활력을 제공하며, 다른 셀과의 관계를 유지하면서 전체의 유기적이고 역동적인 관계 형성에 기여한다. 또한 문학텍스트에서 널리 알려진 지배소의 개념과 같이 중심셀(central cell)의 경우, 셀과 셀, 그리고 블록과 전체를 연결시키고 총괄하는 역할을 수행한다. 이 셀들은 다중 입체 방식을 취하고 있기 때문에 다른 요소들과의 상호 연계가 자연스럽고, 다양한 형태로 변형이 가능하며 확산 또한 탄력적이라는 특징을 지닌다. 그렇기 때문에 디지털 매체에서 셀의 생성은 자유롭게 이루어지며 명멸 또한 특수한 제약을 받지 않는다. 이렇듯 셀은 개체로서의 독자적인 속성을 지니면서 일정한 계기를 거쳐 확산과 지속을 거듭하고, 나아가 자가증식의 속성을 통해 자신들의 세력을 형성하는 특성을 가지고 있다.

디지털 문화에서 등장한 셀의 대표적인 예로 '아햏햏'(亞行㐓의 假借)을 들 수 있다. '아햏햏'은 기존에 존재하지 않던 단어가 디지털 문화권에서 우호적인 세력을 형성하면서 광범위한 의미 규정을 확보한 경우에 해당한다. 그러나 셀의 경우라 할지라도 모든 디지털 문화 현상이 주목을 받는 것은 아니다. 그렇다면 왜 '아햏햏'이 그토록 엄청난 사회적인 반향을 불러일으킬 수 있었는지에 대해 상호 간의 소통구조를 중심으로 좀 더 고찰해보도록 하자.

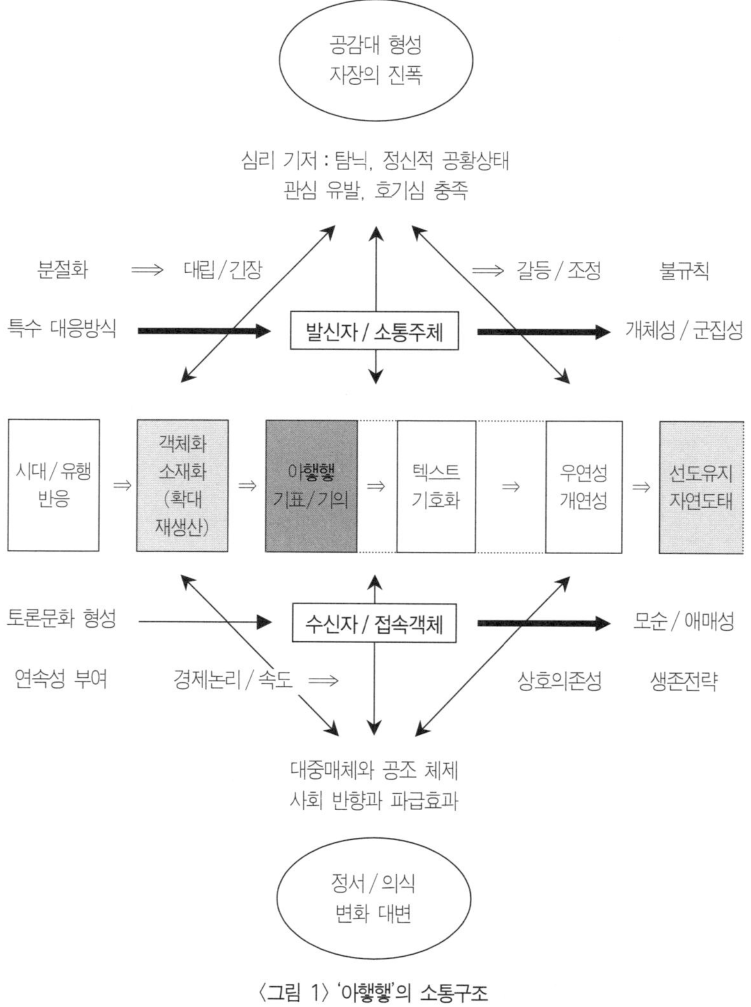

〈그림 1〉 '아햏햏'의 소통구조

<그림 1>은 '아햏햏'의 소통 과정에서 발생할 수 있는 다양한 경우를 고려한 도표이다. 아날로그 시대에는 사전이 의미의 대표성을 만드는 데 기여했다면 디지털 시대에는 접속 주체들이 의미의 대표성과 그 의미를 부여하는 권한을 가지고 있는 셈이다. 발신자와 소통주체는 경계를 넘나들거나 해체하면서 기존 체제와의 대립과 긴장, 그리고 갈등과 조정 국면을 조성한다. 이 과정에서 접속자들은 관심 유발과 호기심을 충족시키기 위해 사이버 공간에 탐닉하거나 또 다른 사이버 공간을 찾아 끊임없이 배회하는 정신적 공황상태에 도달하기도 한다. 이들은 짧은 시간 내에 폭넓은 공감대를 형성하면서 새로운 주체세력에 동참하거나 이들과 결별하여 소외된 부유 집단에 머무르고 만다. 지극히 단시간에 이와 같은 현상이 이루어질 수 있는 것은 디지털 세계가 쌍방향성과 속도에 근간을 두고 있기 때문이다.

'아햏햏'에서 나타나듯이, 디지털 문화에서는 특정 단어나 개념이 등장하면 이를 매개로 하여 접속자들이 개념 정의와 의미 규명을 시도하는 것이 일반적이다.3) 이는 새로운 언어의 형성이 규범화나 정전(canon)화를 거치면서 문화 형성의 중요한 역할을 수행할 수 있음을 보여주는 단적인 예이다. 즉, '아햏햏'은 디지털 시대를 살아가는 네티즌들이 문화의 주체이자 객체로 존재하면서 이전에는 존재하지 않던 새로운 의미 영역을 본격적으로 만들어내기 시작했음을 의미한다.

디지털이 형성하는 관계망은 기본적으로 열린 개념을 토대로 하기 때문에 기존의 체제에 얽매일 필요가 없다. 따라서 각각의 개체들은 기존

---

3) 디시인사이드(www.dcinside.com)에 '이상하고, 마음에 들지 않는'이라는 뜻을 가진 형용사로 처음 등장한 '아햏햏'은 초기에는 '황당한', '어처구니 없는'과 같은 단조로운 의미에 한정되었으나 이후 '모든 것을 초월한', '달관한'으로까지 그 의미가 점차 확장되면서 다양한 부가 의미를 창출하였다.

의 형식이나 틀에 제한받지 않고 전혀 새로운 대상으로 거듭날 수 있는
것이다. 이 과정에서 벌어지는 분절화나 특수한 대응방식, 그리고 불규
칙과 개체와 군집의 혼용 등은 필연적인 현상이라 할 수 있다. 위의 도
표에서 나타나듯이, 기표와 기의들은 기호화 과정을 거치면서 우연성과
개연성을 내포하기도 하고 객체화와 소재화를 통해 확대 재생산되는 과
정을 겪는다. 여기에는 시대 흐름과 유행이라는 주변 요인 외에 변화나
적응에 소홀하면 도태에 이를 수밖에 없다는 자연의 순연법칙이 작용한
다. 즉, '아햏햏'의 소통구조가 형성될 수밖에 없는 이유는 디지털 문화
가 인류의 생존전략을 바탕으로 형성되었기 때문이다. 처음에는 우연에
힘입어 시작한 것일지라도 디지털 세계에서는 살아남기 위한 생존전략
의 일환으로 다른 대상들을 포섭하고 이를 확장시키면서 자신의 세력을
강화시키는 형태로 전개된다.

　원글과 댓글의 상호작용을 중심으로 전개되는 이 과정은 다른 이들과
의 창조적인 생산과 의미의 재분배를 거듭할 수 있게 만든다는 점에서
역동적이며 창조적이라 할 수 있다. 네티즌들은 이런 과정을 반복하면서
무수히 많은 의미들을 파생시키며, 상황에 적절한 개념과 그렇지 않은
개념들을 자연스럽게 정화시키면서 사회적인 영향력을 만들어나가는 데
익숙하다. 그렇다면 이와 같은 셀 개념이 어떻게 다른 영역에 영향을 미
치는가에 대해 살펴보자.

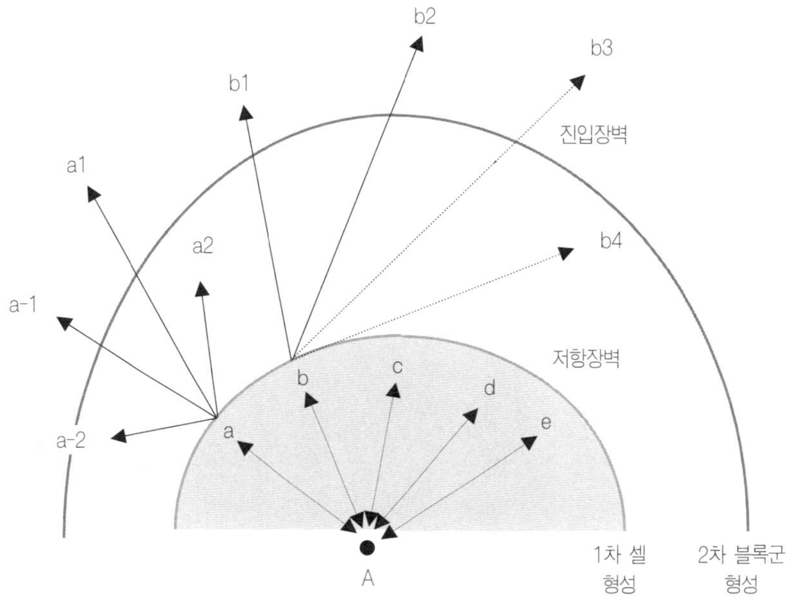

〈그림 2〉 셀의 형성 및 확산 원리

위의 <그림 2>에서 나타나듯이, 셀은 독자적으로 존재할 뿐만 아니라 상황에 따라 기하급수적으로 발전할 수 있다. 특히 일정한 계기가 주어지거나 특정 상황에서는 더 폭발적으로 반응하는 특성을 지니고 있다.[4] 예를 들어 대중매체에서 직접 언급하거나 다룰 경우, 구두나 문자로 전달할 때보다 더 큰 관심과 호응을 유발할 수 있으며 그에 따른 반응력 또한 가속화를 보인다.[5] 위의 도표에서 나타나듯이, A는 촉매과정

---

[4] 최근 들어 언론에서 집중적으로 다루어질 경우, 각종 조사나 인터넷 검색엔진 등에서 순위가 급상승하는 사례를 자주 볼 수 있다. 특히 사회적으로 민감한 사안이나 관심도가 높을 경우 이러한 현상은 더욱 두드러지게 나타나는 추세를 보이고 있다. 이와 같은 현상은 대중매체에 의하여 디지털의 방향성과 상호 근접성이 용이하게 형성될 수 있다는 것을 의미한다.

[5] 드라마 협찬 등을 통해 특정 상품을 방송에서 다루게 함으로써 광고 효과를 극대화하려

을 거쳐 1차적으로 a, b, c, d, e…… 등에게 영향을 미치며 이들은 다시
……a-2, a-1, a1, a2…… 등으로 확산되면서 그 위력을 발휘한다. 아날
로그 개념에서는 해프닝에 불과할 수 있었을 수 있었을 '아햏햏'이 디지
털에서 각광받는 화두로 등장할 수 있었던 것은 이와 같은 활성화 원리
때문이다.

각각의 개별 숙주들이 자신의 영역 내에서 머무르지 않고 이를 인터
넷을 통해 다른 대상에게 지속적으로 전달, 매개시킴으로써 개념 자체
가 급속하게 퍼지게 되었던 것이다. 왜냐하면 디지털에서는 이러한 행
위가 접속자 스스로의 존재 의의를 부여하는 과정이자 생존전략과 밀
접한 관련을 맺기 때문이다. 여기에 기폭제 역할을 수행한 것은 언론이
었다.6)

이러한 이유로 인하여 '아햏햏'은 처음 인터넷 사이트에 등장했을 때
보다 오히려 시간 경과와 함께 더욱 가속도가 붙으면서 사회적 영향력
을 발휘하게 되었던 것이다. 결국 아날로그 시대에서라면 해프닝에 불
과했을 오타 사건이 디지털이라는 문명의 총아에 힘입어 개인의 문제
를 넘어 사회의 성격을 규정하고 정체성까지는 거론하는 차원으로 발
전하게 된 것이다. 이러한 경우는 '아햏햏'에 그치지 않고 '－스럽다'
등에서도 나타나고 있다. 이것이 가능할 수 있었던 이유는 '아햏햏'이
나 '－스럽다'가 단순한 개인의 감상 토로에 그치지 않고 외부로 자신
의 정체성을 발산하고 확인하려는 집단 무의식에 기반을 두었기 때문
이다.7)

는 간접광고 / PPL(product placement) 전략이 그 예에 해당한다.
6) 처음 일간스포츠에 보도된 이후, '아햏햏'은 신문, 방송, 인터넷 등을 거치면서 급속하게
   세력을 확장하였다. 여기에는 잠재욕망, 유행 동참의지, 시류 편승 속성, 개방형태의 문
   화환경 같은 요인들이 복합적으로 작용한다.

'아햏햏'의 사례에서 확인할 수 있듯이, 셀은 규칙성보다는 비규칙성을 지니며, 각각의 반응은 또 다른 반응을 유발하는 촉매 역할을 수행하면서 전체의 구성에 기여하는 특성을 지니고 있다. 또한 이들은 독립 개체로 존재할 때보다 전체의 부분으로 거듭날 때 더 큰 위력을 발휘할 수 있으며, 대중매체와 상호 교섭작용을 거치면서 사회 전반에 걸쳐 막강한 영향력을 확산시키거나 발산할 수 있다. 이러한 의미에서 '아햏햏'은 집단화와 권위에 철저하게 지배당하며 선점을 의식해야만 했던 기존의 아날로그 방식에서라면 원천적으로 불가능한 것이었다. 하지만 디지털은 권위의 해체와 전복을 통하여 새로운 권위를 창출하며, 기존의 권위에 대해 끊임없이 반역을 꿈꾸면서 새 권위에 신성한 의미를 부여하기에 '아햏햏'이 초미의 관심대상이 될 수 있었던 것이다.

이러한 셀의 개념이 확산된 형태가 블록이다. 블록은 셀이 연대를 이루어 집단화/군상화되는 과정에서 발생하는 것으로 상위개념에 해당한다. 셀은 독자성을 지니고 있지만 홀로 존재할 수 없으며, 전체 내에서 자신의 특성을 잃어버리거나 희석 당했을 때 쉽게 와해되는 현상을 보인다. 왜냐하면 셀이 네트워크 개념을 토대로 하여 존재하며, 자신의 영향력을 외부로 확산시키기 위해 노력하기 때문이다.[8] 다른 셀과의 차별

---

7) 이와 같은 현상은 TV 드라마 <다모>(2003년 7월 28일 첫방송)의 경우에서 확인할 수 있다. 방학기의 만화를 원작으로 한 다모는 드라마의 폭발적인 반응에 힘입어 '다모페인'이라는 신조어를 만들어내었다. 드라마 게시판에 100만 건이 넘는 시청자의 글이 답지한 것은 사상 초유의 일로, 향후 디지털이 우리 시대의 중요한 소통방식으로 자리매김할 가능성이 점차 커지고 있다는 사실을 시사한다. 이처럼 네티즌들은 자신들의 관심사를 사회 문제화시키거나 공론화시키는 일이 익숙하며, 이를 통하여 자신의 존재 의의를 확인하고 사회와의 교통을 시도한다.
8) 시간이 지날수록 네트워크 개념이 강화되면서 네트워크사회에서 함께 잘 살아가는 능력에 대한 관심이 증가하고 있다. 이에 대해 김무곤은 21세기형 인간척도로 'NQ'(Network Quotient) 개념을 제시하고 있다(김무곤, 『NQ로 살아라』, 김영사, 2003).

성이 약하거나 지속적인 연계가 이루어지지 않을 경우, 그것은 예전의 구술이나 활자매체 등에서 나타나던 한계를 재현하게 된다. 따라서 이와 같은 한계를 보완해줄 수 있는 장치가 필요한데, 그것이 바로 블록이다. 셀이 셀 자체로서 독자적으로 존재할 수 있지만 블록의 개념으로 재정립될 경우 더 큰 위력을 발휘하기 때문이다. 각각의 셀이 개별상태에서는 미약할지라도 블록 형태로 결집될 경우, 개체로 존재할 때보다 그 강도나 집중도가 훨씬 더 배가된다. 이와 같은 형태는 이미 각종 연구 사례에서 보고된 바 있다.[9]

디지털 문화에서 셀과 블록 개념의 활성화는 접속자들이 의미 공유와 네트워크 환경을 적절히 사용할 수 있기 때문에 가능하다. 현대에는 개인이 일정 정보를 독점적으로 완벽하게 장악하기란 거의 불가능에 가깝다. 그러나 네티즌들은 각자 자신이 가지고 있던 최소 단위인 셀을 공유 형태로 제공함으로써 더 큰 영역인 블록 형성을 가능케하고, 이를 혼성 교차(hybrid) 방식을 통해 활성화시킴으로써 디지털 문화를 구축하는 데 기여하였다. 이것은 네티즌들이 자신들의 개인 정보를 공유 개념으로 이끌어냄으로써 다양한 정보의 축적과 나아가 확대 재생산을 가능하게 만들었다는 점에서 중요한 의미를 지닌다.

각종 포털사이트의 검색엔진에서 등장하기 시작한 야후 지식(www.yahoo.co.kr)이나 네이버의 지식iN(www.naver.com), 네이트의 Q&A(www.nate.com) 등에서 이와 같은 정보의 축적 양상과 향후 전개 방향을 엿볼 수 있다. 이들

---

9) 가장 효율적인 실험 결과의 모색에서 한 사람의 천재와 15명의 초등학생들이 비슷한 시간 내에 비슷한 결과를 이끌어냈다는 사실은 이미 ruffer의 연구 등에서 입증된 바 있다. 이는 독자적으로 추진할 때보다 토론 등을 통해 상호 보완을 거칠 경우 탁월한 효과를 발휘한다는 것을 의미한다. 즉, 개인보다는 집단의 공동 노력이 정보의 효율적인 관리와 효과적인 결론 도출에 바람직하다는 것을 알 수 있다.

은 자신이 아는 정보를 다른 이들에게 공급해주고, 또 이를 자각적으로 점검하고 진단하는 시스템의 한 형태로써 네티즌들의 호기심을 충족시키고 유용한 정보의 습득을 가능케 한다. 뿐만 아니라 다른 사이트와의 차별화를 통해 해당 사이트에 적극적으로 동참하도록 만드는 동기 유발의 체제를 구축하고 있다. 디시인사이드(www.dcinside.com)나 소리바다(www.soribada.com), 다음카페(www.daum.net) 등은 각각의 개체들이 결집되었을 경우 어떤 힘을 발휘할 수 있으며, 어떻게 영향력을 행사할 수 있는가를 보여주는 대표적인 사례에 해당한다.[10]

3. 〈언어의 새벽〉을 통한 디지털 텍스트 읽기

이 장에서는 디지털 문화를 즐겨 사용하는 세대들의 주요 특질을 살펴봄으로써 이들이 어떻게 텍스트를 구축하고 상호 관련성을 맺는가를 살펴보고자 한다. 이를 통해 디지털 문화의 특성이 텍스트의 형성에 기여하고 있으며, 나아가 이 특성들이 우리들의 삶과 문학에 어떻게 영향을 미치는가를 규명하고자 한다. 이와 같은 방사상의 특징은 현행 교육계가 직면하고 있는 문학교육의 다변화 모색에서도 유용하게 활용할 수 있다.

---

10) 이는 다양한 형태로 나타나는 데, 그중 사회적인 관심을 끌거나 민감한 사안들에 대해 적극적이고 공격적인 대응 방법이 두드러지게 나타나는 특성을 가지고 있다. 예를 들어 대중들이 분노할 만한 사안과 관련, '행자'(접속자)들은 수천 개의 리플(댓글)을 짧은 시간에 올리는 방법으로 해당 사이트를 다운시키는 등, 적극적으로 분노를 표시하는 사례 등이 이에 해당한다.

〈그림 3〉 언어의 새벽 홈페이지

위의 <그림 3>은 디지털 매체 특성을 활용하여 공동작업을 시도한 <언어의 새벽>이다. 이 작업은 기성작가들에 의해 하이퍼텍스트라는 기술 형식을 우리문학에 적용시킨 최초의 사례로 평가할 수 있다. 이 화면은 김수영의 '풀'이라는 작품을 씨앗글로 하여 155명의 기성 작가와 일반 네티즌들이 참여하여 작가와 독자 사이의 경계를 해체하면서 무한대로 뻗어나가는 유기체적인 디지털 작품 세계를 보여주고 있다.

<언어의 새벽>은 하나의 완결된 작품을 만들기보다는 서로 상이하게 흩어지는 분산적 텍스트, 중심도 시작도 끝도 없는 텍스트를 지향한다. 의욕 있는 작가들과 독자들의 자발적인 참여에 의해 공동으로 이루어진 이 작업은 디지털 문학의 가능성 모색을 시도한 의미 있는 실험이었다고 할 수 있다. 11)

---

11) 이 작업에 대한 평가는 여전히 유보적이다. 일부에서는 이 작업에 대한 부정적인 평가를 내리기도 하지만 아직 섣불리 그 실체를 판단하기에는 무리가 따른다고 본다(신범순, 「사이버 시대의 시의 유령적 초상과 창조적 고민의 소멸」, 『한국현대문학연구』 8집, 한국현대문학회, 2000). 비록 이 작업이 뚜렷한 가시적인 성과를 거두지는 못했지만 디

이 실험의 기본적인 의도는 동영상 음향을 주된 매질로 하고 감각적 반응 시간을 최대한도로 단축하는 하이퍼텍스트를 순수한 문자언어로만 구성하여 감각적 반응시간을 가능한 한 지연시키고 그 사이에 사유와 상상이 개입될 여백을 열어놓음으로써, 문자 언어 특히 문학의 고유한 본성인 반성적 활동을 하이퍼텍스트에 심어보고자 하는 것입니다.[12]

위의 글에서 나타나듯이, 이 작업의 목적은 문학과 멀티미디어의 만남을 통해 문학의 새로운 장르를 탄생시키는 것이다. 이는 문자의 특성에서 발원한 상상력을 미디어와 디지털과 접맥시키고자 하는 의도에서 비롯한 것으로, 향후 우리 문학의 진로와 전개에 대하여 방향성을 암시하고 있다. 따라서 일부의 비판적인 시각에도 불구하고 이 작업은 우리 문학사에서 미디어의 전면적 도입을 시도한 창작잡업이라는 점에서 중요한 의미를 갖는다. 다른 측면에서 본다면 이와 같은 실험에 대한 비판적인 시각 또한 우리시대의 정체성을 찾고 존재 의미를 찾아가기 위한 또 다른 모색이라 할 수 있다.

김수영이 「풀」에서 자신이 찾고자 했던 미지의 신천지를 노래했듯이, <언어의 새벽>의 참여자들 역시 방식은 다르지만 그 안에서 자신들의 정체성 찾기와 역할 수행이라는 구도의 길을 걷고 있다. 이 작업이 갖는 표면적·심층적 의미를 포함하여 심도 있게 고찰할 경우, 위기로 지칭되고 있는 우리 문학 현실에 대한 대안 모색과 향후 우리 문학이 나아가야 할 방향에 대한 암시를 받을 수 있다. 뿐만 아니라 교육 측면에서도 기

지털 문학 창작의 가능성을 탐색했다는 것만으로도 의미 있는 시도로 볼 수 있기 때문이다. 이 작업은 기존의 활자를 중심으로 하던 개인 창작방식에서 벗어나 매체 변화에 따른 공동 창작의 가능성을 구현하고자 했다는 점에서 향후 우리 문학의 실험적인 창작 방식의 또 다른 장으로 기록될 가능성이 크다.

12) www.spritandeye.com의 <언어의 새벽 – 하이퍼텍스트와 문학>에서 <언어의 새벽이란?>의 일부.

존의 문학교육이 갖고 있었던 경직성과 획일성에서 벗어나 학습자들의 작품 창작과 해석의 가능성을 부여할 수 있으며, 다른 작품 분석에도 적용할 수 있을 것이다. <언어의 새벽>에 나타난 특성을 중심으로 디지털 문화의 특징을 정리해 보면 다음과 같다.

첫째, 디지털 문화는 독자영역을 확보하면서 끊임없이 전체와 관계를 맺는다. 셀이나 블록 개념을 바탕으로 하는 각각의 개체들은 독자 영역을 구축하면서 전체와 밀접한 관계를 유지한다. 이들은 부분이자 전체를 지향하는 것으로, 각각의 개체들은 전체에 가장 효과적으로 호응할 뿐만 아니라 전체의 문제에 대해 각각의 독자성을 지니고 반응한다. 이 경우 일정한 기점으로부터 시발하기는 하지만 일정한 계기가 주어졌을 때, 이전과는 전혀 새로운 방식으로 급속하게 주변에 확산되거나 영향을 미칠 수 있다.

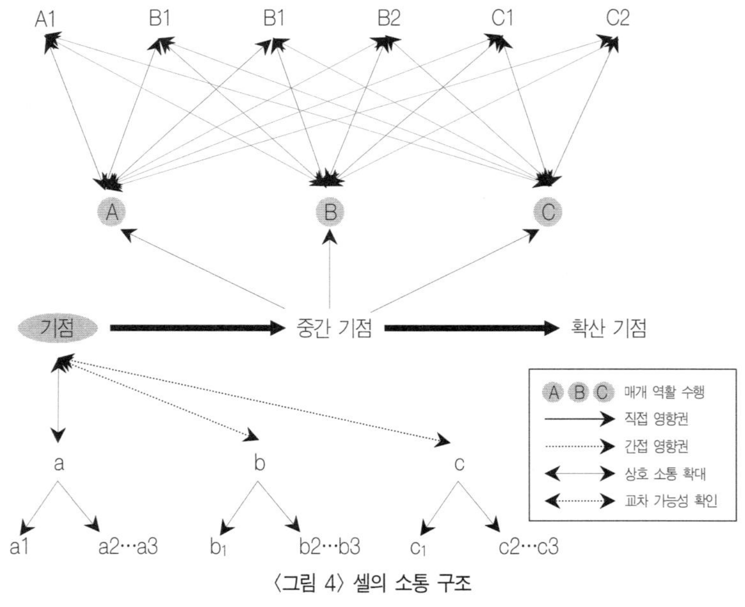

〈그림 4〉 셀의 소통 구조

　기존의 텍스트 연구의 주축은 A, B, C 등과 같이 고정된 텍스트를 대상으로 작품을 분석하는 것이 일반적인 성향이었다. 하지만 디지털 시대에는 각 개체들이 유기적으로 활동할 뿐만 아니라 다른 개체들과 끊임없이 유대관계를 맺으면서 독자적인 영역을 창출해낸다. 이는 0과 1이라는 비트 개념을 바탕으로 이합과 집산의 역할을 효과적으로 분할·구사하는 디지털의 기본 속성과 무관하지 않다. 디지털 시대에는 각기 다른 개체들이 또 다른 개체들과 관계 맺음 내지 개체 분할을 통하여 기존에는 없던 새 개념들을 만들어내는 것이 보다 더 용이하기 때문이다.

　<그림 4>에서 나타나듯이, A로부터 파생된 A1, A2, ……, B1, B2, …… 등의 다양성을 확보한 개체들은 기점을 거쳐 중간 기점을 통과하면서 끊임없이 새 의미를 파생시킨다. 이들은 자신들의 독자 영역을 확보하면서 A로부터 파생한 개체인 a로부터 a1 → a2 등으로 이어지는 연계고리를 형성하며, 다시 이들 각각의 관계를 활성화시키도록 만들어진다. 활자매체에 기반을 둔 글쓰기 방식이 기점에서 A를 거쳐 B로 이어지는 선조형 방식을 고수하였다면, 디지털 시대에는 이와 같은 방향성의 파괴를 바탕으로 하는 비선형성에 의해 a로부터 a1 → a2, 또는 a → b1, b2, …… / → c1, c2, …… 등의 입체형태로 확산될 수 있는 방향성을 만들어낼 수 있다. 이와 같은 인식은 부분이 전체이며, 전체는 부분과 동일시를 이룰 수 있다는 방사 개념으로부터 기인한 것이다. 이렇듯 각각의 개체들은 유동 개념과 조합방식에 의해 다른 개체들과 상호 교차가 가능하며, 연계를 통하여 다른 대상으로의 효율적인 전환이 가능하다. 그렇기 때문에 디지털 문화에서는 기존 개념에 얽매이지 않고 얼마든지 다른 영역과의 확장과 교환이 가능해지는 것이다.

　둘째, 매체에 의존하는 경우가 많아진다. 동일한 텍스트라 할지라도

이를 아날로그 방식을 동원하느냐 디지털 방식을 통해 접근하느냐에 따라 해석상에는 커다란 차이가 발생한다. 위의 <언어의 새벽>에서 나타나듯이, 일반에게 생소한 텍스트보다 널리 알려진 텍스트를 사용할 경우 이와 같은 성향은 더욱 심각하게 두드러진다.

디지털의 전개에 따라 매체 의존도가 급증한다는 것은 정확하고 논리적인 접근이 그만큼 어려워진다는 것을 의미한다.[13] 매체 의존도가 높다는 것은 객관화 과정에서 이를 방해할 수 있는 장애물의 등장 가능성이 크다는 의미이며, 이를 주체적으로 소화시킬만한 역량을 확보하는 것이 그만큼 어려워진다는 것을 뜻한다. 그러나 디지털 문화의 속성상 정보의 문제는 단순히 개인의 역량이나 노력에만 국한되지 않는다. 오히려 디지털 문화에서는 정보의 독점이나 차단이 아니라 정보 교환과 공유 개념이 논의의 활성화와 더불어 심각한 문제로 대두될 수 있기 때문이다. 그러므로 매체 의존도가 급증하면 할수록, 자신이 주체적으로 정보를 판단하는 기준이 모호해지고 결과적으로 가치관에 혼란을 초래할 수 있다. 정보의 급격한 팽창이 사용 주체로 하여금 진위 판단을 불능상태에 이르게 만들거나 잘못된 판단에 이르도록 할 수 있는 것이다. 이는 실제와 유사한 가상세계 확장으로 인하여 오히려 주체들이 진짜와 가짜를 혼돈하고, 실제와 가상을 구분하는 데 혼란을 겪는 것과 통한다.

셋째, 디지털은 접속 주체의 의식 폐쇄화와 경직화를 초래할 수 있다. 이는 기존의 인식방법이나 군집성에 익숙하던 이들에게 디지털 매체 환경이 급속하게 전개되면서 본래의 특성을 왜곡·변질시키는 데서 발생한다. 대인관계를 중심으로 직·간접 '접촉'이나 이를 기반으로 한 모임

---

13) J. Baudrillard, 이규현 옮김, 『기호의 정체경제학 비판』, 문학과지성사, 1992.

에 익숙하던 이들은 디지털 문화를 수용하면서 채팅, e-mail, 메신저 등과 같은 '접속' 우위 상태에 노출되게 된다. 그 결과 급속한 매체 확산을 외면할 수 없게 된 수용 주체들은 생존전략으로 개방형태와 폐쇄형태의 자연스러운 공존 형태를 수용하게 된다.

　엄밀한 의미에서 본다면 디지털의 발달은 쌍방향 의사소통 방식을 보편화시키는 데 결정적으로 기여하였다. 디지털의 보편화와 함께 이루어진 매체 발달과 의식의 변화는 접속자가 컴퓨터를 중심으로 한 간접 접속과 이를 중심으로 한 행위만으로도 생활에 불편을 느끼지 않도록 하여 사이버 공간을 탐닉하도록 만들고 있다. 그 결과 매체에 과도하게 집중하는 사이버 중독 현상은 개인의 정서 장애, 인명 경시 풍조, 자아 정체성 왜곡, 대인관계의 경직과 같은 다양한 문제를 촉발하기도 한다. 이는 가상의 세계가 현실의 세계를 지배해버린 결과이며, 매체 발달이 가져온 디지털 문화의 또 다른 부산물이다. 이 과정에서 네티즌들은 자신들이 접하는 사이버 문화의 폐쇄성과 편집성을 맹신하면서 이를 개방의 한 형태로 착각하는 경우도 발생한다. 하지만 분명한 것은 디지털 문화에서 네티즌들이 물질문명의 발달의 방관자가 아니라 참여자이며, 디지털 문화 형성과 유지에 중요한 주역할을 수행하고 있다는 점이다. 특히 우리가 간과해서는 안 될 점은 기술 문명의 발달이 발달하면 할수록 인류 역시 소외되지 않기 위하여 환경에 적응하기 위해 노력해 왔으며, 효율성을 높이는 방식으로 끊임없이 스스로 진화해 왔다는 사실이다.

　넷째, 디지털은 고정보다는 유동성을 지향하는 속성을 지니고 있다. 이는 기존 세대들과 해석의 다양성에서 발생하는 차이로, 네티즌들이 고정개념 대신에 유동개념을 선호한다는 것을 의미한다. 또한 이 문제는 속도와 밀접한 관련을 맺는데, 네티즌들이 기존의 방식보다는 최첨단의 기술 개발과 전파를 토대로 하는 문화 향유를 동일시하는 데서 비롯한다. 따라서 동일 사안을 다룰 경우, 오프라인 매체와 온라인 매체는 전송 방법과 속도에서 최종적으로는 엄청난 차이가 발생할 수밖에 없는 것이다. 오프라인이 지체 현상을 보이는 동안에 이미 온라인상에서는 그에 대한 심도 있는 논의가 가능하며, 그에 따른 전파 속도와 미치는 범위 또한 기하급수적으로 팽창한다. 따라서 속도의 문제는 디지털의 성패가 달린 관건 중의 하나이며, 디지털 문화를 급성장시키게 만든 또 다른 잠재 동력이라 할 수 있다.14)

디지털 문화에서 유동성은 텍스트의 변화 외에 개인적·사회적 관심도와 밀접한 관련을 맺는다. 평면에서 입체로, 정적에서 동적으로, 아날로그에서 디지털로 전환하는 텍스트의 흐름은 이와 같은 특수성에 기인한다. 특히 유동성은 네티즌들의 취향이나 선호도 외에 대중매체와 인터넷과 같은 외부 요인에도 상당한 영향을 받는다. 유행에 민감한 네티즌들은 자신이 필요한 정보를 직접 찾거나 이를 위해 치열한 노력을 기울이지 않아도 적정 대가를 지불하고 자신이 원하는 정보를 쉽게 얻는 방식에 익숙하다. 최근 급증하고 있는 각종 비교 사이트나 검색 사이트 등은 사이버 공간상에서 이루어지는 경제 효용의 법칙을 대변한다. 이는 일을 진행하는 과정에서 발생할 수 있는 직·간접성 경비 외에도 실제로 과제를 수행하는 과정에서 발생할 수 있는 잠재 경비의 절감과 정신 노동의 부담까지를 완화하도록 하여 작업 개선과 능률의 효용성을 높여주는 효과를 갖는다. 이러한 경제 효용성을 단적으로 보여

---

14) 볼츠는 현대에 와서 시간구조들이 합의구조들보다 더 중요하게 되었다는 점을 지적하면서, 속도가 논증보다 중요하다는 입장을 고수하고 있다(Norbert Bolz, 윤종석 옮김, 『구텐베르그—은하계의 끝에서』, 문학과지성사, 2000, 147면).

주는 것이 인터넷 카페이다.

'다음(www.daum.net)'의 경우 3,200만의 사용자에 200만 개의 카페가 성황리에 유지되고 있다. 이 같은 활성화 현상은 디지털 문화가 특정 부분에 정체되거나 고정되지 않고 끊임없이 유동하면서 사회 전반에 걸쳐 지속적이고 강력한 영향력을 행사한다는 것을 뜻한다. 즉, 네티즌들의 참여 동선에서 가입과 탈퇴, 신축과 팽창이 자유롭다는 사실이야말로 디지털 문화의 가장 큰 장점 중의 하나이다. 디지털 문화의 측면에서 본다면 우리의 인식은 가상세계 어디로든 확장할 수 있으며, 무엇이든지 변하게 할 수 있기 때문이다.

다섯째, 디지털의 보편화와 함께 공유 개념의 활성화가 이루어지고 있다. 디지털 문화에서 글을 쓰는 이는 디지털 문화를 형성하는 다양한 요소들의 하나에 불과하며, 진정한 주체는 접속자들이라 할 수 있다. 즉, 이전의 주체와 객체 개념이 자연스럽게 해체되면서 참여자 모두가 새로운 공동체 형성의 주역으로 등장하게 된다. 따라서 네티즌들은 컴퓨터를 매개체로 하는 중심 주체이면서 이 환경을 가능하게 하는 객체로 존재하면서 자신들의 의미를 영유해간다.[15] 그 결과 디지털 문화에는 주체와 객체의 경계가 모호해지며, 이들의 상호 보완 작용에 의해 개별 정보들을 확산하고 심화하는 일이 보편화될 수 있다. 또한 디지털의 용도 또한 예전과 같이 지식 축적이나 정보의 교환 차원에서 그치는 것이 아니라 '야후! 지식검색'(http://kr.ks.yahoo.com/service/question)이나 '지식거래소'(http://kdaq.empas.com/index.tsp)와 같이 양질의 정보를 선별하여 고

---

15) Poster는 컴퓨터에 의해 텍스트가 점차 탈인간화되고 개인성의 흔적들이 제거되며, 글자표시들이 탈개인화되는 현상에 이르는 것으로 보았다(Mark Poster, 김성기 옮김, 『뉴미디어의 철학』, 민음사, 1994, 188면).

도로 특화시키는 지능적인 차원으로까지 발전하고 있다.

디지털 문화는 공동 소유와 공유 개념이 강하기 때문에 공통 논지를 통해 구심점을 모으는 일이 절대적으로 필요하다. 심지어 안티(anti) 개념을 수반한 경우라 할지라도 이 현상을 접하는 이들은 그 영향권에 놓일 수밖에 없으며, 이후 자신들의 활동에 도움을 얻는 경우도 발생한다. 그렇기 때문에 디지털 문화에서는 구성원들의 의견을 공유할 수 있는 공동의 접점을 마련하는 과정이 필수적이며, 이를 통하여 개별 정보들의 확산 및 심화가 가능해질 수 있다. 이는 활자매체에서 시도되는 행간 읽기와는 다른 효과를 의미하는 것으로, 디지털이라는 방식이 기존의 방식과 다른 형태로 대상을 인지하고 수용하는 과정에서 자연스럽게 파생한 결과라 할 수 있다.

4. 개체과 전체, 전체와 개체

이 글에서는 '아햏햏'에 나타난 디지털 텍스트의 특성을 셀과 블록 개념을 동원하여 살펴보고자 하였다. '아햏햏'에서 확인할 수 있듯이, 고정형을 거부하는 디지털 문화는 어느 현상에 공통점이 존재할 수 있지만 또한 존재하지 않을 수도 있다는 열린 개념과 다원성에 대한 존중으로부터 출발한다. 이러한 특성에 힘입어 네티즌들은 선택받은 소수의 편에 머물기 보다는 불특정 다수에 의해 이루어지는 군집성을 선호한다. '아햏햏'의 소통구조에서 드러나듯이, 네티즌들은 디지털 정보의 주요 제공자이자 디지털 문화의 창조적인 창출자들이다. 그들은 스스로 인지하지 못하는 사이에 주요 정보를 집적화하거나 다른 이들에게 확산시키는 것을 당연시하는 경향을 지니고 있다.

예전의 상상력이 물질적 상상력에 근거하고 있다면, 디지털 문화에서는 자신이 경험한 세계, 즉 매체 특성이 두드러지게 나타나는 경험들을 매체 상상력을 동원하여 어떻게 조합하고 재구성할 것인가가 관건이 된다. 기존의 아날로그 텍스트가 고정 텍스트에 의존하여 문화의 경직화를 초래했다면 디지털 문화가 열린 개념을 토대로 유연성과 진화성을 주요 요소로 갖고 있는 것도 이 때문이다. 따라서 디지털 내에서 텍스트는 개체이면서 전체이자, 부분이면서 전부를 구성한다. 이러한 개념의 연장선상에서 디지털 시대를 살아가는 접속자들은 개체로서의 특성을 지니고 있으면서, 열린 개념을 통해 새로운 세계를 구축하는 일이 가능하다는 특징을 지니고 있다.

<언어의 새벽>에서 살펴보았듯이, 디지털 시대에 이미지들은 그것이 단편이거나 전체이거나 상호 간에 지속적으로 영향을 미치면서 작품 독해에 개입한다. 그리하여 각각의 이미지들은 전체 작품을 이해할 수 있는 독법을 제공해주는 원천으로 작동한다. 그렇다면 디지털 시대에는 이미지가 우리 삶을 얼마나 대체할 수 있는가라는 의문이 제기될 수 있다. 이미지들이 전체 내지 부분에 국한되지 않고 흘러가는 것에 불과하다면 이에 대처할 수 있는 보다 현실적이고 효과적인 방법이 필요하기 때문이다. 디지털상에서 기존에 존재하던 것들은 고정 형태가 아니라 시대와 문화와 교섭 작용을 벌이면서 최초의 의미가 중첩되거나 변형을 이루기 때문이다. 그리하여 디지털에 기반을 둔 비주얼 개념은 작품 전편에 걸쳐 폭넓은 영향력을 행사하면서 새로운 텍스트 독해를 가능하게 만드는 동력을 제공한다.

디지털상에서 참여하는 주체나 객체 모두에게 각각의 방법들은 파편

적이면서도 총체적이고, 또한 총체적이면서도 파편적일 수 있다. 각각의 요소들을 개별 존재로 독립하게 하면서 전체를 가능하게 만드는 디지털 문화의 특성이야말로 텍스트를 읽는 또 다른 해법이 될 수 있다. 이는 이전의 문학텍스트 분석에서 개별 요소들이 텍스트를 읽는 데 또 다른 장애요인으로 작용했을 때와는 상황이 다르다. '아햏햏'이나 '—스럽다'의 경우처럼 디지털상에서 각각의 요소들은 개별이면서 전체이고, 전체이면서 개별형태로 존재하기 때문이다.

디지털 문학의 텍스트성과 입체화 전략

1. 현재 진행형, 디지털 문화코드

최근 우리 문화계의 화두로 떠오른 디지털 문화 현상은 이를 생산적인 문화 코드로 활용하는 문제와 밀접한 관련을 맺는다. 기존의 아날로그 방식에서 활자를 사용한 텍스트를 접할 때와 달리 디지털 문화에서는 전혀 새로운 형태의 접근 방법이 필요하기 때문이다. 근래 들어 일어나고 있는 상황 변화는 우리가 디지털 문화의 성장에 따라 이전과는 다른 새로운 개념을 내포한 논의를 전개해야 할 시점에 도래했음을 암시한다. 문화를 접근하는 방식이 달라지면서 이에 상응하는 의식 역시 우리에게 자연스러운 변화를 요구하고 있기 때문이다.[1]

---

[1] 디지털 매체의 출현은 인쇄 매체에 종속되었던 문학에 근본적인 변화를 초래하였다. 디지털 기술이 다양한 영역으로 확대됨에 따라 인쇄 매체 자체가 디지털화되었을 뿐만 아니라 문학의 창작, 수용, 판매 과정이 상당 부분 디지털화로 바뀌었기 때문이다. 그것은

　‘호모디지털’ 개념을 주창한 레비(Pierre Levy)의 표현처럼, 현대는 디지털 사용에 익숙한 세대들이 문화 창출을 시도하고 문화 현상을 주도하는 시대이다. 사회 전반에 걸쳐 컴퓨터에서 파생한 전자메일, 아바타, 프로게이머, 블로그, 웹진 등의 용어가 일상화되고 있으며, 시대 흐름에 대처하는 방식이나 진행 속도 또한 예전과 달리 매우 빨라지는 속성을 지니고 있다. 이러한 대외적인 환경 변화에도 불구하고 현행 대부분의 대학 교육과정이나 문학교육에서는 기존의 방식에 기반을 둔 방법론과 교육과정을 그대로 고수하거나 현상 유지에 급급한 것이 우리의 실정이다. 하지만 우리가 직면하고 있는 이와 같은 현실은 단지 일선의 교육 현장이나 교육과정상의 문제에 국한되는 것만은 아니다.

　좀 더 엄밀한 의미에서 본다면 우리에게는 아직 진정한 개념의 하이퍼텍스트 문학이나 사이버 문학은 없다고 해도 과언이 아니다. 컴퓨터를 배경으로 하는 사이버 공간의 글쓰기들이 여전히 종이 위에서 이루어지는 글쓰기와 크게 다르지 않기 때문이다. 일례로 사이버 문학관인 ‘시사랑문예대학’(www.poemq.or.kr), ‘포엠토피아’(www.poemtopia.co.kr) 등 시와 관련된 각종 사이트를 뒤져보아도 새로운 종류의 하이퍼텍스트 시나 사이버 시를 찾아보기는 어렵다. 이들 사이트에 올려진 대개의 작품들은 활자매체에서도 흔히 볼 수 있는 작품을 그대로 올려 놓았거나 소재나 주제 측면에서 디지털을 다룬 작품들을 중점적으로 선정해서 올리는 초보적인 수준에 그치고 있다. 오히려 사이버 시대의 강렬한 충격과 인상을 새긴 시들은 사이버 공간 안에서 찾기보다 밖에서 찾는 편이 나을 정도이다.2) 다소 과격하게 느껴지게 하는 이와 같은 비판은 현재 우리가 당

　문학의 새로운 가능성이기도 하지만, 정체성 위기이기도 하다(전봉관, 「디지털시대의 정체성」, 『한국현대문학연구』 8집, 한국현대문학회, 2000, 130면).

면하고 있고, 앞으로 직면해야 할 문학 텍스트의 전개 방향에 대해 시사하는 바가 크다. 위의 지적처럼 현재 사이버 문학의 대부분이 디지털의 특성을 효율적으로 살리지 못한 채 각종 매체의 특성을 임의로 변형시키거나 제재 차원에서만 매체에 과도하게 의존하는 양상을 보이는 수준에 머무르고 있기 때문이다.

이에 이 글에서는 이러한 현상이 단순히 디지털이라는 매체 특성에 기인한 것인지, 아니면 또 다른 요인에 의한 것인지에 대해 디지털의 주요 원리를 중심으로 고찰해보고자 한다. 이 작업은 디지털 텍스트를 본격적으로 분석하고 이해하기 위한 시안의 성격을 지니고 있다. 디지털이야말로 여전히 우리 시대를 이해하는 과정에서 중요한 역할을 수행하고 있으며, 완결형이 아닌 현재진행형의 성격을 띠고 있기 때문이다.

2. 의미 확산과 자가 증식

디지털 문화의 자가 증식성은 디지털 문학이나 문화를 이해하는 유효한 방식이다. 디지털 문화는 아날로그 방식과 달리 지식이나 정보의 집적 차원에 그치지 않는다. 디지털 세대가 일정 정도의 자료가 쌓이면 그 자료를 토대로 추가 자료를 보완하고, 이를 바탕으로 이전과는 전혀 다른 개념을 구축하여 응용하는 데 익숙하기 때문이다. 네티즌이나 접속 주체들은 정보의 산출, 저장, 확산 과정 등을 통하여 자신들의 세력을 확장하면서, 사람들의 관심 끌기와 유지에 관심을 가지며 정보의 확장성

---

2) 신범순, 「사이버 시대의 시의 유령적 초상과 창조적 고민의 소멸」, 『한국현대문학연구』
   8집, 한국현대문학회, 2000, 141면.

을 활용하여 전도의 역할까지를 동시다발적으로 수행한다. 방사(emission)라는 용어가 시사하듯이, 디지털은 개별적이면서 전체이며, 전체이면서도 개별적이라 할 수 있는 다중적·복합적인 속성을 지니고 있다. 따라서 디지털 문화는 고정적이라기 보다는 유동적이며, 상황에 따라 능동적이고 효과적인 대처가 가능하다는 특성을 갖고 있다.3)

'아햏햏'의 경우에서 알 수 있듯이, 사이버 공간은 네티즌들에게 집단 무의식의 원활한 소통 통로를 제공함으로써 인터넷을 정보의 집적 공간으로서만이 아니라 욕망의 배출 통로로 제공한다. 그런 점에서 현대문명의 총아라 할 수 있는 대중매체와 인터넷은 네티즌들의 잠재적인 욕망을 충족시켜 줄 수 있는 효율적인 매체이자 현실적인 대인이라고 할 수 있다. 이에 따라 <언어의 새벽>처럼 다수의 작가와 일반인이 참여하는 방식이 시도되기도 하고 회원이 많은 사이트에서는 한 가지 주제에 대한 공동 작업이나 동시에 다양한 시도를 전개하는 것이 보편화될 가능성이 상존한다.

귀여니와 관련한 대표 사이트 '귀사모'(http://cafe.daum.net/rnlduslsla)의 회원수는 2004년 12월 15일 현재 963,798명이다. 이와 같은 현상은 '귀사모'뿐만 아니라 다른 카페나 인기 있는 블로그에서도 유사하게 나타난다. 각종 포털사이트의 카페(http://cafe.daum.net), 블로그(http://blog.naver.com), 디시인사이드(http://www.dcinside.com), 플래닛(http://planet.daum.net) 등에서 확인할 수 있듯이 네티즌들이 다른 개인이나 외부 요인들의 도움을 받아 자신의 미흡함과 부족함을 끊임없이 보완하며, 업그레이드를 통해 완성도를 높이고 영역의 지속적인 확장을 꾀하기 때문이다.

---

3) 방사상 개념에 대해서는 「방사상 수사와 디지털 텍스트 읽기」(졸고, 『한국언어문학』 51집, 한국언어문학회, 2003. 12)를 참조하기 바람.

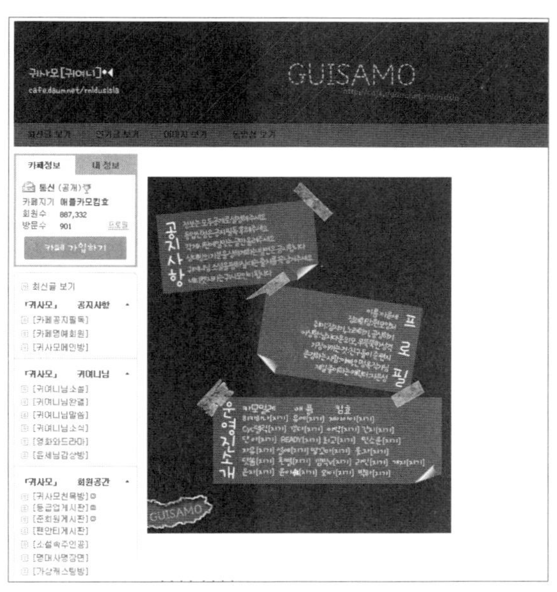

〈그림 1〉 귀여니 카페 '귀사모' 홈페이지

　　이런 이유에서 디지털 문학에서는 텍스트의 변용과 의미 확장성이 자주 나타난다. 이는 디지털 텍스트 자체가 유동적이기도 하지만 원천적으로 사이버 공간 내의 정보가 개방성과 공유성을 띠기 때문이다. 따라서 고정형태의 결정본이나 원전의 개념을 중요시했던 아날로그 문화와 달리 디지털 문화에서는 그 의미가 현저하게 약화되며 심지어 무의미해지기까지 할 수 있다. 이 과정에서 원텍스트와는 별도로 이루어지는 전개 과정에서 각각의 의미를 부여받은 요소들이 끊임없이 상호 충돌하면서 새로운 의미를 생성해나가는 일이 가능해진다. 이와 같은 현상은 디지털 문화에서는 자극이 자극 자체로 그치지 않고 새로운 자극을 추동하는 원동력으로 또다시 작용하기 때문이다. 때로 그것은 자살 사이트 사건이나 왕따 동영상4) 등에서 나타나듯이, 네티즌들이 감당할 수 없을 정도로 빠르고 다양하게 이루어지며, 강도 얼짱 사이트나 친일사이트와 같이 위험 수위를 넘어섬으로써 심각한 사회 문제를 유발하기도 한다.

현행 각종 인터넷 사이트들은 방사상 형태를 구가하면서 특정 주체에 의해 일방적으로 진행되는 것이 아니라 일반 사용자들이나 접속자들의 정서를 폭넓게 대변하거나 실질적인 수요를 충족시키는 방식으로 변화를 꾀하고 있다. 이 과정에서 네티즌들은 정보 식별의 안목과 함께 어느 한 쪽에 편중되지 않도록 적절한 균제와 상호 연계를 형성할 수 있는 네트워크 구축을 요구받는다. 아날로그와 달리 사이버 공간에서는 개체가 독자적으로 존재하지 못하므로 촛불시위에서처럼 개체들이 곧 전체라는 군집성을 통하여 거대세력을 형성하면서 그 영향력을 점차 확장시켜 나갈 때 더 큰 파급효과를 발휘하기 때문이다. 인터넷상에서 각각의 개체들이 하이퍼링크나 네트워크와 같은 방식을 통해 상호 간의 원활한 유대관계를 형성하면서 거대 통합체로서 거듭나는 것이다. 이러한 특성을 찾아볼 수 있는 대표적인 형태로는 각종 사이트에 올려져 네티즌들의 반향을 불러일으킨 게시판 글과 이에 따른 댓글, 그리고 인터넷 소설 등이 있다.

사이버 공간 내의 게시판은 글을 올리고자 하는 이들에게 발표의 장을 마련하는 한편 독자들과의 보다 원활한 의사소통을 가능하게 만들었다는 점에서 디지털 문화가 양산한 특수한 소통방식이다. 그렇지만 원글과 댓글을 주로 하는 일부 게시판의 경우, 부분적으로만 소통이 이루어지는 단절 구조를 취하거나 익명성에 힘입어 인신공격성 비방이 난무하

---

4) 어떤 문제에 대한 관점의 차이는 네티즌들 사이에서도 중도가 아닌 극단의 대립각을 세우는 양상으로 나타나기도 한다. 왕따 동영상 때문에 자살한 사건에 관하여 애도하자는 견해와 죽음으로 회피될 수 없다는 여론이 만만치 않았다는 사실에 주목할 필요가 있다. 이러한 현상은 어느 한편의 일방적인 독주가 더 이상 용납되지 않는 우리 사회의 시대적 변화와 맥을 같이 한다.

는 등 적지 않은 문제를 유발하고 있다. 이러한 진행 방식은 본격적인 쌍방향의 소통방식으로 보기에 여러 가지 문제가 따른다.

이에 반해 인터넷 소설은 글쓰는 이의 지속적인 관심과 이를 수용하는 독자층의 개입이 보다 적극적으로 이루어진다는 점에서 더 큰 파급 효과 유발이 가능하다. 특히 사회적으로 민감한 사안이나 소재를 다루거나 다른 대중매체와 결합할 때 막강한 힘을 발휘한다. 이를 증명하듯이, 인터넷 소설인 이우혁의 『퇴마록』을 비롯하여, 김예리의 『용의 신전』, 이영도의 『드래곤 라자』, 김호식의 『엽기적인 그녀』, 최수완의 『동갑내기 과외하기』, 김유리의 『옥탑방 고양이』, 귀여니의 『그놈은 멋있었다』 등은 인터넷상의 열기를 바탕으로 소설로 출간되거나 영화와 드라마로 제작됨으로써 폭발적인 인기를 누린 바 있다. 최지현은 이처럼 인터넷 소설이 각광받는 사회 현상을 다음과 같이 규정한다.

> 90년대 이후의 청소년(세대)에게 이러한 자발성은 인터넷을 통한 문학 행위의 중요한 덕목이다. 그런데 그것의 기반은 문학적 소양의 현시 욕망이라기보다는 현실 세계에 대응하는 또 다른 세계로의 이전(移轉) 욕망이다. 청소년이 애정의 대상으로 삼는 것들은 그들을 다른 세계로 안내하는 문과 같은 역할을 한다. 이것은 퇴행이나 현실 도피로 해석될 수도 있을 것이다. 그러나 한편으로는 독립과 사회에 대한 자발적 참여의 준비 과정으로 해석될 수도 있다.[5]

위의 글에서 주목해야 할 것은 "독립과 사회에 대한 자발적 참여의 준비 과정"이라는 언급이다. 그동안의 글쓰기가 일부 문인들을 제외하고

---

5) 최지현, 「인터넷에서의 청소년 문학 생활화 방안」, 『문학교육학』 9집, 문학교육연구회, 2002, 86~87면.

는 대다수의 일반인들에게 강박관념이나 부담을 유발하는 형태로 작용한 데 비해 인터넷 글쓰기는 쓰는 주체의 적극적이면서도 자발적인 참여를 유도하기 때문이다. 각종 사이트에 열혈적으로 글을 올리는 이들은 누구의 강요나 협박이 아닌 자신의 자발적인 의지와 열정에 의해 자신이 참여하는 사이트와 역동적이면서 긍정적인 관계를 형성하고 있다.

인터넷을 중심으로 벌어지는 디지털 문화의 부정적인 측면이 자주 거론되는 상황에서 최지현의 지적처럼 디지털 글쓰기에 대해 긍정적인 인식을 재고하기 위한 시도는 바람직하다고 할 수 있다. 디지털이 이미 시대의 대세를 형성하면서 우리 문화 속에 깊숙이 침투하고 있다는 점을 고려한다면, 지금이야말로 이를 긍정적으로 승화시킬 수 있는 방법론적인 모색과 구체적인 노력이 절실하기 때문이다.

3. 근접성과 확장 논리

아날로그 문학이 인접성에 관심을 기울였다면 디지털 문학은 근접성에 초점을 맞추고 있다. 디지털의 특성이라 할 수 있는 근접 원리는 하이퍼텍스트 문학을 구축하는 데 필수적인 요소이다. 이는 디지털에서 개체가 독자성을 확보하는 것에 그치지 않고 개체의 성질을 유지하면서 또한 전체를 지향하기 때문에 가능하다. 이 문제를 좀 더 확산시키기 위하여 인터넷에 올라 있는 시 한 편을 살펴보자.

고운 수의와 함께 그가 탈색당하다, 1
봉분 위로

무게없는 금을 긋고 지나가는 새 2
남은 자들은
지워진 문장의 틈 속으로 들어가
그를 열람하지만
읽는다는 것, 그것이 그를
다시 매장한다는 것을 아무도 알지 못한다. 3

느닷없이 다 풀려버린 실타래를 4
망연자실하던 사람들도
손목 위에서 말라붙는 시간을 털며 5
일어선다, 오늘도 어제완 다르지 않다. 6

비상구는 없다 7
사람들이 떠난 곳에서
이 죽음과 전혀 무관한 단 한 사람, 그는 보고 있다 8
추억의 파편들을 무겁게 매어단 채 길을 가야 하는, 9
남아있는 지루함을 견뎌내야 하는, 10
가건물의 세입자들
그들의 주위에 산재한 어둠을 11

그러나 멀리, 다시 물소리가 들린다 12
한 짐을 풀고 또 한 짐을 메는 봉분
그 수의가 다시 나부끼다 13

삶이란 얼마나 수많은 토막들인가? 14

– NINANANA, 「죽음에 관하여」[6]

---

6) 이와 같은 시도에 대해 이용욱은 "문학의 상상력은 독창적이어야 한다는 신화성에 대한
   냉소와 아무도 손댈 수 없다고 믿어왔던 원본에 대한 직접적인 해체작업"이라고 평가하
   고 있다(이용욱, 「사이버 스페이스 안에서 비트로 문학하기」, 『큰시』 11집, 2001).

위의 시는 익명의 작가 NINANANA가 죽음을 소재로 다룬 14편 시에서 부분을 차용하여 쓴 것이다. 이 작품은 사전에 아무런 정보도 제공되지 않고 각 구절에 번호가 없었다면 한 작가에 의해 쓰인 것으로 오해받을 수 있을 정도로 긴밀성을 갖추고 있다.

다소 현학적인 느낌을 유발하는 이 시는 몇 가지 뚜렷한 특징을 지니고 있다. 첫째, 작가가 자신의 실명이 아닌 익명성을 빌어 발표했다는 점, 둘째, 해체와 재구성의 과정에서 기존의 표절이 갖고 있던 한계를 뛰어넘고자 했다는 점, 셋째, 번호 붙이기를 통해 자신의 순수 창작이 아닌 다른 이의 작품과 밀접한 관련을 맺고 있음을 은밀히 암시하고 있는 점, 넷째, 산문이 아닌 운문의 형식을 빌려 형식상의 해체를 꾀하고 있다는 점 등이 그것이다.

그러나 냉철히 말해 위의 시는 디지털의 특성을 작품에 효율적으로 반영하지는 못하고 있다. 내용상의 완성도뿐만 아니라 사이버 공간의 특징이라 할 수 있는 링크 기능을 적용하여 다른 작품과의 상호텍스트성을 구현한다거나 멀티미디어를 동원하여 입체화를 시도하지 않고 있음은 물론이다. 그런 점에서 「죽음에 관하여」는 표면적으로 이전에 유행하던 패러디 형식의 시와 별다른 차이점이 없는 것처럼 보인다. 하지만 예전의 패러디 시들이 한 작가의 작품을 부분 또는 전체에 대해 패러디하면서 어느 정도 원형을 유지하고자 했던 데 비해 위의 시는 전체를 재조합 내지 재배치하는 차원을 넘어서 해체하여 조악한 방식으로 통합하고 있다. 그 결과 이 작품은 실험적인 성격의 시로 거듭나지 못하고 이전의 시들을 답습하는 차원에 머물고 마는 한계를 보인다. 내용적인 측면에서도 현대인들의 내적 고뇌를 함축적으로 그려내지 못하고 암울한 정서와 불확정적인 미래를 열거하는 수준에 그침으로써 기존의 현대시들이 보여주었던 함축의 미덕을 효과적으로 살리지 못하고 있다. 이는 작자가 컴퓨터 매체의 특성을 활용하여 혼성과 재조합을 시도하였으나 시의 미학까지는 충분히 소화시키지 못한 데 따른 필연적인 결과이다.

그렇다면 이 작품을 단순히 익명 작가의 치기어린 습작품으로만 한정시킬 것인가 하는 문제가 남는다. 이 문제는 지금까지 양산된 수많은 작품에서 매력적인 어구들만을 뽑아 놓는다고 해서 한 편의 완성된 시를 얻을 수 있는가 하는 의문과 맥이 닿아 있다. 최근 들어 컴퓨터의 기술 발달에 따라 전문작가가 아닐지라도 짧은 시간에 적은 노력만으로도 얼마든지 매력적인 어휘들을 추출하고, 효과적으로 재조합하는 일이 가능해졌기 때문이다. 하지만 이와 같은 가능성은 시가 단순한 어휘의 집적물 이상의 의미를 지니며, 시인의 부단한 정신노동의 부산물이자 예술혼의 집적물이라는 점에서 논란의 여지를 남겨 두고 있다.

위의 시 「죽음에 관하여」에 등장하는 14편의 개체들은 전체 구성에 중요한 역할을 차지하고 있으며, 각각의 개체들은 전체 의미 형성에 기여하고 있다. 하지만 엄밀한 의미에서는 이와 같은 방식 때문에 「죽음에 관하여」는 작품 고유의 특질이 부각되지 못하고 그런 점에서 세태 풍자시의 아류작 정도에 머무는 결과를 초래할 수밖에 없었던 것이다. 그런 점에서 수시로 접속이 이루어지는 인터넷상에서는 완결 형태가 아닌 연속 창작을 중심으로 하는 소설이 시 보다 더 많은 관심을 촉발할 수 있는 요인을 지니고 있다고 할 수 있다.

오프라인보다 디지털의 경우, 창작이나 발표뿐만 아니라 독자들과 관계를 맺는 방식이 함께 이루어지므로 작품에 대한 좀 더 효율적이고 다각적인 접근이 가능하다. 이러한 예는 김호식의 『엽기적인 그녀』, 최수완의 『동갑내기 과외하기』, 귀여니의 『그놈은 멋있었다』 등이 보여주었던 것처럼 각 개체들이 소설의 영역에 머물러 있지 않고 드라마나 영화처럼 다른 매체와의 끊임없는 연계를 시도하는 데서도 확인할 수 있다. 디지털 문학의 가장 큰 장점이 하이퍼링크와 상호 교섭 작용을 통하여 다른 대상과 연계를 시도하며 장르의 경계 허물기를 통해 텍스트의 확장성을 넓히는 데 있기 때문이다. 이와 같은 적극성을 통하여 네티즌들은 자신들이 고립되지 않고 다른 이들과 일정한 연대를 형성하고 있으며, 특정 세력에 지배받는 대신 공동체의 평등한 일원이라는 사실을 끊임없이 확인하고자 한다. 이처럼 디지털 문학 작품들은 부분과 전체의 경계 넘기와 상호 수용과정을 거쳐 이전의 아날로그 텍스트들이 갖고 있던 경직성과 확정성의 한계를 과감하게 극복할 수 있다.

4. 교차와 어긋남의 혼융

디지털의 교차 원리는 독자들이 작품을 접근하고 이해할 수 있는 폭을 넓히는 데 일조한다. 기존의 아날로그 문학에서 텍스트 분석에 유용하게 사용되었던 통시성과 공시성의 논리는 텍스트 의미의 확장과 심화에 크게 기여하였다. 이들 두 논리는 상호 교직과 보완을 통해 작품의 의미를 강화시켰을 뿐만 아니라 다양한 의미망의 형성을 가능하게 하였다. 그러나 디지털 문학에서는 통시성과 공시성의 교차뿐만 아니라 어긋남 역시 중요한 역할을 수행한다.

디지털 문학에서 각각의 개체 특성들은 상호 교차 과정을 통해 혼성 모방 형태를 취하며, 인터넷상에서 진행 과정을 통하여 초기와는 전혀 다른 형태로 발전하면서 그 의미를 강화시켜 나간다. 이것이 가능할 수

있는 이유는 인터넷상에서 각각의 정보들이 새로운 정보와의 결합을 거
침으로써 기존의 형식이나 의미를 탈피하여 또 다른 개념으로 확대·재
생산되기 때문이다. 이때 발생하는 교차와 어긋남은 개별 요소들의 독자
적인 영역을 침범하지 않는 차원에서 이루어진다. 댓글달기에서 쉽게 확
인할 수 있듯이, 디지털에서 발생하는 교차와 어긋남은 아날로그와 다른
방식으로 현상을 인식할 수 있게 하며 전체를 일목요연하게 조감하고
통합하는 데 매우 효과적인 방식이다. 실험적으로 시도되었던 <언어의
새벽>이 난삽한 듯 하면서도 일정한 흐름을 유지할 수 있었던 이유는
이와 같은 교차와 어긋남의 원리를 효율적으로 활용하였기 때문이다.

　기존의 활자매체와 같은 아날로그 방식에서는 텍스트를 구성하는 각
각의 정보들이 지닌 고유한 특성이 잘 드러나지 않는 경우가 많다. 그러
나 입체와 동영상을 적용시킨 비주얼(visual) 개념을 텍스트 분석에 적용
하면 평면에서는 보이지 않던 것들이 보다 확연하게 드러난다. 디지털
텍스트의 가장 큰 장점은 기존의 아날로그 텍스트의 주요소였던 상상력
을 실제 현실이 아닌 가상공간 속에서 구체적으로 재현함으로써 일반화
시켰다는 사실이다. 이는 정면에서는 보이지 않던 빌딩의 뒷면이 3차원
의 '하늘'이라는 공간 개입을 통해 입체화가 이루어질 경우, 명확하게
볼 수 있는 것과 같은 원리이다. 뿐만 아니라 디지털 문화에서는 각각의
개체들이 갖고 있는 특성을 그대로 구현하는 것이 가능하여, 이를 매개
로 하여 전체의 특징을 이해할 수 있는 실마리를 얻을 수 있다. 디지털
텍스트가 발생하고 전개되는 과정을 살펴보면 다음과 같다.

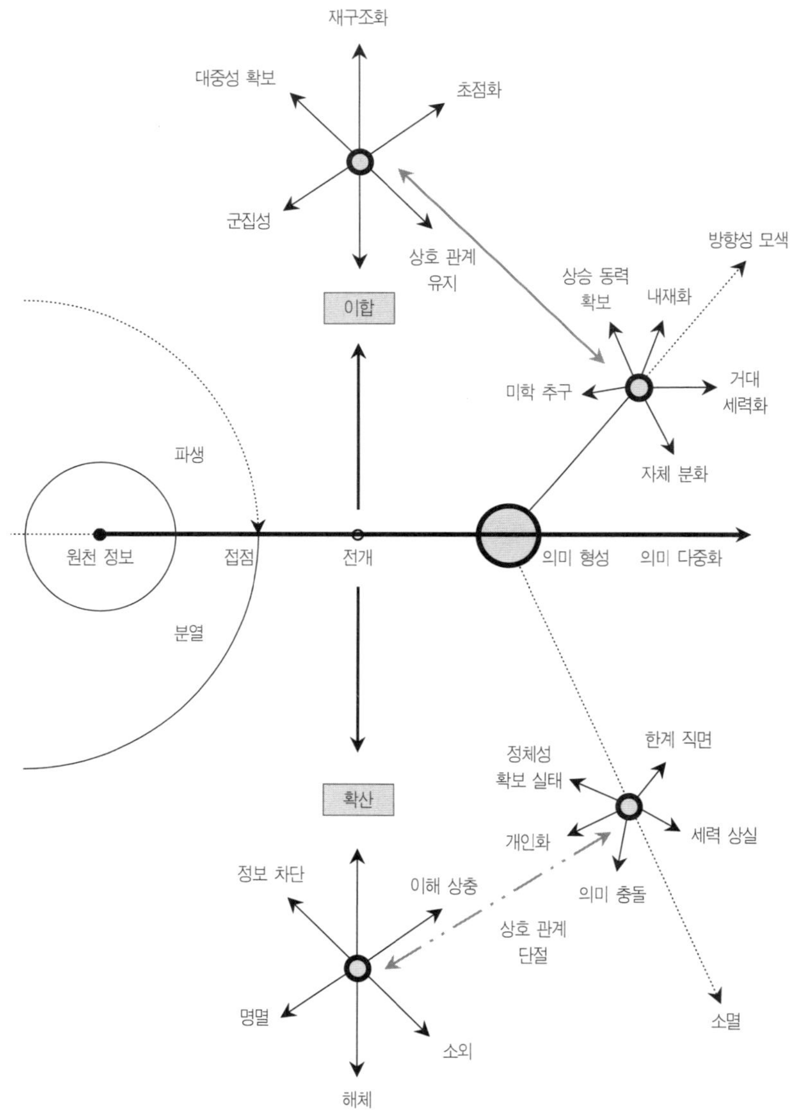

〈그림 2〉 '귀여니' 현상의 유동성 전개 과정

<그림 2>는 사회적 현상으로까지 받아들여졌던 '귀여니' 현상을 중심으로 셀(cell)과 블록(block)의 유동성 전개 과정을 다루고 있는 그림이다. 이는 1차원의 원천 정보로부터 의미 발생, 전개, 형성을 거쳐 의미 복합화까지를 총괄하는 과정에서 발생할 수 있는 여러 가능성을 염두에 둔 도표이다. 원천 정보라 할 수 있는 온라인 작품『그놈은 멋있었다』나『늑대의 유혹』은 본명이 이윤세인 '귀여니'가 인터넷 연재 형태를 거치면서 발생한 것이다. 연재 형태이기 때문에 각각의 연재물들은 개별적인 요소로서의 특징을 지니는 한편 단형본으로 묶이면서 종합물로서의 성격을 갖게 된다.

귀여니 작품이 신드롬이라 할 정도로 사회적인 관심을 촉발할 수 있었던 것은 서사의 전략적 구성을 전면에 배치하고, 이를 효과적으로 드러내기 위해 이모티콘과 같은 문화 코드를 동원하여 신세대의 감각을 적극적으로 반영했기 때문이다. 이 글은 온라인상에서 독자들의 폭발적인 반응을 불러일으킴으로써 팬카페 만들기 현상과 함께 오프라인상의 책 발간에 의해 대중적인 영향력을 확보하게 되었다. 이러한 일련의 사회적 반향은 귀여니 현상에 대한 우리 사회의 의미 형성과 의미 부여 과정에 해당한다.7) 귀여니 현상을 둘러싼 논의의 정점은 책 발간과 함께 영화 제작에 대한 대중매체의 보도에서 확인할 수 있다.

이 과정에서 위의 표에서처럼 단선적으로 보이는 화살표의 전개 외에도 입체적인 파상 형태의 전개가 일어나면서 원천 정보의 의미는 기하급수적으로 확장할 수 있다. 현재 인터넷상에서 활동하고 있는 귀사모와 유사한 카페의 활발한 진행에서 확인할 수 있듯이, 온라인은 언제든지

---

7) 귀여니 현상은 기존의 사이버 문학 작품에 대한 관심과 달리 전문 연구자들에 의해 연구의 대상이 되기도 하였다. 논자들은 이를 대중 문화의 코드로 어떻게 이해할 것인가, 나아가 대중문학의 지류로 볼 것인가와 같은 문제를 심도 있게 제기하였다.

귀여니의 아류작을 양산할 수 있다. 이것이 가능한 이유는 디지털 문학 텍스트가 일정한 틀이나 개념에 얽매이지 않고 교차와 어긋남을 통해 기존 의미층위와는 다른 전혀 새로운 의미를 만들어내기 때문이다.

위의 도표에서 나타나듯이, 각각의 셀 개념들은 교차와 어긋남의 반복을 통해 주변 요소들을 끊임없이 자극하고 상호 작용을 지속적으로 유발하면서 빠르고 강력하게 그 세력을 확장해 나간다. 셀에 해당하는 귀여니 작품이 인터넷상에서 유사세력이나 동조세력을 규합하게 되면서 거대 블록군을 형성하게 되는 것이다. 이후 블록들은 유사 관계에 놓여 있는 또 다른 사이트들과 연계하여 각 사이트의 조절과 견제, 성장과 확산을 조절하면서 각 단계의 유기적인 전개에 전반적으로 관여함으로써 디지털 문화가 역동적으로 유지되는 데 기여한다.

이 과정에서 인터넷 소설만이 아니라 드라마나 영화 등의 다른 장르와 상호 교섭을 거치면서 그 대중적인 영향력을 배가시키는 것이다. 따라서 열린 사이버 공간에서 이루어지는 셀과 블록의 활동은 디지털 문화 전체에 활력을 불어 넣는 촉매제이자 강력한 추진 동력으로 작용할 수 있다.[8]

5. 속도 논리와 결집성

디지털 문학의 생성과 관련하여 속도 논리와 결집성에 주목할 필요가 있다. 지식이나 정보가 유통되는 과정에서 필수적으로 상당한 시간과 노

---

8) 디지털 문화에서 셀과 블록은 정적인 특징과 동적인 속성을 동시에 수반한다는 점에서 기존의 텍스트에서는 볼 수 없는 파격적인 속성을 띠고 있다. 그것은 또한 생명력을 지니고 역동적이며, 생산과 파괴가 동시에 일어날 수 있는 가변성을 지닌다.

력을 필요로하던 예전의 아날로그 시대와 달리 하이퍼텍스트(hypertext)나 하이퍼미디어(hypermedia)를 중심으로 하는 디지털 문화에서는 외부로 전파되고 그 영향력을 발휘하는 시간 간격이 점차 좁혀지고 있다. 사이버 공간에서 속도와 환경에 의존하는 정도가 강해지면 강해질수록 이전의 정보들은 쉽게 가치를 상실하고, 그 효용도가 저하되어 불필요한 정보나 유효성에 그치는 경우가 자주 발생한다. 그런 점에서 디지털의 문화 속성 중 하나인 속도 논리는 새로운 정보들을 영역 내에 포섭하며, 무수히 산재해 있는 개체들을 군집화하여 결집시키는 데 매우 유용한 방식이다. 현재 활발하게 운영 중인 카페나 사이트를 활용할 경우, 제한 시간 내에 많은 이들을 자신이 의도하는 영향력에 둘 수 있으며, 나아가 이를 통하여 전체의 소통구조를 재편할 수 있기 때문이다.9) 이 과정에서 정보의 가치는 속도와 밀접한 관련을 맺으며, 네티즌들 역시 정보의 질이나 진위 여부와는 별도로 인터텟상의 소재 자체를 정보의 원천으로 받아들이고 자연스럽게 접촉하면서 전파에 더욱 역점을 기울인다. 각각의 개념들에 대하여 정치한 분석이나 심도 깊은 이해보다는 파편적이지만 감각적이고 즉각적인 호기심을 유발할 수 있는 인상 위주의 접근방식이 각광받는 것이다.

그러나 이와 같은 방식이 디지털 문학에 무분별하게 적용될 경우 발생하는 문제점 또한 적지 않다. 검증되지 않은 문학 작품의 양산을 초래하여 전체적인 질적 저하와 함께 기존의 독자들까지 등을 돌리게 하는 최악의 결과를 초래할 수 있기 때문이다. 따라서 속도의 논리를 내세우

---

9) 모니터의 한쪽은 뉴튼적 공간이고, 다른 한 쪽은 사이버 공간이다. 서로가 각기 자신의 고유한 리얼리티를 주장하는 두 공간의 경계에 놓인 모니터만으로는 뉴튼적 공간에서의 리얼리티를 구성하던 무거움이나 깊이 같은 것을 추구하기가 거의 불가능에 가깝다 (Mark Poster, 이미옥·김준기 역, 『제2미디어 시대』, 민음사, 1998, 38면 참조).

되, 문학이 갖고 있는 특성을 고수하면서 디지털의 속성을 결합할 경우 더 큰 상승효과를 기대할 수 있을 것이다. 그런 의미에서 J. R. 톨킨이 쓴 『반지의 제왕』이 영화화 과정을 통해 더 큰 반향을 불러일으켰다는 사실은 향후 디지털 문학의 전개 방향에 시사하는 바가 크다.

〈그림 3〉 독자의 기자화, 『오마이뉴스』

주체가 정면 직시를 통해 대상의 속성을 파악하고 인식하는 데 주도 적인 역할을 수행했던 과거와 달리 디지털 시대에는 객체 역시 전체를 총괄하고 해체하는 데 참여하는 제3의 방식이 등장한다. 이것은 디지털 시대에는 주체뿐만 아니라 객체 역시 텍스트의 인식과정에서 적극적인 관계를 형성하며, 텍스트를 역동적인 관계 속에서 이면을 포함한 총화이자 통합의 열린 개념으로 인식한다는 의미이다. 즉, 디지털에서는 주체가 실제와의 객관적 거리를 유지하는 과정을 통해 대상의 속성을 파악할 뿐만 아니라 객체와의 합일을 모색하면서 대상과의 일체성을 확보하고자 노력한다. 이처럼 디지털 방식이 아날로그 방식과 뚜렷한 변별성을 지니는 이유는 변화에 민감한 디지털이 특유의 유동성을 최대로 활용하면서 상황에 효율적으로 대처하기 위해 끊임없이 새로운 방향성을 모색하기 때문이다. 즉 하나의 개체가 다른 매체와의 상호적인 체계를 구축하면서 각각의 개체들이 다른 장르와의 교류, 진화, 발전, 정화 등의 과정을 거치는 것이다.

이를 위하여 디지털 문화에서 각각의 개체들은 전체를 이루면서 또한 개별의 독자성을 확보하기 위해 자신들만의 고유 영역을 지닌다. 일례로 다음(www.daum.net), 야후(www.yahoo.co.kr), 네이버(www.naver.com), 네이트(www.nate.com), 코리아(www.korea.com) 등의 포털사이트나 디시인사이드(www.dcinside.com), 다나와(www.danawa.co.kr), 오마이뉴스(www.ohmynews.com)와 같이 특정의 전문 사이트에 오른 내용들은 독립적으로 존재하면서, 무수하게 많은 변인들을 구축하면서 그 의미를 확장시켜 나가고 있다. 이를 통해 그들은 독자적인 영역을 유지하면서 다른 개체들 간의 갈등, 이완, 파국, 접점, 해체 등의 다종 형태로 영역의 확산을 거듭한다. 이 과정에서 각 개체들의 특성과 군집성이 두드러지게 나타나면서 전체를 아우를 수 있는 총론의 개념이 형성되는 것이다. 주지해야 할 사항은 그들이 개별의 독자성을 유지하는 데 그치지 않고, 다른 요소들과 어울리면서 디지털 문화에서 중요한 의미 층위를 형성하고 구축하는 데 실질적으로 기여한다는 점이다. 이 독자성과 네티즌들의 내부 추진동력이야말로 '디지털'이라는 열린 개념에 맞게 주체들이 자신들을 변화시키고 생명력을 유지하는 데 유용한 방식이다. 그런 점에서 본다면 문학은 이와 같은 디지털 개념을 효율적으로 적용하고 수용하는 문제에 관한한 아직은 미개척지라 할 수 있다.

디지털은 속도 논리와 결집 원리의 결합이 이루어질 경우, 그 영향력이 배가됨으로써 문학 텍스트의 형성과 전개 양상 전반에까지 폭넓게 기여할 수 있다. 아날로그 방식과 디지털 문화의 차이가 접근 방식만이 아니라 의식에서도 뚜렷하게 나타나기 때문이다. 현재 문학을 중심으로 이루어지는 디지털의 문화적 속성은 향후 텍스트를 접근하고 풀어가는 방식이 '어떻게' 변화하고 진화할 것인가를 가늠하게 한다. 이러한 문제는 최근 두드러지게 주목 받는 문화 현상이 익명성에 의해 불현듯 나타났다 유령처럼 사라지느냐 아니면 지속적인 사회적 관심의 대상으로 발전하느냐와 같은 차이를 유발하는 요인이 되기도 한다.

그러나 아날로그 방식과 달리 사이버 공간 내에서 출발점은 기본적으로 모든 요소들을 통솔하거나 총괄하는 형태를 유지하지 못한다. 열린 공간이라는 특성상 각각의 개체들이 상황에 따라 얼마든지 독자적인 목소리를 낼 수 있기 때문이다. 그러므로 디지털 문화는 RPG게임에서 확인할 수 있듯이, 비록 출발점이 동일하다 할지라도 최종 도착점을 확인하거나 추측할 수 없는 형태로 전개될 가능성이 크다. 이와 같은 디지털의 속성은 디지털 문학이 기존의 서사체계나 서정성에 대해 새로운 개념 규정을 할 수 있으리라는 사실을 예측 가능하게 만든다. 디지털 시대에는 기존에 각광받았던 서사체계나 서정성이 더 이상 큰 의미를 지니지 않을 수 있기 때문이다.

또한 디지털 문학은 사이버 공간 내에서 자기 정체성을 확인하는 효율적인 방식이 될 수 있다. 각각의 구성원들이 사용하는 ID와 비밀번호는 디지털 문화를 구성하는 핵심 내용이자 상징적인 요소이다. 이들은 네티즌들이 디지털 문화를 효율적으로 살아가도록 만드는 핵심적인 열쇠인 동시에 다른 한편으로는 그들을 얽어매는 족쇄가 될 수 있다. 디지털 텍스트를 관통하는 이와 같은 양가적인 요소들은 네티즌들이 주도하는 것처럼 보이지만 그 실체는 그들이 닿을 수 없는 곳에 놓여 있다고 해도 과언이 아니기 때문이다.

그러나 사람들은 만능처럼 보이는 이 열쇠가 자신들을 잡아 가둘 족쇄라는 사실을 간파하지 못하고 이를 획득하기 위하여 몸부림치는 아이러니를 범하고 있다. 각종 폐해와 문제점에도 불구하고 많은 이들이 그 유혹에서 쉽게 벗어나지 못하는 이유는 디지털 문화가 그만큼 매력적인 요소를 내포하고 있기 때문이다. 자신들을 둘러싼 억압기제를 효과적으로 극복할 수 있는 대안을 확보하지 못한 현대인들의 입장에서는 정체성, 존재 의의, 현실 만족감 등을 대리적으로나마 충족시킬 수 있는 가상의 공간에 더 집착할 수밖에 없다. 특히 기성세대나 체제에 대해 이질감과 단절감을 절실하게 느끼던 네티즌들로서는 문명 변화와 기술 발달, 그리고 매체에 효과적으로 대응하기 위해서라도 인터넷을 매개로 한 집단의 생존전략, 즉 네트워크 개념을 만듦으로써 대항할 수밖에 없는 운명에 처해 있다.

네티즌들이 기존의 이데올로기에 대해 반대 의견이나 대항 이론을 제시할 때, 그것은 이미 또 다른 이데올로기를 만드는 것과 동일한 의미를 갖는다. 디지털 문화에서는 특정 사안이 각종 사이트를 통해 빠르게 전파되는 속성이 강하며, 이 과정에서 기존의 질서체계나 사고방식과 배치되는 새로운 개념의 등장이 용이하기 때문이다.10)

그동안 아날로그상에서 주체와 개체들은 각각의 독자 영역을 형성하

〈그림 4〉 소통의 새로운 전략 〈싸이월드〉

거나 또는 주변과 연계하면서 자신들만의 독자적인 영역을 확장시켜 왔다. 그러나 네티즌들은 사이버 공간 내에 또 다른 자신이 존재하는 것을 인지하는 순간, 이를 그들만의 의사소통 방식으로 전환하여 경험의 폭을 확장하는 방식에 익숙하다. 그것이 아이디나 아바타와 같이 익명성을 바탕으로 구축될 경우 이와 같은 특성은 더 큰 위력을 발휘하게 된다. 비록 익명성에 의존한다 할지라도 네티즌들은 자신만의 이데올로기를 그대로 고수하기 보다는 대중매체와 같은 외부 요건이나 사회·문화 흐름에 민감하게 반응하는 경향이 많다. 하지만 이들이 대체로 간과하는 것은 접속자 자신이 사이버 공간상에서 객관화된 대상이자 이에 역동적으로 반응할 수 있는 주체라는 사실이다.

디지털 문화에서는 자신의 영역을 다른 개체들과 연계하여 그 효과를 극대화하고 이전과는 다른 형태로 발전시켜 나갈 수 있다는 점이 무엇보다 중요한 관건이다. 이미 그 의의를 검증받은 바 있는 인터넷 소설이나 게시판 문학에서 확인할 수 있듯이, 디지털 문학은 현대인들의 욕망 결핍과 현실의 무력감으로부터 벗어날 수 있는 가능성으로서의 실질적인 대안을 제시해줄 수 있을 것이다.

---

10) 이를 단적으로 보여주는 것이 게시판 문학이다. 이에 대해 최지현은 "게시판 문학은 형식적 완결성을 취하지 않으며 그러기도 힘들지만, 이들이 수행한 글쓰기는 문학적 창조 행위로 볼 수 있다. 팬픽에서처럼 이 과정은 자발적으로 일어나며 매우 높은 집단 충성도를 가지고 지속된다. 인터넷이라는 조건에서 상호작용도 긴밀하고 실시간적이기까지 하다. 문제는 그들의 문학 행위들이 숨겨져 있다는 점이다."라고 지적하고 있다(최지현, 앞의 글, 92면).

6. 대중문화의 디지털 출구 전략

이 글에서는 디지털 문화를 구성하는 네가지 주요 특성을 중심으로 디지털 문학의 향후 가능성을 모색해 보았다. 아날로그 문화와 달리 디지털 문화에서는 글쓰는 주체들의 의식 변화와 그에 따른 대응양상이 뚜렷하게 나타난다. 이와 같은 현상은 네티즌들의 글에 대한 인식의 전환뿐만 아니라 디지털 텍스트가 갖고 있는 기본적인 속성에서 그 연원을 들 수 있다. 이 글에서 언급한 자가 증식, 근접성, 교차와 어긋남, 속도 논리와 결집성이야말로 디지털 문화의 근간을 형성하는 개념들이자 디지털 문화를 결정짓는 가장 중요한 요소들이다.

디지털 시대를 살아가는 이의 입장에서 본다면, 오늘날 문학 텍스트가 수용하는 정보들은 여전히 유동적이고 불완전하다. 이 정보들이 고유의 선도와 특장을 유지하기 위해서는 지속적으로 업그레이드 과정과 자기 갱신을 통해 속도와 경쟁의 관문을 거쳐야 한다. 최신의 정보를 습득하고, 이를 토대로 새로운 문화를 구축하는 것은 이 시대의 필연적인 화두이자 생존을 위한 필수전략이다. 이는 기존 텍스트들을 디지털 개념을 동원하여 분석할 경우, 기존의 문학작품들이 갖고 있던 미덕들에 대한 의미 부여와는 전혀 다른 결과가 나올 수도 있다는 것을 의미한다.

기존 방식의 논의가 완결된 텍스트의 분석에 초점이 맞추어져 있었다면 디지털 문화에서는 여러 가지 방법을 동시다발적으로 동원함으로써 결과의 다양성을 추구할 수 있다. 디지털 속성을 적용시킬 경우, 이전의 텍스트에서는 경계선상이나 교차 영역에 해당하던 것들, 즉 사각지대에 속해 있던 것들까지 분석의 영역 안으로 수용할 수 있게 된다. 결국 우리가 문학작품을 분석하면서 가졌던 기존의 아날로그적인 사고방식, 즉 기본 텍스트 해석만이 아니라 시대·사회·문화적인 흐름 등 전반에 걸친 판단의 준거들은 디지털 특성과 맞물릴 때, 더욱 위력을 발휘할 수 있을 것이다. 따라서 향후 디지털 이론은 느림의 미학을 추구하던 시대와 속도를 갈구하는 세대와의 간극을 좁힐 수 있는 현실적인 방법에 대한 접점 찾기로 나아갈 필요가 있다. 이는 텍스트를 생산하고 인지하는 과정뿐만 아니라 이를 분석하고 이해하는 데 있어서도 마찬가지로 충분하게 고려해야 할 사항이다.

구술과 활자매체가 주도하던 아날로그 시대에는 직접 접촉을 중심으로 한 '정의'의 영역이 주축을 이루었다. 그것들은 상당기간 통일성, 일관성, 체계성 등의 이름으로 대변되면서 텍스트 분석의 준거틀을 마련하였고, 문학 작품 분석에 상당한 지배력을 행사해왔다. 작가, 시점, 등장인물, 구성, 이미지, 상징 등의 다양한 이름을 통해 논의되던 문학 이론들 또한 텍스트 분석과 이해라는 동일한 지향점에 도달하기 위해 이용되었다. 그러나 오늘날 보편화된 디지털 시대는 기존 관념의 해체를 가속화시켰을 뿐만 아니라 주체와 객체의 관계에서 있어서도 인식의 변화를 촉구하고 있다. 기술 발달에 따라 매체가 변화하고 첨단 기술에 대한 의존도가 높아지면서 의식 변화와 함께 디지털 문화 전체를 관통할 수 있는 해법의 필요성이 더욱 절실해지는 추세이다.

앞에서 살펴본 것처럼 디지털 시대에 각 개체들은 끊임없이 파동을 일으키면서 새로운 양상과 현상들을 창출해낸다. 이러한 관점에서 본다면 디지털 시대에는 기존의 텍스트라 할지라도 그 의미가 확정되어 있는 것이 아니라 어떤 방식을 적용하느냐에 따라 끊임없이 유동하는 건강한 생명체로 거듭 날 수 있다. 따라서 문학 텍스트에 대한 디지털 개념의 적용은 텍스트의 해석과 의미 확장에 유효한 방법으로 작용할 수 있다. 향후 우리의 관건은 디지털 시대의 다양한 문화 현상을 해체와 거부가 아닌 통합과 조화의 긍정적인 차원으로 받아들이는 문제라 할 수 있다.

문학작품의 문화콘텐츠 활용 방안

1. 문화콘텐츠의 사회적 의미

매체 환경과 디지털 시대의 도래와 함께 문화에 대한 인식과 문화 접근 방식에 뚜렷한 변화가 나타나고 있다. 이러한 현상은 기존의 문화 인식만이 아니라 문화콘텐츠[1]에 대한 개념 자체가 변하고 있음을 의미한다. 최근의 문화 흐름은 문화를 일종의 흥미나 단순한 소재 차원에서 다루던 방식에서 벗어나 이야기의 원형을 다양한 유형의 문화콘텐츠로 창출하는 형태로 전개되고 있다. 이와 더불어 미디어를 비롯한 다양한 기술 발달과 경제 성장 및 문화 역량 증대로 문화 환경의 개선과 문화의식

---

[1] 김종태는 문화콘텐츠를 협의의 개념으로 미디어 혹은 플랫폼에 담기는 문화적·예술적 내용물로 정의하고, 광의의 개념으로는 문화기호들의 연쇄적 조합이 창출한 결과물이면서 커뮤니케이션의 다양한 채널을 통해 상업화할 수 있는 재화로 정의하고 있다(강현구·김종태·장은석, 『문화콘텐츠와 인문학적 상상력』, 글누림, 2005, 12면).

의 향상이 급속하게 전개되는 경향이다. 이와 함께 문화 양상은 기존의 구술과 활자매체를 기반으로 한 아날로그 일변도에서 휘발성이 강한 디지털 형태로 급속히 이동하고 있으며, 문화에 대한 의식 또한 폐쇄와 독점에서 개방과 공유 형태로 나아가고 있다.

이러한 변화는 현대사회의 양상과 깊은 관련을 맺는다. 현대사회는 물질적 풍요와 기술의 발달, 사회 관심의 변화, 수요자층의 욕구 반영, 새로운 것에 대한 욕망, 창조자의 의욕, 기술문명의 발달, 사회 부가가치의 창출 의지 등이 복합적이면서 긴밀하게 작용하면서 변화를 거듭하고 있다. 각각의 개별요소들이 독자적인 영역을 구축하면서 전체 내에서 유기적인 관계를 형성하는 체제로 빠르게 진화하고 있다. 이것이 기존의 문화 접근 방식과 달리 이를 활용한 문화콘텐츠에 대한 인식 변화와 함께 실질적인 방안 모색이 빠르고 광범위하게 이루어지는 이유이다. 과거의 문화가 소수 지배층의 독점과 향유를 기반으로 했다면 문화에 대한 일반 수요층의 폭발적인 수요와 요구는 새로운 양상을 창출하고 있다.

실제로 문화콘텐츠는 전세계적으로 가장 각광받고 있는 산업이자 향후 우리 산업의 방향과 성패를 가름할 정도로 중요한 고부가가치를 창출하는 산업이다.[2] 하지만 현재 우리 현실은 기존의 풍부한 문화자산을 실질적인 문화콘텐츠로 활성화시킬 수 있는 역량을 갖춘 인재들을 체계적으로 발굴·육성하지 못하고 있는 실정이다. 따라서 문화콘텐츠 구축의 핵심을 담당하는 인재 발굴과 육성은 문화콘텐츠 사업의 성패를 결

---

[2] "문화산업은 산업 차원의 가치시스템에서 매우 독특한 구조를 갖는다. 문화산업의 제품이자 유통 대상인 콘텐츠 상품의 창조와 관련한 전 과정에서 문화, 예술과 공공영역, 기술, 소비자 시장 환경 등 외부적 요인과 내부적인 제작, 공급, 서비스 등 총 7개 정도의 요소가 결합해야 비로소 성공적인 콘텐츠 비즈니스, 즉 문화산업 활동이 이루어진다"(전방지·심상민, 『문화콘텐츠와 창의성』, 글누림, 2005, 163면).

정짓는 주요 요인이라 할 수 있다.

문화콘텐츠는 다양한 영역의 산업들이 균형과 조화를 이루면서 만들어지는 복합산업이다. 개인의 탁월한 상상력과 창의성, 그리고 이를 뒷받침할 수 있는 제도와 운영체제가 만들어내는 종합예술이라 할 수 있다. 따라서 문화교육 프로그램에서 이를 활성화할 수 있는 프로그램을 집중적으로 개발한다면 학습자가 보유하고 있는 잠재능력의 계발 효과와 함께 이를 가시적인 성과로 전환시키는 것이 가능하다.

이 글에서는 이와 같은 문화콘텐츠 프로그램의 개발 가능성을 모색하기 위하여 기존 문화콘텐츠의 주요 특성들을 검토하고, 이를 현재 활용할 수 있는 효율적인 방안의 가능성에 대해 살펴보고자 한다. 지역 문화제를 중심으로 전개되는 이 작업은 지역 문화의 정체성 확보와 지역민들의 자긍심 형성의 단초를 제공할 것이며 나아가 우리 문화산업 활성화와 국가 이미지 차원에서도 긍정적인 기여를 할 수 있을 것이다.

2. 문학작품의 문화콘텐츠 전개 현황

1) 일·중·유럽의 문화콘텐츠의 활용

일본의 대표적인 하이쿠 작가인 마쓰오 바쇼(松尾芭蕉, 1644~1694)의 경우, 일본 전역에 걸쳐 대략 4,000여 개의 문학비가 있다. 이는 일본 내에서 그가 갖고 있는 위상을 입증하는 동시에 일본의 문화 인식과 대응을 보여주는 단적인 사례라 할 수 있다. 1987년에는 바쇼를 다룬 액면가 60엔짜리 우표가 발행되기도 했다.[3)]

〈그림 1〉 마쓰오 바쇼(松尾芭蕉, 1644~1694), '行春や鳥啼魚の目は泪'

일본은 문학비 건립과 우표 발행에 그치지 않고 작가가 머물던 여관, 그가 산책하던 경로 등을 여행 상품화하는 등에도 적극적인 입장을 취하고 있다. 이와 같이 문학작품과 작가를 선호하는 단계를 넘어서 독자적인 문화콘텐츠로 구축하려는 적극적인 자세는 하이쿠 문학을 일본을 대표하는 문학으로 세계 속에 확산시키는 데 일조하고 있다.

이 시점에서 우리가 주목해야 할 사안은 일본국민들이 갖고 있는 문화에 대한 공유의식과 대응전략이다. 일본을 대표하는 가와바다 야스나리나 무라카미 하루키의 예에서 나타나듯이, 일본은 자국의 작가들을 세계적인 작가로 만드는 데 보다 적극적이다. 일본은 국가 차원에서 자국

---

3) 1987년에 발행된 일본의 가장 대표적인 하이쿠(俳句) 시인인, 바쇼(芭蕉 ; 파초)의 초상화를 그린 우표로, 우측 우표에는 바쇼의 하이쿠 한 수가 붓글씨로 실려 있다. '行春や鳥啼魚の目は泪'

의 문학작품을 세계에 소개하기 위해 체계적인 시스템을 구축하고, 전폭적인 지원과 출판시장의 활성화에 노력을 기울임으로써 가와바다 야스나리, 오에 겐자부로 등 노벨문학상 수상작가를 배출할 수 있었다고 할 수 있다. 이와 유사한 사례를 일본 애니메이션의 성장에서 찾아볼 수 있다. 문학이나 애니메이션의 세계화가 가능할 수 있었던 배경에는 일본의 문화산업이 어느 한 분야의 독점이 아닌 공동 협조체제를 구축한 성장을 추구한 데서 그 원인을 찾을 수 있다.

한국과 달리 일본의 출판시장은 폭넓은 저변 독자층을 중심으로 독자적인 양상으로 전개된다. 따라서 일정 정도의 독자가 확보될 수 있다고 생각한다면 상시 출판이 가능한 시스템을 확보하고 있다. 결국 이와 같은 출판전략은 일본의 대중문화의 저변을 만드는 힘이자 전문영역 강화의 기초를 형성하는 토대이다. 뿐만 아니라 이러한 문화 대응 전략이 문화 전반으로 확산되면서 일부분이 아닌 문화 전반에 걸쳐 전문성과 대중성의 확보가 가능해지는 것이다. 일본은 문학만이 아니라 문화 전반에 걸쳐 수용하고 외부로 발산하게 만드는 자체가 시스템화되어 있기 때문에 대중화와 보편화가 용이하다.

다음으로 중국의 사례를 살펴보자. 루쉰은 중국의 국민작가로 알려져 있다. 마오쩌둥은 「신민주주의론」에서 루쉰을 "문화주력군의 가장 위대하고 가장 용감한 기수"이자 "중국 문화혁명의 주장"이라고 칭한 바 있다. 그만큼 루쉰의 삶에 대한 기록물은 전세계적으로 수십 종이 출판되었고 관련 연구서 또한 방대하다.[4] 한국에서도 루쉰에 관한 번역서, 논

---

4) 허세욱은 루쉰을 "소설가요, 「문화편지론(文化偏至論)」이나 「악마시역설(摩羅詩力說)」 등을 발표한 문화 문학이론가요, 고전시 현대시 산문시 등을 쓴 시인이요, 어사사(語絲社)나 미명사(未明社), 망원사(莽原社) 등의 문학동인을 조직했던 문학운동가요, 「미명총간」, 「오합총서」 등을 편찬 출간한 출판가요, 하문대학과 중산대학 등에서 강의한 교수요,

문, 평전 등 두루 합하면 1백종이 넘는 관련 문건들이 출판되었고, 그에 대한 관심이 지속적으로 이루어지고 있다. 루쉰은 지금도 중국인들 사이에서 중국 현대문학사상 '최고의 작가'로 일컬어지고 있으며 전국 각지에 그의 이름을 딴 학교와 공원이 있을 정도이다.[5]

루쉰의 중국내에서의 독보적인 입지 형성은 문화혁명과도 밀접한 관련을 맺는다. 문화혁명 당시 중국인들은 마오쩌둥과 루쉰의 어록을 외우고 다녔을 정도이며, 금서가 없었던 거의 유일한 지식인이기도 했다. 또한 1936년 폐병으로 인한 루쉰의 극적인 죽음은 중국 현대문학사에서 그를 상징적인 존재로 만드는 요인으로 작용하였다.[6]

최근 들어 중국에서 나타나는 두드러진 현상은 고전작품의 재조명을 통한 문화 확장과 관련한 시도들이다. 그 대표적인 사례가 중국을 대표하는 대중문학작품인 『삼국지』이다. 그동안 이 작품은 소설, 만화, 게임[7], 드라마 등 다양한 형태로 제작되었을 뿐만 아니라 관광상품화되기도 했다.[8] 올해도 『삼국지 – 용의 부활』이라

〈그림 2〉 영화 〈삼국지-용의 부활〉

1930년 중국좌익작가연맹을 비롯 중국자유운동대동맹 중국민권보장동맹 등을 조직했던 민족운동 정치 운동가"로 평가하고 있다(허세욱, 『중국현대문학사』, 법문사, 1999).

5) 루쉰의 흔적은 푸청먼(阜成門) 시얼티아오에 있는 옛집과 루쉰박물관, 또 그가 고향의 향수를 달래던 샤오싱후이관(紹興會館) 등에 남아있다.

6) 이에 대하여 중국 사상계에서는 루쉰(노신·본명 저우수런, 1881~1936)과 후스(호적·본명 홍성, 1891~1962)라는 현대의 두 거목에 대한 재평가 문제에 대하여 2003년 격심한 논쟁을 거친 바 있다(이상수, 「루쉰 신격화되고 후스는 격하됐다」, 『한겨레신문』, 2003. 11. 24).

7) 2008년 현재 제작중이거나 출시 완료된 삼국지 관련 게임만도 CJ인터넷의 〈진삼국무쌍 온라인〉, 〈창천 온라인〉, 〈일기당천〉, 〈삼국지전〉 등이 있다(김효섭, 「오늘은 조자룡 돼서 놀아볼까」, 『서울신문』, 2008. 4. 15).

는 작품이 영화로 만들어지기도 했다.9) 특히 『삼국지』에 등장하는 인물들의 특성과 조직관리를 중심으로 다룬 경영서들의 부각도 두드러진다.

또 다른 중국 출판시장의 변화는 베스트셀러를 중심으로 하는 문화시장의 변혁이다. 그 대표적인 사례로는 중국 국영방송인 CCTV의 <백가강단>(百家講壇)이라는 프로그램을 통해 중국의 지성으로 부각된 이중천의 『삼국지 강의』이다. 이는 기존에 우리에게도 널리 알려져 있던 「삼국지」에 대한 재해석을 시도한 것으로서 삼국지에 등장하는 인물들의 주요 성향을 바탕으로 오늘날 중국의 현실을 읽어내려는 작업의 일환이다. 이 책은 중국 전역에서 600만 권 이상이 팔림으로써 고전 읽기의 유행을 불러일으키기도 했다.10) 현재 한국어로도 번역되어 중국의 지성관을 이해할 수 있는 자료로 활용되고 있다.

아시아와 달리 유럽은 문학작품을 소재로 한 문화콘텐츠가 활발하게 진행되어 왔다. 특히 영국의 문호 세익스피어의 사례는 문화콘텐츠 활용 방안에 대해 시사하는 바가 크다.

---

8) 모두투어(www.modetour.co.kr)는 방송인 전유성과 함께 하는 무료 중국여행 4차 이벤트를 실시한 바 있다. 『전유성의 구라삼국지』(소담출판사) 책 속의 엽서를 보내면 추첨을 통해 3월 13일 총 20명에게 무료 중국여행을 보내준다는 내용이다.

9) 중국 비주얼라이져 필름 프로덕션과 영화를 공동 제작한 태원 엔터테인먼트는 자본은 물론 한국 믹스 필름의 CG 순수 기술력의 물길을 댔고, 기획에서 개봉, 해외 세일즈 및 마케팅 등 모든 과정을 주도했다. 태원엔터테인먼트의 정태원 사장은 총괄 프로듀서로 이를 지휘했다. 정태원 사장은 그동안 <비천무>와 <무영검> 등 스케일이 큰 무협영화를 중국에서 촬영, 제작한 경험을 바탕으로 <삼국지 : 용의 부활> 작업에 참여했다. 따라서 '삼국지 : 용의 부활'은 완제품 단순 수출에서 출발해 리메이크 판권 판매, 공동제작 혹은 합작의 형태를 넘어 우리 자본과 기술력으로 세계 시장을 겨냥하는, 새로운 제작 방식 및 해외 진출 사례로 꼽힐 만하다. 한국 자본을 들여 한국 배우가 한국 감독 및 스태프와 호흡하는 '전통적인' 한국영화의 보폭이 그 만큼 넓어졌다는 말이기도 하다(윤여수, 「세계 겨냥 '삼국지 : 용의부활…' 해외진출 새 장 열다」, 『스포츠동아』, 2008. 3. 27).

10) 국무원 직속기구인 중국신문출판총서 통계에 따르면, 중국은 2006년 기준으로 573개 출판사에서 23만 4천 종, 총 64억 권을 발행했다. 이 중에는 우단(于丹)의 『논어심득』, 이중천(易中天)의 『삼국지 강의』처럼 수백만 권이 팔린 베스트셀러들도 속속 등장하고 있다.

유럽 내에서 세익스피어는 이미 정체성을 확고하게 확보하고 있는 대표적인 작가이다. 그동안 많은 연구자들에 의해 그의 작품과 생애에 대한 연구가 집중적으로 진행된 바 있으며, 지금도 그의 작품들은 연극 무대에서 활발하게 공연되고 있다. 현재 영국에서는 세익스피어 작품을 소재로 한 연극 공연과 영화를 비롯하여 관광상품, 생가 기행(Stratford upon Avon) 등을 비롯한 다양한 형태의 문화 상품이 개발되어 있다. 이러한 노력은 현대 대중매체와도 밀접하게 연관을 맺으면서 진행되고 있다. 구체적으로는 세익스피어의 작품을 영화화한 <오델로>, <헨리 5세>, <로미오와 줄리엣>, <한여름밤의 꿈>11)을 비롯하여 그의 생애를 각색한 <세익스피어 인 러브>, <리차드 3세>, <오>12) 등을 들 수 있다. 작품의 현대적 해석을 토대로 한 영화 제작 실태는 그의 작품이 갖고 있는 풍부한 유동성과 해석의 다양성을 보여준다. 세익스피어와 관련한 사례는 한 개인의 창작물인 문학작품을 소중한 문화자산으로 설정하고 문화콘텐츠 대상으로 인식하여 적극적으로 활용을 모색한 결과에 해당한다. 이처럼 문학은 고유한 문학의 형태보다 문화콘텐츠와 상품 형태로 전개됨으로써 우리 사회에 더 막강한 영향력을 행사하고 있으며, 문화상품 개발 등을 통하여 친연성과 대중성을 확보할 수 있다.

문화산업의 또 다른 부수적인 기대효과는 이와 같은 문화콘텐츠 상품 개발을 통하여 경제적인 고부가가치 창출이 가능하다는 사실이다. 작품을 기반으로 한 연극 공연이나 영화 제작 등의 가시적인 효과 외에도 고

---

11) 세익스피어 원작의 '한여름 밤의 꿈'을 각색한 세계최초 클럽 뮤지컬 '동키쇼'는 70~80년대 클럽문화를 주도했던 디스코 음악에 새롭게 고전을 각색한 공연으로, 객석과 무대가 따로 구분돼 있지 않고 배우와 관객의 경계가 자연스럽게 하나로 이어지는 파티형 공연이다(『헤럴드경제』, 2007. 4. 19).
12) 「오델로」를 현대적으로 각색한 작품으로, 2001년 팀 블레이크 넬슨 감독에 의해 메키 피퍼, 조쉬 하트넷, 줄리아 스타일즈가 출연했다.

용 효과, 제품 개발과 관련한 연구 인력, 관광상품 종사자 등 부수적인 경제 가치가 상당하다.13) 이에 그치지 않고 등장인물을 대상으로 한 캐릭터 상품이나 배경지와 연계한 관광상품 개발 등을 통하여 문화의 상품가치를 향상시킬 수 있으며, 다른 산업과 연계하여 새로운 형태의 문화산업을 창출할 수도 있다.

작품의 문화콘텐츠 활용으로 인해 얻을 수 있는 또 다른 기대효과는 지역 사회에 대한 홍보와 함께 국가 이미지를 제고할 수 있다는 점이다. 우리들은 문학작품을 접함으로써 작가의 정신세계만이 아닌 작품의 탄생 배경, 사회·문화적 요소, 시대 상황 등에 대한 정보를 동시에 접할 수 있다. 문학작품을 통해 당대의 사회상과 인간으로서 가져야 할 진정성, 변하지 않는 삶의 가치 등에 대하여 인식의 폭을 넓히게 되기 때문이다. 또한 문학작품은 개인의 정서 변화와 인식 확장을 가능하게 함으로써 세계관을 확장시키고 좀 더 성숙한 삶을 살 수 있게 한다. 다른 측면에서 본다면 문학작품은 개인의 잠재역량을 신장시키는 역할과 함께 건전한 인격 형성에 도움을 주며 사회 문화 자산의 형성 기초를 형성하는 촉매제로서의 의미를 갖는다. 문제는 대중매체의 확산과 디지털의 팽배로 인하여 오프라인에서 양질의 작품을 접하기가 쉽지 않다는 사실이다. 따라서 이를 보완할 수 있는 장치로 대중매체와 인터넷을 활용한 문화콘텐츠 산업 개발과 오프라인과의 연계를 통한 영역 확장을 들 수 있다.

영국의 해리포터 시리즈에서 확인할 수 있듯이, 문학작품이 독자적인 형태로 있을 경우보다 문화콘텐츠 형태로 전개될 때 더 넓은 공감대 형

---

13) KBS 수요기획 '고호, 돈을 만나다'(2004. 4. 21) 제작진에 의하면, 네델란드에서 고호로 인한 고용창출 효과는 연간 5만 명, 금액으로는 수십억 유로(수조 원)에 달한다고 한다. 이는 고호라는 화가의 상품화에 그치지 않고 지역 경제와 국가 경제에까지 상당한 영향을 미치고 있음을 보여주는 단적인 예라 할 수 있다.

성과 문화적인 영향력을 행사할 수 있기 때문이다. 이미 각국은 거시적인 관점에서 문학의 독자성을 확보하는 형태로 문화정책을 진행하고 있으며, 전세계 시장을 그 대상으로 삼고 있다.

2) 한국의 문화콘텐츠의 접맥 현황

한국에서 문학작품을 문화콘텐츠화 하려는 시도가 진행되는 현장은 지역단체에서 추진하고 있는 다양한 형태의 지역 축제이다. 하지만 한국에서 문학을 상품화하는 축제 개발의 역사는 그리 길지 않다. 그 대표적인 상품으로는 경남 하동지방의 <토지 문학제>, 지리산 일대의 <이병주 문학제>, 강원도 평창의 <이효석 문학제>, 강진의 <김영랑 문학제>, 전주의 <최명희 문학제>, 군산의 <채만식 문학제>, 진해의 <김달진 문학제> 등이 있다.

이들의 공통적인 특징은 그 지역의 대표문인이나 작품을 중심으로 문학제를 개최하고 있다는 점이다. 현재 이 행사들이 직면하고 있는 가장 큰 난제는 주최측과 일부 참석자에 의해 주도되는 경우가 적지 않다는 사실이다. 일반 주민들이나 타 지역인들의 참여가 없는 상태에서 소수의 참석자들에 의해 기념식 차원으로 진행되는 문학제는 재고되어야 한다. 해당 지역문화의 구심점과 활성화 역할을 수행하지 못하고 소모적인 차원에서 진행되는 성향이 강하기 때문이다.

이들 문학제의 주요 행사내용은 작가의 이름을 딴 문학상 수상, 친필작품 전시, 무용이나 연극 등의 공연, 조형물 제작 등으로 진행되고 있다. 하지만 이들 문학제가 해당 지역의 대표성을 확보하기에는 여러 가지 맹점이 자리 잡고 있다. 전 지역민들의 호응과 함께 각 지역만의 대표성을 드러낼 수 있는 독자적인 프로그램 개발이 쉽지 않기 때문이다. 따라서 일부 문학제에서는 다른 지역의 프로그램을 부분적으로 변형시켜 그대로 시행하는 문제점 또한 드러내고 있다.

그렇다면 문학제가 지역주민들만의 축제 이상으로 진화하지 못하고 있는 이유에 대해 구체적인 원인을 중심으로 살펴보자.

현재 대부분의 문학제는 독자적인 형태보다는 중앙정부, 지방자치단체, 관련기관에 의해 공동으로 추진되고 있는 것이 현실이다. 하지만 중앙정부의 지원 대부분은 금전적인 영역에 국한되어 있으며, 내적 혁신과 수준을 향상시킬 수 있는 경험 공유나 시스템 지원, 인적 인프라의 지원 등의 측면에서는 미비하다. 지방자치단체와 관련기관 역시 내실을 갖춘 프로그램을 개발하고 이를 효과적으로 운영할 수 있는 경험의 한계에 직면해 있다. 결국 새로운 소재 발굴이나 적극적인 투자가 없는 상태에서의 프로그램 진행은 이전과 유사한 형태의 반복형태를 보임으로써 일반인들에게 식상한 느낌을 주고 소외당하는 결과를 초래하게 되는 것이다. 각 프로그램에서 행사 이후 간담회를 추진하고 있으나 이 역시 발전적인 측면이라기보다는 후일담 차원에 그침으로써 생산적인 역할을 담보해내지 못하고 있다.

다음으로 일을 추진하는 과정에서 발생하는 내적역량과 관련한 문제가 있다. 실제로 지역에서 문학제를 진행하는 과정에서 발생하는 가장 큰 문제는 일을 진행할 수 있는 능력을 지닌 우수한 인적자원을 확보하는 일이다. 일을 효과적으로 진행하기 위해서는 실제로 일을 추진할 수 있는 역량을 갖춘 이들을 선별하여 적재적소에 효율적으로 배치하는 것이 선행되어야 한다. 하지만 열악한 지방재정과 행사 진행과정에서의 경직성은 풍부한 경험을 갖춘 인적 자원 확보의 장애요인이 되고 있다. 더

군다나 현재 각 지역의 실정은 행사가 진행될 때에만 한시적으로 인력이 가동되는 상태이기 때문에 장기적인 차원에서 행사를 기획하고 이를 추진해본 경험이 미흡하고 이를 교육시킬 수 있는 기관 또한 부족한 실정이다. 안정적인 신분 보장과 처우가 마련되지 않는 상태에서 한시적인 기간만 일을 진행해야 하기 때문에 지역에서는 실력 있는 이들을 확보하기가 쉽지 않기 때문이다. 시스템의 한계에서 비롯된 이와 같은 양질의 인적자원의 확보 문제는 행사를 치룰 때 뿐만 아니라 장기적인 차원에서 행사를 기획하고, 이를 추진할 수 있는 인적자원의 발굴 및 확보 자체를 불가능하게 만들고 있다.

다음으로 자본 확보 문제를 들 수 있다. 지금까지 전국에서 행해지는 대개의 문학제는 자체 예산보다는 중앙정부나 지방자치단체의 지원을 받아 행사를 꾸려나가고 있다. 하지만 이와 같은 방식은 안정적인 수입원을 확보할 수 있다는 장점이 있는 반면 지역이나 단체의 정체성과 자생력을 약화시키는 요인이 되고 있다. 결국 각 지역에서는 처음부터 정해진 예산 내에서만 행사를 기획하거나 예년의 행사를 반복하는 형태 이상을 벗어나기가 근본적으로 어려운 구조에 처해 있는 것이다. 이런 상황이기에 안정적인 수입원 내에서 행사를 기획하고 진행시키는 일이 일상화되고 반복되는 것이 자연스럽다. 이를 극복하기 위해서는 지역단체가 독자적인 수익체계를 갖추는 한편 지역주민들이 자발적으로 참여할 수 있는 각종 프로그램을 개발해야 한다. 또한 지역민들 역시 자체역량을 키워서 지역의 문학제가 지역민의 잔치가 아닌 전국적인 잔치, 나아가 세계적인 축제로 만들 수 있어야 한다.

다음으로 문학제를 둘러싸고 있는 전반적인 여건과 상황에 대해 살펴보도록 하자.

첫째, 프로그램의 구성 문제이다. 지역 문학제를 통해 진행되는 프로그램은 일반에게 익숙하다. 그 지역만이 아니라 다른 지역에서도 비슷한 형태의 프로그램이 동일하게 다루어지기 때문이다. 독자나 관객의 입장에서 본다면 어느 지역을 가도 비슷한 형태의 프로그램을 접할 수밖에 없다는 것은 고통스러운 일이다. 일반인 입장에서는 행사에 대해 부정적인 인식이 생길 수밖에 없고, 마침내는 참여 단절의 상황에까지 도달할 수 있다. 변화에 대한 의지와 프로그램상 변혁이 없는 상태에서 지루하게 반복되는 행사가 일반인들의 참여 동기를 상실하게 만들고 행사의 독자성을 상실하게 만드는 셈이다. 문학에 대한 저변인구가 제한적인 상황에서 진행되는 이와 같은 현실은 지역 문학제의 입지를 점점 좁게 만드는 중요 원인이라 할 수 있다.

둘째, 일반 관객과의 공감대 부족이다. 현재 지역민들의 문화에 대한 욕구나 문화 수준은 이미 상당한 수준에 도달해 있다. 그러므로 각 지역에서 추진하는 행사가 이들의 욕구를 충족시킬 수 없다면 지역민들로부터 외면받는 것은 당연한 귀결이다. 생활환경의 변화와 함께 지역민들의 문화 향유에 대한 욕망이 양의 단계에서 질의 단계로 접어들었기 때문이다. 이와 같은 상황은 대중매체의 확산과 디지털 시대의 도래로 인하여 다양한 정보를 접할 수 있는 기회가 많아지는 우리 현실과 무관하지 않다. 그런 점에서 지역민들이 보이는 문화에 대한 관심은 우리가 접하고 있는 세계에 대한 관심사이기도 하다. 따라서 지역에서 벌어지는 문학제는 지역민들의 관심을 촉발시키고 공감대를 형성할 수 있는 방안에 대한 심도 있는 논의가 필요하다.

셋째, 지역성의 한계이다. 현재 각 지역의 문학제는 지역의 대표성을 살리지 못한 채 해당 지역의 한계를 극복하지 못하고 있는 실정이다. 해당 지역을 대표할 수 없는 상태에서 실질적인 방향으로 개선이 이루어지지 못하기 때문에 경계선상에서 머무는 상태가 되풀이되고 있다. 따라서 이와 같은 일이 반복되는 현실 속에서 지역 문학제는 지역 문화의 구심점이나 지역민들의 축제가 되지 못하고 소외당하는 상황이다. 지역 축제가 국가를 넘어 세계적인 축제로 평가받고 참여하는 스페인의 토마토 축제나 스코틀랜드의 에딘버러 페스티벌을 생각해 본다면 지역 문학제가 한단계 더 발전하는 도약을 모색할 필요가 있다.

넷째, 작가의식과 공동체의 일원으로서 자긍심을 느낄 수 있도록 하는 비전의 상실이다. 지역의 문학제는 지역민들에게 자긍심을 불어넣는 계기이자 잠재적인 역량을 지닌 지역학생들에게 꿈과 이상을 실천할 수 있는 계기를 제공한다. 이와 같은 이유에서 지역 문학제는 지역 문화의 부활과 발전의 거점 역할을 수행할 수 있다. 하지만 주최측의 무성의한 진행은 참석자들에게 실망감을 던져주는 한편 운용의 폭을 좁히게 만드는 원인으로 작용하고 있다. 이와 함께 문학제에 대한 지역민들의 소극적인 참여를 적극적인 참여로 유도할 수 있는 방안에 대한 다각적인 논의도 이루어져야 한다. 현재 일부지역에서는 소수의 잔치로 전락하는 경우도 있다는 점에서 문화콘텐츠 상품으로서 지역의 문학제를 새롭게 접근할 필요성이 있다.

다섯째, 고부가가치 상품 개발의 미비를 들 수 있다. 문화는 독점이 아니라 공유의 형태로 진행될 때 그 파급효과가 크다. 특히 문학과 같이 전문성이 강한 영역의 경우, 일반 대중들의 접근이 쉽지 않다는 한계를 안고 있다. 이와 같은 문제점을 극복하기 위해서는 축제의 형태로 진행되는 것이 바람직하다.

축제는 지역민이나 주민들의 공동 참가를 통해 기쁨을 공유하는 형태로 진행이 가능하기 때문에 지역이나 민족의 구심점 역할을 담당할 수 있다. 문제는 이를 얼마만큼 일반대중들이 공감할 수 있도록 효과적으로 구현해낼 수 있느냐 하는 점이다. 함평의 나비축제와 같이 새로운 소재에 대한 과감한 개발과 이를 상품화시킬 수 있는 역량을 보유하고 있느냐가 향후 지역 문화콘텐츠의 생존과 직결될 수 있다. 따라서 문학 역시 고유의 독자성을 유지하면서 문화적인 요소를 가미하여 새로운 문화콘텐츠로 개발하여 지역의 독자성과 대표성을 확보하느냐가 지역 축제 성공의 관건으로 남겨져 있다.

3. 문화콘텐츠의 현장 적용 사례

구비문화나 기록문화 시대에는 일반인들이 문화를 접촉하는 방식이 일방형이었고 생산자로서 직접 참여하는 방식 또한 쉽지 않았다. 하지만 미디어의 확산과 디지털 시대의 도래는 일반인들이 특별한 진입 장벽 없이도 문화 창작자이자 공유자가 될 수 있는 기회를 제공함으로써 문화의 양상이 다원화되고 있다. 디지털 시대에는 일반인들이 문화의 주요 창작자이자 공유자의 일원으로 재평가 받음으로써 문화의 참여 또한 이전과는 전혀 다른 형태로 전개가 가능하다. 이러한 변화는 대중매체 확산과 디지털 시대의 도래로 일반인들의 문화를 접근하는 방식이 소극적이고 수동적인 차원에서 벗어나 보다 적극적이고 능동적으로 진행되고 있음을 의미한다. 뿐만 아니라 일반인들의 문화 인지와 감지 방식 또한 이전과는 비교할 수 없을 정도로 복잡 다난하게 진화하고 있다.

　따라서 일반대중의 문화에 대한 요구를 충족시키고 문화를 활성화시키기 위해서는 양질의 문화콘텐츠와 구체적인 전략이 확보되어야 한다. 발상의 전환과 독창적인 아이디어만이 거대 문화자본에 맞서 우리 문화의 성장을 도모할 수 있기 때문이다. 다만 이를 사회·경제적인 가치로 활성화시키기 위해서는 전달자와 수용자 모두의 노력이 필요하다. 이러한 문화 전개에 힘입어 춘향 이야기를 다룬 구비문학인 <춘향가>의 경우, 다양한 문화장르와 결합하면서 변천을 거듭하고 있다.

　암행어사 설화와 추녀 설화를 모태로 하는 판소리 <춘향가>는 구비전승과정을 거쳐 기록문학인 『춘향전』으로 전승되면서 현재 100여 종류의 이본이 존재한다. 하지만 어떤 텍스트가 기존에 거두었던 성과 이상을 거두기 위해서는 과거를 재현하거나 그대로 모방하는 것만으로는 부족하다. 이것이 문화를 접근하는 데 있어서 관점 변화와 새로운 접근 방식이 필요한 이유이다.

　춘향 이야기는 판소리 <춘향가>뿐만 아니라 고전소설 『춘향전』, 김소월의 「춘향과 이도령」, 서정주의 「추천사」, 가곡 <춘향유문>(작사 : 서정주, 작곡 : 김진균), 우향 박래현의 그림 <춘향>, 드라마 <쾌걸 춘향>, 마당극 <마당놀이 춘향전>(통인무대), 창극 <춘향>(국립창극단), 오페라 <춘향>, 뮤지컬 <펑키펑키>, 발레 <춘향의 사랑>(국립발레단), 게임 <엽기춘향전>(http://dream-pix.co.kr), 캐릭터 춘향, 애니메이션 <춘향전>(http://chunhyang.or.kr) 등 다양한 형태로 독자들의 사랑을 받고 있다. 특히 『춘향전』은 그동안 14차례나 영화로 만들어짐으로써 춘향 이야기가 한국의 대표적인 사랑이야기인 동시에 전국민의 사랑을 받아온 소재라는 사실을 입증하였다.[14]

---

14) 장창영 외, 『문화콘텐츠와 스토리텔링』, 신아출판사, 2006.

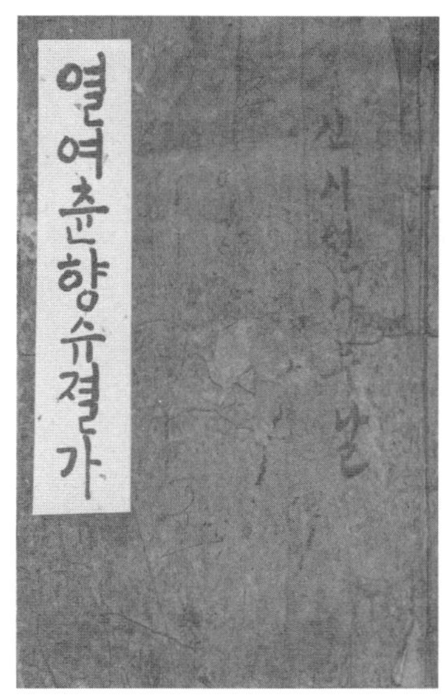

〈그림 3〉 고소설 『열여츈향슈졀가』

〈그림 4〉 영화 〈춘향뎐〉

〈그림 5〉 드라마 〈쾌걸 춘향〉

〈그림 6〉 마당극 〈마당놀이 춘향전〉

'춘향'과 같은 전통 문화 요소가 대외적으로 인정받기 위해서는 지역 사회의 관심과 적극적인 지원을 비롯하여 각별한 노력이 필요하다. 남원 시에서는 1931년부터 한국 여인의 사랑과 절개를 대표하는 춘향을 기리기 위한 전통 문화예술 축제로 춘향제를 개최해오고 있다. 남원을 대표하는 지역축제인 '춘향제'는 '사랑으로, 함께 하는 행복한 세상'(78회, 2008)[15]을 주제로 하여 전통문화·국악축제, 소득체험·관광축제, 화합·사랑문화축제, 춘향문화·학술축제를 중점방향으로 삼고 있다. 행사 또한 창무극 춘향전, 춘향국악대전, 전국판소리명창대회 등 다채로운 문화행사와 전국시조경창대회, 민속씨름대회, 춘향선발대회, 춘향사랑 길놀이, 국악대향연 등 남원의 전통 민속과 풍취를 느낄 수 있게 펼쳐진다. 또한 남원시에서는 광한루변에 '춘향문화예술회관'과 '춘향테마파크'를 조성하여 이곳을 찾는 사람들로 하여금 춘향의 사랑을 간접적으로나마 체험하도록 하고 있으며, 각종 공연을 통해 춘향을 대상으로 한 다양한 문화를 접할 수 있도록 하고 있다.

최근 들어, 각 지역에서는 지역의 상징성을 띤 원형을 바탕으로 축제를 통하여 지역 홍보와 지역민들의 자긍심 확보라는 다양한 효과를 누리려는 시도들이 자주 나타나고 있다. 예를 들면, 홍보를 대상으로 한 『홍부전』이나 심청을 다룬 『심청전』 역시 그 변화가 다양하게 전개되고 있다. 흥부 이야기의 경우, 일반에게 널리 알려진 판소리 「흥부가」 외에도 동화 『흥부와 놀부』, 동요 <흥부와 놀부>, 대중가요 <흥부가 기가 막혀>, 고전소설 『흥부전』, 드라마 <흥부가 막 터졌네>, 뮤지컬 <흥부와 놀부>, 마당극 <제비가 기가 막혀>(극본 윤정건, 연출 오태호), 콩트 <신흥부와 놀부>, 애니메이션 <흥부전>, 게임 <흥부전> 등으로 제작되어 많은 이들의 사랑을 받고 있다.

흥보 이야기의 본고장이라 할 수 있는 남원시에서는 1993년부터 매년 음력 9월 9일이면 '흥부제'를 개최해오고 있다.[16] 이는 고전소설 『흥부

---

15) http://www.chunhyang.org
16) 제16회 흥부제는 2008. 10. 4(토)~10. 5(일) 2일간 사랑의광장, 춘향골체육공원, 국립민

 제2부 디지털 문학과 전개양상

전』이나 판소리 <흥보가>에서 보은표와 보수표 박씨를 물고 오는 '제비노정기' 부분에 "운봉 함양 두 얼품에 박가 형제가 사는지라. 놀부는 형이요, 흥부는 동생이라"는 구절이 전해져 오고 있기 때문이다. 지리적으로 봤을 때 '운봉 함양 두 얼품'은 지금의 남원군 인월면 성산리와 아영면 성리로 추정된다.[17]

〈그림 7〉 남원 흥부마을 조성지

남원 '흥부제'에서는 남원을 찾는 사람들에게 흥부마을을 홍보하기 위해 창극 흥부전 공연, 흥부 문학 및 마을 탐방행사, 흥부놀부 백일

___

속국악원 등지에서 이루어졌다(www.heungbu.or.kr 참조).
17) 출생지 : 인월면 성산리, 발복지 : 아영면 성리

장, 흥부 학술 세미나 등을 개최하고 있다. 또한 사랑의 흥부가족잇기, 흥부 박타기, 흥부놀부 가족 화초장 매고 달리기, 놀부 가요제 등 형제 간의 우애와 가족 간의 화목을 주제로 하는 다양한 행사를 마련하고 있다.

〈그림 8〉 황석영 소설 『심청』

〈그림 9〉 발레 〈심청〉

〈그림 10〉 애니메이션 〈왕후 심청〉

〈그림 11〉 전남 곡성에서 열린 '심청' 축제

이처럼 문학 소재의 문화콘텐츠화는 심청 이야기도 『춘향전』이나 『흥부전』에 못지않다. 설화 '관음사 연기 설화'와 '성녀 원홍장(元洪莊)의 효심(孝心)’에 근간을 두고 있는 심청 이야기는 판소리 <심청가>, 고전소설 『심청전』, 동화 『효녀 심청』, 인터넷 연작소설 『경상도 심청이』, 애니메이션 왕후 <심청(Empress Chung, 2005)>, 음악극 <퓨전 심청>, 무용극 <심청>(국립발레단), 발레 <심청>(유니버설발레단), 현대소설 『심청』(황석영), 뮤지컬 <심청황후>(인천종합문화예술회관·인천시립예술단), 오페라 <심청>(작곡 : 윤이상(1972), 작곡 : 김동진(2003)), 마당극 <심청아, 나랑 놀자>, 영화 <심청전>(감독 : 이규환) 등으로 제작되어 사람들의 많은 호응을 얻은 바 있다.

또한 전라남도에서는 섬진강변에 위치한 곡성에 심청을 기리는 심청마을을 만들었으며, 이 지역 주변에 심청공원, 심청문화센터, 심청테마여행 등을 전략적으로 개발하고 있다.[18] 이와 함께 지역 축제의 일환으로 '심청축제'[19]를 열어 심청의 어린 시절·처녀시절·용궁시절·왕후시절 등으로 나눠 캐릭터 퍼포먼스와 전통두부만들기, 짚풀공예체험, 효행체험을 비롯하여, 심청마당극과 심청어린이뮤지컬, 뺑덕어멈 퍼포먼스, 용궁의상전, 심청 효 실버가요제, 효녀심청 선발대회(www.simcheong.com) 등을 개최하고 있다.

앞에서 살펴본 춘향 이야기, 흥부 이야기, 심청 이야기 등은 우리의 문화 원형과 지역이 갖고 있는 문화적인 요소들을 결합시켜 효과적인 문화콘텐츠로 활용한 대표적인 사례에 해당한다. 이들은 일반에게 널리 알려진 인지도를 바탕으로 안정적인 독자 확보가 용이하기 때문에 경제성을 지니며, 실험적인 시도를 통하여 기존에 갖고 있던 고정관념을 깨

---

18) "살아 있는 섬진강을 따라"(www.simcheong.com) 중 '심청고을' 항목 참조
19) 제8회 심청축제는 2008. 10. 2~10. 5 기간 동안 '효와 환경이 미래를 연다'라는 주제로 곡성군 기차마을에서 열렸다.

뜨려 신선한 재미 유발이라는 대중성을 동시에 가지고 있다고 할 수 있다. 이러한 이유에서 세계 각국의 문화콘텐츠 개발팀에서는 새로운 소재 발굴과 더불어 기존의 문화 원형을 활용한 문화콘텐츠 개발을 시도하는 추세이다.

하지만 향후 우리의 문화콘텐츠가 활성화되기 위해서는 기존에 익숙한 소재나 주제들만을 반복하여 사용하는 것에 그쳐서는 안 된다. 일본 애니메이션의 사례에서 볼 수 있듯이, 고전문학 작품만이 아닌 현대작품 또한 적극적으로 문화콘텐츠로 편입할 수 있기 때문이다. 이들을 소재로 한 작품 제작을 통하여 지역 사회와 국가 이미지의 제고와 경제적인 가치 형성 외에도 문화자산 축적, 활용 인적자원 확보, 문화 자긍심의 형성, 산업 연계 효과 등 여러 가지 측면에서 긍정적인 효과의 유발이 가능하다. 특히 최근 들어 드라마나 게임 등에서 한국의 문화와 정서를 반영할 수 있는 유형의 문화콘텐츠 개발이 이루어지고 있는 점은 주목할 필요가 있다.[20]

문화 원형을 모티프로 삼아 장르를 초월하여 이루어지는 다양한 형태의 창작 시도와 창작물은 문화콘텐츠를 통한 고부가가치의 창출, 새로운 장르 개척, 문화유산의 축적이라는 부수적인 효과를 거둘 수 있다. 또한 단순히 가시적으로 드러나는 물질적·경제적인 효과를 뛰어 넘어 그 지역사회의 정체성 확보와 민족의 정신적인 자긍심을 키워준다는 점에서 의의가 있다. 나아가 이는 최근 이루어지고 있는 기술 발달에 힘입어 캐릭터 개발, 지역 축제, 관광 상품 개발 등과 같은 다각적인 문화상품화

---

20) 드라마 <불멸의 이순신>을 소재로 한 RPG게임 <불멸의 이순신>이나 광개토 대왕의 고구려 영토 확장을 다룬 <북벌> 등을 들 수 있다. 이외에도 드라마 <주몽>, <태왕사신기>, <대왕 세종> 등이 있으며, 영화로는 세종의 신무기 개발을 다룬 <신기전> 등이 여기에 해당한다.

전략으로 이어질 수 있다는 점에서 지역사회에 미치는 영향 또한 적지 않다고 할 수 있다.

지역사회는 이러한 일련의 시도들을 통하여 낙후된 지역 개발과 문화요소 발굴, 지역민들의 실질적인 경제 가치 향상이라는 부가적인 효과도 거둘 수 있다. 기존의 문화 원형들과 시공간 제약을 극복할 수 있는 인터넷과 매체 기술을 효과적으로 접목시킨다면 가시적인 성과를 거둘 수 있을 것이다. 또한 첨단 기술과의 접맥을 바탕으로 향후 사업의 다각화를 추진함으로써 이전과는 비교할 수 없을 정도 다양하면서도 거대한 규모의 작업을 동시다발적으로 진행시킬 수 있다.[21]

하지만 아무리 좋은 문화유산을 확보하고 있다 할지라도 이를 기획하고 진행시킬 수 있는 역량을 확보하고 있는 인재가 없다면 발전을 기대하기 어렵다. 따라서 잠재능력을 갖춘 인재 발굴과 육성이야말로 문화콘텐츠 사업의 핵심 사안이라 할 수 있다. 우리의 경우, 향후 우리 문화가 갖고 있는 문화적인 특질을 활성화하고 이를 고부가가치로 전환시킬 수 있는 인재 육성이야말로 향후 우리 미래에 대한 투자이자 문화산업의 대안이라 할 수 있다.

---

21) 전주대학교에서 2004년부터 지방대학 혁신역량 강화사업으로 추진하고 있는 '전통문화콘텐츠 X-edu 사업' 프로그램은 지역의 특수성과 전통에 기반을 둔 문화사업이다. 이 사업은 문화콘텐츠의 개발과 이를 담당할 수 있는 인재 양성에 역점을 두는 한편 관련 분야의 일자리를 창출하고 고부가가치산업으로서 문화 접근을 도모하고자 하는 전략적인 의도를 담고 있다(http://xedu.jj.ac.kr).

4. 문화콘텐츠 활용의 상징적 의미

문화콘텐츠는 개별 문화의 특성에 기반을 둔 복합적인 형태의 문화산업이다. 이 말은 문화콘텐츠가 활성화되기 위해서는 각 분야의 전문가들의 상호 협조와 협력체제가 구축되어야 한다는 의미를 담고 있다. 문화콘텐츠는 개별 분야의 특성들을 최적화하여 전체 속에서 효율성을 극대화시키는 사업이기 때문이다. 이를 교육에 활용할 경우, 학습자들에게 다양한 시각에서 문화를 접근하고 이를 현장에 접맥시킬 수 있는 안목 형성의 좋은 기회를 제공할 수 있다. 특히 문화콘텐츠를 교육에 활용한다면 이론만으로는 파악하기 어려운 사회·문화현상에 대한 다각적인 접근과 함께 급변하고 있는 우리 사회와 문화의 흐름을 총체적으로 이해할 수 있다는 점에서 각별한 의미를 갖는다.

현재 한국은 과거와 현재, 그리고 미래를 아우를 수 있는 한국형 문화콘텐츠 개발 및 보급을 진행하기 위한 각종 방안을 모색하고 있다. 그러나 이를 현실화시키는 과정에서 여러 가지 기술적인 어려움과 각종 현안에 직면해 있다. 이 사업을 추진하는 과정에서 다음과 같은 몇 가지 사항에 대한 논의가 병행되어야 하기 때문이다.

기존의 문화요소들을 중심으로 문화콘텐츠에 접맥시킬 경우, 다음과 같은 영역에 대해 검토할 수 있다.

첫째, 정책적인 영역이다. 문화콘텐츠 사업을 추진하는 과정에서 가장 먼저 발생할 수 있는 논란은 전개 방향과 목표 설정이다. 즉, 문화콘텐츠 사업을 추진해야 하는가에 대한 당위성 문제가 사업 시행과정에서 논란이 될 수 있다. 이 문제는 문화콘텐츠가 지역 차원을 넘어서 국가 이미지 제고에 기여할 수 있다는 점에서 문화의 해외 전파와 국위 선양의 측면에서 논의가 가능하다. 따라서 이를 교육에 적용시킨다면 현재 우리나라의 문화콘텐츠 산업의 향방만이 아니라 국제 정세를 파악하는 데도 도움을 얻을 수 있다.

둘째, **경제적인 영역이다.** 우선 고부가가치를 창출하기 위해서는 문화산업 영역에서 문화콘텐츠의 활용도가 높아야 하고 이를 뒷받침할 수 있는 기술력이 수반되어야 한다. 이 말은 문화콘텐츠의 효용성을 높일 수 있는 실질적인 방안이 모색되어야 하고, 가시적인 성과물이 나와야 한다는 것을 의미한다.[22] 이 과정은 학습자들에게 경제와 연계 가능한 구체적인 문화산업의 사례를 바탕으로 향후 예측 가능한 우리 문화의 방향을 예측하는 훈련과 현실감각을 키운다는 점에서 의미가 있다.

셋째, **사회적인 영역이다.** 문화는 당대에만 국한되지 않고 과거와 현재, 그리고 미래를 조감할 수 있게 만들어 준다. 따라서 문화라는 구심점을 통해 세대의 간극을 뛰어 넘어 공감대를 형성하고 동시대와의 교감을 확장시켜 나가는 한편 세계인들과 의식을 공유하는 계기를 마련할 수 있다. 특히 학습자들은 문화 진행원리를 분석함으로써 우리 사회의 소통 원리를 이해하고, 이를 바탕으로 대인관계의 확장과 세계관을 확장할 수 있다.[23]

---

22) 최근 들어 중국 영화 <용의 부활> 등에서 한국의 자본과 CG 기술력이 투입되어 흥행에 성공을 거두고 있는 사례는 주목할 필요가 있다. 심형래 감독의 <더 워> 제작과정에서 축적된 기술력과 노하우가 다른 문화산업에 상당한 영향력을 행사하는 형태로 전개되고 있다는 점에서 긍정적인 의미를 갖는다. "이 감독은 "다큐멘터리 같은 분위기를 내고 싶어서 CG라는 느낌이 들지 않는 사실적인 화면을 원했다"라며 "기후 변화가 심한 야외에서 촬영해 전쟁 신은 물론이고 상상도 못할 간단한 장면에도 CG가 사용됐다. 정말 큰 도움을 받았다"라고 재차 강조했다."(이지영, 「'삼국지…' 이인항 감독 '한국 CG 기술 덕에 영화 살았다'」, 『동아일보』, 2008. 3. 24)

23) 한 개인의 관심사가 사회에 영향력을 행사하는 대표적인 사례로 '고도원의 아침편지'를 들 수 있다. 고도원의 아침편지는 고 이사장이 자신이 읽은 책 속의 인상적인 구절에 본인의 단상을 보태 만든 글을 이메일로 주변 사람들에게 배달한 데서 처음 씨앗이 뿌

넷째, **교육적인 영역이다.** 문화콘텐츠는 운용과정에서 이를 담당할 수 있는 인적자원 확보가 필수적이다. 문화콘텐츠의 제작 및 관리, 그리고 유지 및 확대를 위해서 절대적으로 요구되는 것이 인적 자원이다. 따라서 문화콘텐츠 산업은 잠재적인 역량을 지닌 인적자원의 확보 및 활용이 가능하다는 점에서 의미가 있다. 문화에 관심이 있는 인재들은 자신들의 잠재역량을 계발하여 산업 발전의 동력을 제공함으로써 우리 사회 성장의 동인을 마련할 수 있다.

다섯째, **문화적인 영역이다.** 문화콘텐츠의 발굴 및 제작은 문화유산의 확보 차원에서 의미가 크다. 기존의 유·무형 문화유산만이 아니라 문화콘텐츠로 제작되는 문화유산 또한 우리의 소중한 문화 구심점 역할을 수행할 수 있다. 학습자들은 문화콘텐츠의 발굴 및 활성화에 직·간접적으로 참여함으로써 문화에 대한 자긍심을 확보할 수 있으며, 다른 문화콘텐츠와 연계하여 또 다른 사회·문화적 가치를 창출할 수 있다는 점에서 그 의미가 크다.[24]

려졌다. 그가 이런 일을 시작한 것은 책 한 권과 그 속에 적힌 글 한 줄이 사람의 운명과 인생을 바꿀 수도 있다는 믿음 덕분이었다. 굳이 운명이나 인생 같은 거창한 이야기를 하지 않더라도 가슴에 와 닿는 글은 사람에게 힘든 일상을 달래주는 청량제 역할을 한다. 아침편지에 대한 세간의 반응은 고 이사장이 생각한 것 이상으로 뜨거웠다. 첫 편지 발송 6개월만인 2002년 2월 5만 명에 도달한 '가족'(매일 아침편지를 받는 회원) 숫자는 같은 해 11월에는 그 10배인 50만 명을 돌파하고 2003년 8월에는 100만 명을 넘어서는 증가세를 보였다.

24) 최근 네티즌들의 호감을 사고 있는 공익적 성격의 온라인 편지들이 적지 않다. '풀어 쓰는 다산 이야기', '사색의 향기', '행복한 경영 이야기', '사랑밭 새벽편지' 등이 대표적인 사례다. 이들 역시 많게는 수십 만 회원을 확보하면서 오프라인까지 독자층을 넓혀 가는 중이다

〈그림 12〉 한류 열풍의 주역, 드라마 〈겨울 연가〉

　한국형 문화콘텐츠 개발은 우리가 살고 있는 시대만이 아니라 향후 다가올 우리의 미래를 위하여 준비해야 하는 미래 후속형 대안 사업이다.25) 따라서 문화콘텐츠 산업을 효율적으로 진행하기 위해서는 중장기적인 기획과 이를 뒷받침할 수 있는 체계적이고 조직적인 지원이 필요하다. 그러나 현재 우리의 문화콘텐츠 개발은 거시적인 안목보다는 미시적인 형태의 수익률이나 가시적인 성과에 치중하는 경향이 강하다. <겨울 연가>에 대한 폭발적인 수요가 일어난 이후 한류열풍이 지속되지 못

---

25) 최근 전세계적으로 주목받고 있는 두바이의 변신에 주목할 필요가 있다. 중동의 금융허브를 지향하는 두바이는 사막 체험과 함께 급속하게 발전한 도시 체험을 필수 관광코스로 제시함으로써 자신들의 과거와 현재, 그리고 미래를 세계 사람들에게 인상 깊게 각인시키고 있다.

하고 한류에 대한 기본적인 의구가 확산되는 것은 이러한 이유에서이다. 문화콘텐츠 접근 또한 다분히 감상적이고 보여주기 위한 이벤트 성향으로 진행되는 경우가 적지 않다. 향후 실질적으로 일을 추진하는 과정에서 우리가 미처 파악하지 못했던 사안들에 대해서 심층적이고 종합적인 논의가 이루어져야 할 것이다.

향후 소재 발굴을 포함한 다양한 방식의 문화콘텐츠 개발 시도는 침체기에 놓여 있는 우리 문화산업의 상황을 극복할 수 있는 실질적인 대안이 될 수 있다. 최근 몇몇 사례에서 확인할 수 있듯이, 이전의 문화 접근이 아날로그 방식이었다면 최근의 추세는 디지털을 중심으로 급속하게 재편되고 있다. 게임산업의 발달, 야후와 같은 검색엔진의 등장, 개인 블로그와 UCC의 활성화 등에서 확인할 수 있듯이 이제 문화는 오프라인세계와 온라인 세계의 공존형태로 진행되고 있다. 따라서 우리가 보유하고 있는 문화유산이라는 기초 자신에 이를 활용할 수 있는 능력 있는 인재가 결합한다면 그 상승효과를 기대해 볼 만하다.

기존 문화가 갖고 있는 문화콘텐츠적인 요소를 발굴하고 재발견하는 것뿐만 아니라 현대를 포함한 다양한 문화 원형을 활용할 수 있는 방안을 모색하는 노력이야말로 우리가 관심을 가져야 할 문제이다. 문화콘텐츠 발굴 및 개발이 과거와 현재가 조화롭게 공존하는 방법을 배우는 것이며, 나아가 새로운 문화 창출의 토대를 마련하는 계기를 제공하기 때문이다. 이를 위하여 선행되어야 할 문제는 과업을 수행할 수 있는 역량을 갖춘 인재의 발굴 및 육성이다. 그런 점에서 언어영재들이 자신들의 역량을 발휘할 수 있는 문화산업에 진출한다면 개인적인 자아 성취와 함께 우리 문화의 도약에 기여할 수 있을 것이다.

따라서 향후 교육현장이나 영재교육 등에서 문화에 대한 적극적인 접근과 다양한 방법론 개발을 통하여 지역 문화의 문화콘텐츠들을 적극적으로 발굴·개발하여 그 가치를 고부가가치로 전환하여 확대 재생산할 수 있는 계기를 마련할 필요가 있다. 전해져오던 인형극의 재구성을 통해 관광상품을 개발함으로써 국민관광지가 된 일본의 미나미현, 세익스피어라는 걸출한 인물과 그 작품을 통해 전세계인들의 순례지가 된 영국의 스톡헬럼 등의 사례에서 확인할 수 있듯이, 한국이 갖고 있는 유·무형의 문화유산들이야말로 향후 우리 문화산업의 자산이자 미래형 성장동력으로 자리매김할 수 있기 때문이다.

제3부 디지털 문학교육론

- 디지털을 활용한 글쓰기 교수─학습 전략
- 패러디 시 활용의 교육적 의미
- 다매체 시대의 글쓰기와 문학교육

디지털을 활용한 글쓰기 교수 – 학습 전략

1. 매체 활용에 따른 방향 모색

글쓰기 행위는 메타사유적인 내면으로 향해진 동작일 뿐만 아니라, 바깥으로 표현하는 외부로 향하는 몸짓이다. 글쓰기를 하는 사람은 자기 자신의 내면으로, 그리고 동시에 밖에 있는 자신의 타자를 향해서 압력을 행사한다. 이러한 모순적인 압력은 글쓰기 행위에 대해서 어떤 긴장상태를 야기시켰다. 이 긴장상태 덕분에 문자는 서양문화를 유지하고 전달하는 하나의 코드로 정착되었고, 또 문화를 폭발적으로 형성하는 데 기여하여 왔다.[1] 문제는 이와 같은 긴장상태가 오히려 글쓰기의 경직성을 초래하고, 자연스러운 글쓰기의 장애 요인으로 오랫동안 작용해 왔다

---

[1] V. Flusser, 윤종석 옮김, 「메타언어」, 『디지털 시대의 글쓰기』, 문예출판사, 1998, 22면 참조

는 사실이다.

매체 발달과 그에 따른 급속한 환경 변화는 전통적인 글쓰기 양식의 변화를 강력하게 요구하고 있다. 따라서 글쓰기 교육 역시 시대·문화 흐름에 대응할 수 있는 적극적이고 능동적인 개념의 방법론을 개발할 필요가 있다. 기존의 작문 교재나 대학 국어 교재에서 문제점을 개선하고자 하는 시도2)가 의욕적으로 이루어지고 있음에도 불구하고 교육 현장에서 그 실질적인 성과물을 발견하기란 쉽지 않다. 이는 현행 쓰기 교육에서 보이는 한계가 교육과정의 문제보다는 대상을 접근하는 마인드의 부재로부터 기인한 것이기 때문이다.3) 즉, 교수자와 연구자들이 기존의 방식과 틀을 깨기 위해 끊임없이 노력하고 있지만, 문자세대의 특성에 너무 익숙하다 보니 한계에 직면해있는 실정이다. 이런 결과로 교수자와 학습자 간의 글쓰기에 대한 괴리감은 심각한 상태에 처해 있으며, 이들 사이의 심리적인 단절감 또한 간과할 수 없을 정도이다.

최근 들어 디지털 문화에 대한 학문 접근 외에 이를 글쓰기 교육에 실제로 적용하려는 시도들이 구체화되고 있는 것은 주목할 만한 현상이다.4) 다양한 매체 도입과 그에 따른 문제점을 지적한 연구자로는 김대

---

2) 김대행, 「매체언어 교육론 서설」, 『국어교육』 97집, 한국국어교육연구회, 1998.
　원진숙, 「대학생들의 글쓰기 실태와 지도 방안」, 『새국어생활』 9호, 1999.
　권명아, 「문화 산업 시대의 텍스트 독해와 글쓰기 교육」, 『다매체 시대의 문학 Ⅰ』, 국학자료원, 2002.
　정희모, 「'글쓰기' 과목의 목표 설정과 학습 방안」, 『다매체 시대의 문학 Ⅰ』, 국학자료원, 2002.
3) 현재 시중에는 『디지털 시대의 글쓰기』라는 제목의 책들이 많이 나와 있다. 하지만 실질적으로 매체 변화에 초점을 맞추어 디지털 개념을 적용하여 글쓰기의 접근을 시도한 예로는 『디지털 시대의 글쓰기 Ⅰ·Ⅱ』(태학사, 2003) 정도가 유일하다고 할 수 있다.
4) 박인기 외, 『국어교육과 미디어 텍스트』, 삼지원, 2000.
　나정순, 「매체의 활용과 작문 교육」, 『국어교육연구』 8집, 서울대 국어교육연구소, 2001.
　서유경, 『인터넷매체와 국어교육』, 역락, 2002.
　김명석, 「인터넷 시대 글쓰기 교육의 과제」, 『현대문학의 연구』 19집, 한국문학연구학회,

행, 우한용, 최인자 등이 있다. 김대행은 매체 언어의 도입에 따른 문제점으로 문화의 비판적 관점의 범람, 가치에 대한 무관심의 팽배, 매체 주도에 의한 왜곡, 상상력의 고갈 등을 들고 있으며,[5] 우한용의 경우 관심 영역을 글쓰기나 문학에 국한시키지 않고 '문화'의 개념으로 확산시켜, 자생력 있는 창작 교육을 고려할[6] 것을 주장하고 있다. 또한 최인자는 각종 대중매체의 특성을 고려하여, 각 매체의 연계를 통한 통합적이고 입체적인 글쓰기의 도입을 본격적으로 추진하고 있다.[7]

이처럼 디지털 문화는 우리 문화의 주축을 형성하면서 삶과 정서뿐만 아니라 글쓰기에까지 지대한 영향력을 행사하고 있다. 문제는 우리의 교육현실이 매체 발달에 따른 문화 환경의 변화에 적절하게 대응할 수 있는 글쓰기의 교수-학습 전략에 대해 능동적인 접근을 허락하지 않는다는 점이다. 그러므로 앞으로 디지털 시대의 글쓰기를 긍정적인 방향으로 이끌기 위해서는 건강한 생명력과 자생력을 키우기 위한 구체적인 방법론의 모색이 필요하다.

이 글에서는 텍스트를 중심으로 아날로그식 글쓰기와 디지털식 글쓰기의 공존 가능성과 이를 활용한 글쓰기의 교육 효과에 대해 살펴보고자 한다. 이 작업은 기존의 아날로그식 교육의 장점과 디지털식 글쓰기의 장점을 결합시켜 시대 감각에 맞는 새로운 글쓰기 모형을 개발하기

2002.

김정자, 「전자게시판 글쓰기에 대한 연구」, 『국어교육연구』 11집, 서울대 국어교육연구소, 2003.

김영만, 「개인 홈페이지를 활용한 국어 작문 교육에 대한 연구」, 『국어교육연구』 11집, 서울대 국어교육연구소, 2003.

5) 김대행, 앞의 글.

6) 우한용, 『문학교육과 문화론』, 서울대 출판부, 1997.

7) 최인자, 「대화주의이론과 작문교육의 '문화 생산' 모델」, 『국어교육의 문화론적 지평』, 소명, 2001.

위한 사전 단계에 해당한다. 이 작업이 향후 본격화될 디지털 시대의 글쓰기에 적합한 학습 모형을 개발하기 위한 시안임을 밝혀둔다.

2. 글쓰기 환경 변화와 매체 상상력의 도래

학교 현장에서 글쓰기를 효과적으로 지도하기 위해서는 어휘론, 문법론, 문장론 등의 이론을 비롯하여 문학작품부터 문화콘텐츠까지 다양한 요소들이 필요하다. 그동안 이들의 중요성에 대해서는 학교 현장뿐만 아니라 많은 연구자들에 의해서 다각적인 측면에서 논의되었다. 하지만 이와 같은 활발한 논의에도 불구하고 학습자들이 느끼는 실제 만족도는 그리 높지 않다. 그렇다면 왜 이런 현상이 발생하는가에 대해 의문을 제기하지 않을 수 없다.

초·중·고등학교 기간 동안 문학작품과 글쓰기 수업이 지속적으로 이루어진다는 점을 고려한다면 학습자들의 문식력이나 문학 감상력이 일정한 수준에 도달하는 것은 타당해 보인다. 하지만 현실 상황은 그렇게 낙관적이지 않다. 수업 시간에 학습자들에게 글이나 문학을 떠올렸을 때 연상되는 단어를 들어보라는 질문을 했을 경우 돌아오는 답변을 살펴보면 상황은 좀 더 명확해진다. 막막함, 답답함, 짜증남 등과 같은 부정적인 대답이 대다수를 이룬다는 것은 현재 우리의 글쓰기 교육과 문학교육이 직면하고 있는 현주소를 말해 준다. 이는 기존의 글쓰기 교육과 문학교육이 학생들의 상상력과 창작력을 확장시키기보다는 점수와 순위를 앞세워 상상력 차단과 사고의 경직화에 주도적인 역할을 수행한 데서 그 원인을 찾을 수 있다. 이런 이유로 학습자들은 학교 현장을 벗어날 경우 현실에서의 글쓰기와 문학 작품들을 기피하는 상황에 필연적으로 직면할 수밖에 없었던 것이다. 여기에는 대중매체의 발달에 힘입어 음향과 영상 자료들의 접촉이 용이해지면서 기존의 활자 매체와 기록 문학이 급속하게 외면당하게 된 현실도 무시할 수 없다.

많은 이들이 글쓰기 방식의 개선과 문제점을 인식하고 있음에도 불구하고 여전히 문제 해결의 길은 요원해 보인다. 이와 같은 배경에는 교육 현장을 지키고 있는 사람들이 디지털의 흐름을 매체 변화에 따른 결과나 신세대의 고유한 특성으로 전가시키는 것도 무관하지 않다. 즉 전달하고자 하는 본질은 변하지 않았으나 이를 전달하는 도구의 변화로 인해 내용을 전달하는 방식이 변했을 뿐이라는 식으로 상황이 오도되고 있는 것이다. 그러나 이러한 견해는 현행 글쓰기 교육이나 문학교육이 당면하고 있는 문제의 본질과 거리가 멀다. 이미 앞에서 지적했듯이, 아날로그식 글쓰기와 디지털식 글쓰기는 전혀 다른 사고를 토대로 형성된 문화의 차이에서 비롯한 것이기 때문이다. 이러한 문화의 차이를 고려하지 않는 한, 이 두 가지 방식의 글쓰기는 그 각각의 차이를 유지한 채 대립할 것이며 글쓰기 교육 역시 그 차이를 인정하는 차원에서 머물 가능성이 크다.

그렇다면 우리가 교육 현장에서 글쓰기에 대한 지도는 어떻게 이루어지고 있는 것일까. 교육 현장에서의 글쓰기는 철저하게 이론에 충실한 방식과 적용을 선호한다. 대다수의 교수자들은 글쓰기가 이론의 바탕 위에 실전 경험이 맞물려짐으로써 비로소 본격적인 예술글이나 실용글이 가능하다는 보수적인 견해를 갖고 있다. 그들에게는 다독(多讀), 다작(多作), 다상량(多商量)과 같은 전통적인 방식과 이에 기초한 창작방법이 상대적인 우위를 선점한다. 이와 같은 이론에 근거하여 수업이 이루어짐으로써 학교 현장에서의 글쓰기 역시 결국 정형화된 틀을 가지고 안정된 세력을 확보한 아날로그식 글쓰기에 의존할 수밖에 없게 된다. 결국 이러한 악순환이 반복·지속되면서 교육 현장의 한 축인 사이버 공간에서의 글쓰기에 대한 지도가 외면받는 것이다. 이는 사이버 공간에 글 올리는 방식이 기존의 방식과 크게 다르지 않다는 점에 착안한 것이다. 그러나 엄밀한 의미에서 본다면 사이버 공간에 글을 올리는 것은 이전의 벽서 대자보, 그리고 무기명 투서 등과는 그 성격이 다르다. 물론 기존의 글쓰기 방식에서 행할 수 없었던 부분을 실행한다는 점에서는 동일하지만 그 출발 의도와 방향성에서 상당한 차이를 내포하고 있기 때문이다.

사이버 공간을 주축으로 이루어지는 디지털 시대의 글쓰기는 복합적이면서 입체적인 사고방식과 접근을 필요로 한다. TV를 비롯하여 컴퓨터, 휴대폰 등의 각종 매체 개발과 그에 따른 기술 향상은 글쓰기에서도 변화를 가능하게 만들었다. 기존의 글쓰기가 신뢰성, 권위성, 일관성, 통일성 등에 초점을 맞추고 있다면 디지털 시대의 글쓰기 방식은 이러한 특성에 의존하기보다는 해체와 재구성, 그리고 통합을 지향하기 때문이다. 그리하여 디지털 시대에는 기존 방식의 파괴와 이를 토대로 한 의미의 해체 내지 새로운 영역 확보가 중심 화두로 등장한다. 이와 같은 현상은 최근에 두드러지게 나타나는 글쓰기 성향에서도 찾아볼 수 있다. 다음 <예 1>과 <예 2>는 인터넷상에 오른 동일 작가의 글이다.

> 그녀의 생일이 얼마 안나마씸니다...생일...아마도..얼릉뚱땅...너머가면 그녀가 절 살해 할찌도 머름니다...아...살해라는 말이 나와서 말인데... 그녀는 76년 용띠임니다....전 75년 퇴끼띠 임니다...근데 제 친구들은 전부 74년 범띠 구여..다들 아시져? 빠른..75...
> 제 친구들은....범하고 용하고 만나면 서로 드세서 원래 안조타구 함니

다. 그럴찌 알고...전 범대우 퇴끼입니다...친구들한테 퇴끼라구 말하니깐..
친구들이 이러더군여...

　"빙신..그러니깐..글치...용하구..토끼가 어울리냐?? 넌 머지 아나... 분명
히 살해 당할꺼다....-_-;;"

　참 머찐 친구넘들 임뉘다....아무튼....그녀의 생일이 하루하루 다가올쑤
록 전 점점 초초해 져씸니다..어떤 생일선물을 해죠야 하나.....

　그녀???? 돈???? 만씸니다!!!! 엄는거???? 엄씸니다!!!!.... 저?? 전에도 말해
뜨시 쥐뿔..개뿔도 엄씸니다...

　(어떤분이 메모로 그러시더군요..쥐뿔..개뿔은 대통령도 엄따구.. 힘..남
니다!)

-〈예 1〉 http://my.netian.com/~elu/she.htm

　<예 1>은 인터넷 소설로 널리 알려진 『엽기적인 그녀』이다. 기존의
글쓰기 방식에 익숙한 사람이라면 위의 글을 처음 접했을 때 몹시 당혹
스러웠을 것이다. 이 글이 그동안 강조해 오던 맞춤법이나 띄어쓰기를
철저하게 무시하고 있으며, 내용 역시 일관성이나 통일성을 갖추기보다
는 감각적이고 즉흥적인 전개 방식을 취하고 있기 때문이다.

　"그녀???? 돈???? 만씸니다!!!! 엄는거???? 엄씸
니다!!!!.... 저?? 전에도 말해뜨시 쥐뿔..개뿔도 엄
씸니다..."에서 독자가 확인할 수 있는 것은 단어
의 파행적 나열과 단상적인 의미 전달에 불과하
다. 또한 내용을 발음대로 적는 연음 방식과 말줄
임표를 대체한 부호의 집중 사용으로 내용 전달
이 불확실하며, 의미의 지체현상이 뚜렷하게 나타
나고 있다. 이러한 이유에서 기존의 글쓰기 방식
에 익숙한 사람들에게 이 글은 맞춤법을 무시하

〈그림 1〉 영화 〈엽기적인 그녀〉

고, 단상의 나열과 파행적인 전개에 불과한 글이라는 부정적인 인상을 줄 수 있다.

그럼에도 불구하고 이 글은 영상세대와 네티즌들의 폭발적인 호응을 얻으면서 영화로 만들어지는 행운을 누리기도 했다. 이전에는 치기어린 장난이나 감상 토로 정도로 치부되었을 내용이 '네티즌'이라는 새로운 수요층의 요구와 맞물리면서 대중화·상업화에 성공하게 된 것이다. 위의 글 외에도 인터넷상에서 인기를 끈 글이 영화화나 드라마화 되는 현상은 『동갑내기 과외하기』, 『옥탑방 고양이』, 『그놈은 멋있었다』, 『백조와 백수』 등에서 확인할 수 있다. 이는 새로운 방식의 글쓰기에 대한 대중적인 반향을 말해주는 것이며, 그들의 감각과 정서가 시시각각으로 변하고 있음을 단적으로 보여준다. 그러므로 이 글의 소통 방식을 고찰할 경우, 영상세대들의 사고방식과 의미구조가 어떻게 글쓰기로 구체화되는가를 가늠할 수 있다. 아래 글은 동일한 작가가 쓴 글임에도 불구하고 전혀 다른 느낌을 준다.

나는 글을 쓰는 사람이 아니다. 글을 쓸 줄도 모른다. 그래서 나는 이것들을 글이라고 부르고 싶지도 불리우고 싶지도 않다.

아주 우연한 기회에 PC 통신 유머란 한 귀퉁이에 작은 추억을 올렸다. 처음에는 이런 것을

〈그림 2〉 『엽기적인 그녀』의 저자 김호식 씨

누가 읽어 줄까? 라는 마음이었지만, 그것이 많은 네티즌의 사랑을 받아 지금까지 왔고, 출간까지 하게 되었다.

그래서 나는 무엇보다 먼저 모든 네티즌께 감사를 드리며 네티즌에게 가장 많이 받았던 질문에 대답하려 한다.

아마도 모두가 궁금해할 것이라고 생각되는 실화이냐 아니냐는 질문에 대한 나의 대답은 언제나 같았다. 글이 실화이냐 아니냐가 그렇게 중요한 걸까?

난 이렇게 생각한다. 실화라고 믿는 사람들에겐 실화이고, 아니라고 믿는 사람들에겐 아닌 것이다. 실화이냐 아니냐를 떠나 난 나의 작은 추억에서 많은 사람들이 무엇인가 느낄 수 있으면 그것으로 만족한다. 그무엇이 사랑이던 희망이던 절망이던 말이다. 만약 아무것도 느끼지 못했지만 한번 정도 웃을 수는 있었다고 말해도 역시 그것으로 만족한다.

–〈예 2〉 http://my.netian.com/~elu/she.htm

필자는 이 글에서 인터넷 연재를 끝내며 느낀 그동안의 소감을 피력하고 있다. 『엽기적인 그녀』의 작가 김호식의 입장에서는 내심 자신의 글을 "글이라고 부르고 싶지도 불리우고 싶지도 않"았을 것이다. 그가 글이란 등단 절차를 밟은 "글을 쓰는 사람"이 쓰는 것이며, 일정한 검증을 거친 이후에야 비로소 쓸 수 있는 것이라는 중압감에 사로잡혀 있기 때문이다. 이런 그이기에 자신이 인터넷상에 올렸던 글에 대한 네티즌들의 뜨거운 반응에 당혹스러워하는 것도 무리는 아니다. 기존의 사고방식에 의하면 인터넷에 올린 그의 글들이 유치한 감상의 발산이나 신파조의 푸념에 지나지 않을 수 있기 때문이다. 이는 동일인에 의해 씌어진 〈예 1〉과 〈예 2〉의 글을 접하는 독자들의 경우에도 마찬가지이다. 위의 두 글을 접하는 독자들은 두 글의 격차에서 느껴지는 거리로 인해 심리적 혼란을 경험할 수 있다.

〈예 1〉을 접하는 이들은 사이버 공간에서 널리 사용되고 있는 연음, 축약, 이모티콘 등이 주는 문법 해체와 감각적인 전달을 통해 신선한 느낌을 경험할 수 있다. 그러나 〈예 2〉를 접할 때의 느낌은 〈예 1〉을 접할 때와는 상황이 다르다. 즉, 필자가 독자들의 양해를 구하는 글에서 나타나듯이 글쓰기 방식이 기존의 전통적인 글쓰기, 즉 아날로그식 글쓰기로 다시 복귀하고 있기 때문이다. 이는 그가 디지털식 글쓰기를 능숙하게 구사함에도 불구하고 실제로는 아날로그 사고방식으로부터 자유롭지 못하다는 것을 암시한다. 이는 "처음에는 이런 것을 누가 읽어 줄까?" 고심했다는 술회에서도 확인할 수 있다. 진솔한 고백을 담고 있는 이 구절은 작가가 그만큼 자신의 글에 대해 자신감 결여와 정체성 부여에 혼란스러운 상태임을 말해 준다. 하지만 작가의 우려는 네티즌들의 뜨거운 반응에 의해 극복되었으며, 이는 대중매체의 상업성·대중성과 결합하면서 폭발적인 반응을 이끌어낼 수 있었다.

위의 두 글에서 주목할 점은 이 글의 창작 주체가 두 가지 다른 방식을 통해 글쓰기를 시도하고 있다는 사실이다. ID '견우 74'와 실명 '김호식' 사이에는 뚜렷한 견해차가 존재하며, 이는 글을 창작하는 과정 내내 그를 지배하는 요인으로 작용하고 있다. 동일 인물임에도 불구하고 '견우 74'라는 ID를 사용할 경우, 그는 자신의 정체성 문제를 초월한 전혀 새로운 인물로 거듭난다. 그리하여 사이버 공간상에서 글을 쓸 때, 그는 자신의 의식세계를 지배하던 기존의 문법틀과 검열에서 벗어나 상상력을 자유롭게 발휘할 수 있게 되는 것이다. 이러한 일이 가능할 수 있었던 것은 작가가 매체 상상력을 통하여 '사이버'라는 공간의 특성에 완전히 몰입했기 때문이다.

하지만 현실로 돌아와 창작의 주체가 '김호식'이라는 사실을 인지하는 순간부터 그의 상상력은 극도로 제한받기 시작한다. 이것은 자신의 글이 가치 있는 글인가에 대한 회의와 글쓰는 이로서 자신의 상황을 직시해야 하는 당혹감과 맞물려 있다. 그가 현실 인식을 하는 순간, 이미 그는 '견우 74'를 쓰며 네티즌들을 열광하게 만들었던 작가의 자리에서 한 걸음 뒤로 물러난다는 것을 의미한다. 이러한 긴장을 완화시키기 위하여 작가 '김호식'은 감사의 글을 인터넷에 올리면서 원고지에 글을 쓰던 이전의 방식과 동일한 형태의 글쓰기를 취하는 것이다.

이것이 두 글 모두 독자들을 의식하고 쓰여졌음에도 불구하고 그 성격에서 뚜렷하게 차이를 보이고 있는 이유이다. 문법체계와 의식의 검열 기제가 첫 번째 글에서는 위력을 발휘하지 못하고 있지만 두 번째 글에서는 막강한 영향력을 행사하고 있다. 이러한 성향 차이는 사이버 공간에서의 글쓰기 특성과 향후 디지털 시대의 글쓰기가 추구해야 할 방향이 무엇인가를 시사해 준다.

3. 쌍방향 소통구조와 발상의 전환

2003년 겨울 전국을 강타한 웜 바이러스의 사례에서 드러났듯이, 다른 나라에 비해 인터넷 보급률이 상대적으로 높은 한국과 같은 나라에서 인터넷 장애는 심각한 결과를 초래할 수 있다. 사회 전반에서 매체 활용도가 점차 높아지고 있는 현실을 고려한다면, 교육 현장 역시 대중매체를 포함한 디지털의 영향으로부터 자유로울 수 없다. 최첨단 문명의 이기가 발달하면 할수록 오히려 교육 현장에서 새로운 학습 장애를 유발할 수 있는 가능성이 점차 높아지고 있는 것이다.

특히 매체 의존도가 높은 수업일수록 오류가 발생했을 때 효과적인 대처가 쉽지 않은 경우가 많다. 심각한 기술적인 결함이나 문제가 발생했을 경우, 해당 전문가가 아니라면 즉각적인 대응이나 조치가 어렵다는 문제 또한 간과할 수 없다. 문제는 그 심각성이 외부적으로 보이는 측면에만 국한되지 않는다는 데 있다. 이와 같은 기술적 장애보다도 더 중요한 문제는 교육 현장에서 교수자와 학습자간의 정서적 괴리감을 어떻게 극복할 수 있을 것인가 하는 현실적인 항목으로 귀결된다. 이전과 달리 매체 발달과 맞물려 학습자들의 정서와 주변 환경이 급속하게 변화하고 있기 때문이다. 따라서 시시각각으로 변하는 기술의 발달과 매체 다양화에 따른 시대 흐름은 기존의 문학교육이나 글쓰기 전략의 수정을 강력하게 요구하고 있다.

대중매체에 많은 노출을 경험한 학생의 경우, 학교 현장에서 효과적으로 글쓰기를 지도하기가 현실적으로 상당히 어려운 것이 우리의 현실이다. 대중성과 상업성, 그리고 시·공간의 경계를 해체하는 대중매체의 속성상 이를 외부 환경에서 통제하거나 제한하기란 거의 불가능에 가깝다. 이와 같은 현상은 학습자의 경우에만 국한되는 것은 아니며, 교수자 역시 동일한 조건에 놓여 있다고 할 수 있다. 이런 현실에도 불구하고 교수자들은 이를 포기할 수 없으며, 또한 포기해서도 안 된다.

현재 학교 현장은 학습자들의 상상력을 자극하기 보다는 사고의 경직성을 강화시키고 있으며, 이를 점차 단순·유형화하는 방향으로 흐르고 있다.8) 이런 상황이기에 학습자들은 자신의 정체성이나 가치의 문제에 관심을 기울이기 보다는 이를 방치하거나 조망하는 수동적인 제3자가 될 가능성이 크다. 나아가 학습자가 이미 제시되어진 환경에 순응하거나

---

8) 이성영은 학교 현장에서 이루어지는 작문 지도의 방식으로 '과제 제시－오류 점검형'과 '방임형'을 들고 있다(이성영, 「작문력의 특성과 지도 방법」, 『국어교육의 내용 연구』, 서울대 출판부, 1996). 그러나 학교 현장에서는 이들이 단독으로 쓰인다기 보다는 상호 보완의 관계에 놓여 있다고 할 수 있다. 디지털 문화와 글쓰기를 접맥시킬 때의 장점은 이 두 가지 방식의 병행이 가능하다는 점이다.

이를 무시·외면하는 것과 같은 극단적인 방식으로 이어질 수도 있다. 즉, 주어진 환경을 체념하고 받아들이거나 일탈을 통해 자신이 처한 상황을 회피하려는 부정적인 행태가 나타날 수 있는 것이다. 상황이 이러함에도 불구하고, 교육 현장에서는 이를 효과적으로 대처할 수 있는 현실적인 글쓰기 교육을 위한 대안의 부재 현상이 점점 심각해지고 있다.

이러한 현상은 학습자들이 각종 드라마나 매트릭스류의 환경에 익숙해져 있기 때문에 기존의 활자매체를 중심으로 하던 글쓰기 방식을 그대로 현장에 적용하는 데 한계가 발생하면서 더 악화되고 있다. 기존의 문자 인식이 선조성에 의하여 정리된 정보를 축적해가면서 독해하는 방향성을 바탕으로 했다면 영상 인식은 짧은 시간 동안에 전체적인 의미를 파악하는 총체적 인지형태를 띠기 때문이다.9) 그러므로 이들 사이의 간극을 극복하기 위해서는 시대적·사회적 환경에 맞는 새로운 방식의 글쓰기 전략의 개발과 이를 바탕으로 학습 현장에서 활용할 수 있는 구체적인 방법에 대한 연구가 필요하다.

이를 위해 가장 먼저 선행되어야 할 것은 사고의 유연성 훈련이다. 학교 현장에서 학생들에게 글쓰기를 시켰을 때, 가장 먼저 보이는 반응은 원고지나 백지를 받는 순간 즉각적으로 쓰기 시작하는 조급함이다. 이러한 태도는 글쓰기에서 구성의 산만, 문체의 통일성 약화, 내용의 완성도 미흡, 분량 조절 실패 등의 치명적인 문제를 유발한다. 최근 들어 대중매체의 발달과 의존도의 향상은 교육 현장의 이러한 글쓰기가 갖고 있는 문제를 근본적으로 해결하기 보다는 오히려 더 악화시키는 데 일조

---

9) 정근원, 「영상세대의 출현과 인식론의 혁명」, 『세계의 문학』, 1993년 여름호 ; 최유찬, 「컴퓨터 게임의 문학적 특성」, 『문자문화와 디지털문화』, 국학자료원, 2001, 63~64면에서 재인용.

하고 있다. 이와 같은 실상은 지금까지의 글쓰기 교육이 이론과 실제가 각각 따로 진행되는 방식으로 이루어져 왔음을 반증한다.

이러한 문제점을 해결하기 위해서는 글쓰기 지도의 단계별 교육 프로그램이 필요하다. 먼저 다양한 방식의 뇌 유연성 훈련 과정을 생각해 볼 수 있다. 브레인스토밍 훈련으로 알려져 있는 자유 연상 훈련과 생각 그물(mind-map)이 여기에 해당한다. 그러나 기존의 방식을 그대로 고수하기보다는 학습자들에게 익숙한 대중매체를 끌어들여 학습 동기를 자극하고 글쓰기에 접맥시키는 훈련을 병행해야 한다.

〈그림 3〉

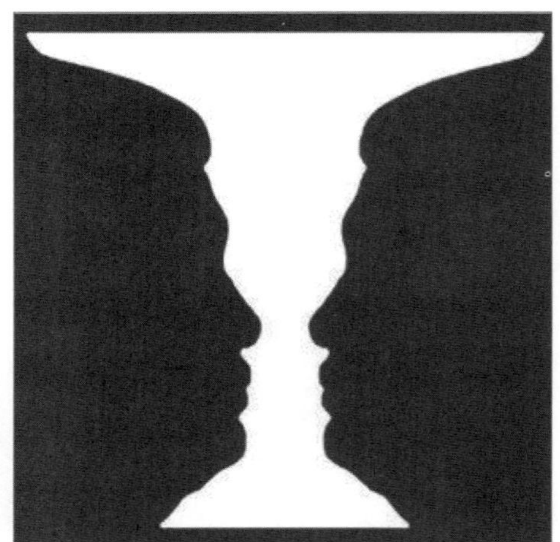

〈그림 4〉

〈그림 3〉과 〈그림 4〉의 그림들은 게쉬탈트 심리학에 기초를 둔 것으로, 교육 심리 현장에서 널리 활용되고 있다. 주체의 관점을 어디에 둘 것인가에 착안한 이 그림들은 전경과 배경에 따라 대상이 각기 다르게 보이는 특성을 이용한 것으로, 학습자들의 사고 유연성 훈련에 효과

적이라고 알려져 왔다. 아날로그 시대에는 이와 같이 명암의 특성을 중심으로 한 지각의 유연성 훈련이 주축을 이루어온 것이 사실이다. 그렇지만 디지털 시대에는 아날로그 시대에 비해 매체 발달에 따른 의식과 정서 변화의 진폭이 두드러지게 나타난다는 점을 고려할 필요가 있다. 그러므로 학습자의 관심을 지속적으로 유지하면서 흥미를 유발하기 위해서는 디지털 환경을 활용한 새로운 방법 개발을 통하여 상상력을 자극하는 사고의 유연성 훈련이 절실하다.

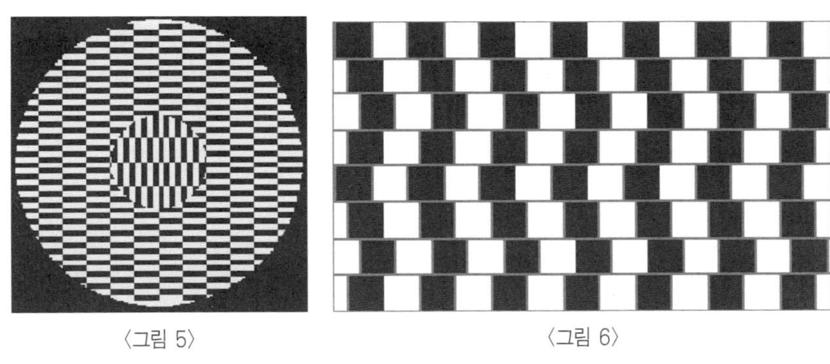

<그림 5> 〈그림 6〉

위의 <그림 3>이나 <그림 4>와 달리 <그림 5>와 <그림 6>은 공간 분절에 따라 시점의 변화를 유발하여 다양한 형태로 사물을 인지하게 한다. 이는 대상을 인식하는 방식을 비주얼(visual)화하여 입체적인 그림 그리기를 가능하게 만드는 데 그 목적이 있다. 한눈에 형상을 인식할 수 있는 <그림 3>이나 <그림 4>에 비해 <그림 5>와 <그림 6>에서는 학습자의 적극적인 개입을 통해서만이 대상이 명확해진다. 이를 동영상으로 처리하여 화면에 제시하였을 경우, 학습자들은 정지화면을 접할 때와 달리 대상을 입체화할 수 있는 능력 확보와 함께 상상력 확장을 경

험할 수 있다.

　동영상 상태에서 <그림 5>의 안과 밖의 원들은 상호 넘나듦을 통해 대상들이 경계 해체를 시도하는 것처럼 느껴지게 만드는 효과를 발휘한다. <그림 6>의 경우, 화면상의 사다리들은 끊임없이 유동적으로 움직이면서 학습자의 시선을 확장하여 텍스트를 동적으로 파악하도록 만들고 있다. 결국 동영상 기술을 사용한 <그림 5>와 <그림 6>이 학습자의 동기 부여와 해석의 다양성을 요구한다는 점에서 정지상태에 비해 한층 능동적이고 적극적인 입장을 견지하고 있음을 알 수 있다. 그런 점에서 고정되어 있으면서 관점에 따라 전혀 다른 그림처럼 보이는 <그림 3>이나 <그림 4>와 달리 <그림 5>와 <그림 6>은 학습자들의 자발적인 몰입을 유발하는 한편 학습자의 상상력을 심화시키는 데 보다 효과적인 방식이라 할 수 있다.

　앞으로 문자를 중심으로 한 글쓰기가 디지털 프로그래밍에 의해서 대체된다면, 지금까지 텍스트에 의해서 전달된 모든 메시지들, 모든 태도·인식·그리고 체험모델들은 새로운 정보 미디어들에 의해 효과적이고 창조적으로 전달될 것이다.[10] 이러한 흐름은 디지털 문화가 기존의 경직된 소통 방식에 활력을 불어넣을 수 있으며, 새로운 형태의 글쓰기와 문화 창출을 가능하게 할 수 있음을 시사해준다. 이는 매체 상상력을 기반으로 하는 학습자의 사고 전환과 능동적인 교수－학습 전략을 통해 가능할 수 있다.

---

10) V. Flusser, 앞의 글, 117면.

4. 매체 상상력을 통한 교수-학습 전략

디지털 시대에 대응할 수 있는 효과적인 글쓰기를 하기 위해서는 사고의 유연성 극복 외에 추상화와 관념화를 극복해야 하는 문제가 따른다. 그동안 우리들은 학교 교육 과정 내내 글쓰기를 해왔으면서도 이에 대해 구체적인 방법이나 체계적인 교육을 받아본 것이 거의 전무하다고 해도 과언이 아니다.

문학교육 중심의 글쓰기가 나름대로의 성과를 거두었음에도 불구하고, 그동안의 교육은 '문학'과 '글쓰기' 양자에 대한 신화화 작업을 강화한 데 비해 문학 창작의 활성화나 글쓰기 교육의 현실화라는 목표를 충족시키는 데는 실패하였다.[11] 그 결과 대부분의 사람들은 주제를 연상할 때 이미 상식처럼 굳어진 이미지 떠올리기에 머무르고 마는 일이 보편화되고 있다. 예를 들어, 가을을 소재로 한 글감을 찾을 경우 대개의 학습자들은 추수, 가을 하늘, 단풍, 등산 등과 같이 단조로운 수준에 그치고 마는 것이 우리의 현실이다. 이를 극복하기 위하여 앞장에서 살펴본 디지털 특성과 관련시켜 글쓰기 교수-학습 방법에 대해 좀 더 논의해 보기로 하자.

첫째, 디지털 시대의 글쓰기는 학습자의 적극적인 참여의 유도를 가능하게 만들 수 있다. 자신이 쓴 글에 대해 책임지지 않아도 되는 사이버 공간의 특성은 이전의 맞춤법과 띄어쓰기에 대한 부담에 시달리던 네티즌들에게 파격적인 돌파구를 제공했다고 해도 과언이 아니다. 이처럼 글에 대한 중압감과 부담감을 극복함으로써 사이버 공간에서의 글쓰기는

---

11) 권명아, 앞의 책, 91면 참조

이전의 격식 위주에서 벗어나 문법 파괴를 통한 적극적이고 다각적인 형태로 거듭날 수 있었다.

몇몇 문제점에도 불구하고 익명성을 바탕으로 한 글쓰기는 다양한 형태의 글쓰기를 가능하게 만들었다는 점에서 의의를 갖는다.[12] 그 결과 격식 위주의 획일성과 경직성에서 벗어나 다각적이고 개성적인 형태의 글쓰기가 가능해졌으며, 이러한 자신감을 토대로 자신들의 의견을 적극적으로 피력하는 일이 점차 많아지고 있다. 또한 댓글을 효과적으로 활용할 경우, 상호 교차 글쓰기를 유도하여 온라인상의 건전한 토론문화 정착에도 기여할 수 있다.

익명성의 특성을 글쓰기에 적극적으로 도입할 경우, 학생들의 글에 대한 거부감을 극복할 수 있으며, 자발적인 동기 부여가 가능해진다. 최근 들어 온라인상에서 개인의 감상이나 소감 등을 접수받는 각종 이벤트가 점차 많아지는 경향을 보이는 것은 우리 생활에서 오프라인과 온라인이 공고체제를 구축하고 있음을 시사해 준다. 따라서 이런 계기를 통해 자신이 올린 글이 사람들에게 주목받거나 관심의 대상으로 거론된다면 글에 대한 자신감을 확산시켜 향후 또 다른 글쓰기에서 획기적인 전기를 마련할 수도 있다.

둘째, 디지털 글쓰기 훈련을 통해 경제성과 효용성 원리를 체득할 수 있다. 문자 메시지를 보내거나 e-mail을 발송할 때, 그것은 속도 문제뿐만 아니라 분량과 밀접한 관련을 맺는다. 이런 까닭에서 홑받침으로 쓰기, 소리나는 대로 쓰기, 자판 치기 편리한 말 사용, 이모티콘 사용과 같은 간결한 표기방식이 발달하였다고 할 수 있다. 따라서 매체 특성을 고

---

12) 장창영 외, 『문학과 삶의 발견』, 태학사, 2003, 209~218면 참조.

려한다면 제한된 분량 내에 자신의 전달하고자 하는 내용을 효과적으로 담아내는 연습을 글쓰기 훈련으로 연계시킬 수 있다. 글쓰기나 문자 보내기가 동일하게 경제성의 원리에 기반을 두고 있다는 점을 고려한다면, 능동적으로 내용을 함축하는 훈련은 표현의 효율성 측면에서 각별한 의미를 갖는다.

예를 들면, 휴대폰 문자메세지를 통해 친구의 생일이나 특별한 날에 축시나 특정 문구를 작성해 보낼 수 있다. 평범하거나 밋밋한 글보다 문자메세지에 자신의 심경을 진솔하게 담은 내용을 보냈을 때 상대방에게 깊은 인상을 주거나 감동을 주기도 한다. 이처럼 아는 이에게 제한된 분량의 글에 자신의 감정과 느낌을 담아 전달하는 훈련을 통해 또 다른 의사소통을 방식을 익힐 수 있는 것이다. 이를 이벤트성이 아닌 반복적으로 지속할 경우, 자신이 전달하고자 하는 내용을 함축적으로 표현할 수 있을 뿐만 아니라 의미화하는 효과를 유발할 수 있다. 또한 직접 만나기가 어려운 경우, 이메일을 주고받거나 카페 등을 활용함으로써 상대방의 글을 수정한다거나 자신의 견해를 제시하여 완성도 높은 글이 되도록 유도할 수 있다. '접촉'을 통해 상대방이 쓴 글에 가필이나 수정을 가하던 방식에서 벗어나 디지털 시대에는 '접속'의 방식으로 원안에 첨삭을 가함으로써 글쓰기의 전형을 제시하여 다음 단계로 나아갈 수 있는 것이다.

셋째, 디지털을 활용한 글쓰기를 통해 열린 사고방식의 확보가 용이해진다. 디지털 시대에는 논리에 초점을 맞춘 기존의 방법으로는 표현이 미진하거나 불가능했던 감각적인 글쓰기가 가능해진다는 것을 의미한다. 사이버 공간에서 글쓰는 이들은 이전에 존재하지 않던 이모티콘이나 회화문자의 창조나 조합, 그리고 재구성을 통해 자신만의 느낌과 생각을 전달하는 일에 능숙하다. 따라서 각종 기호나 사진, 그리고 동영상 등을 사용하여 감각적이고 신선한 느낌을 주는 글쓰기의 등장이 자연스러워진다.

TV 광고나 뮤직비디오, 영화 등 감각적이고 빠른 전개를 특징으로 하는 영상언어에 익숙한 요즘 네티즌들은 이모티콘뿐만 아니라 '지못미'(지켜주지 못해 미안해), '듣보잡'(듣도 보도 못한 잡다구리)과 같이 새롭고 자극적인 말을 만들어 내고, 이를 확산시키는 것을 즐긴다. 따라서 기존 영역의 안주에서 벗어나 신조어들을 창작할 수 있으며, 이 과정에서 상대방에 대해 소극적이고 수동적이 아닌 적극적이고 능동적인 위치를 확보할 수 있다. 또한 네트워크 개념을 동원하여 시대 흐름이나 사회적으로 민감한 사안에 역동적으로 대처할 수 있는 체제와 역량을 구축할 수 있다. 이러한 시도를 통해 네티즌들은 기존의 방식과 틀을 학습·유지하는 차원에서 벗어나 자신만의 방식으로 의미를 새롭게 창출하는 창조적인 주체로서 변신을 꾀할 수 있다. 이처럼 디지털 시대의 글쓰기는 접속자의 자발적인 참여를 유도하여 방관자가 아니라 주도적인 역할을 담당하는 주체로 거듭나도록 만드는 효과를 갖는다.

넷째, 디지털 시대에는 탈장르 구축을 통한 감각적인 글쓰기가 가능해진다. 이와 같은 방식은 학습자들이 어느 매체에 편중되지 않고 다양한 매체를 활용하여 통합적이고 균형적인 시각을 확보하는데도 효과적이다. 학습자 입장에서는 동일한 사건을 신문과 라디오, 그리고 TV와 인터넷 등에서 각기 다른 방식으로 보도하기 때문에 진위 여부의 판단과 가치관 형성에 혼란을 겪을 수 있다. 매체 특성에 따라 전혀 다른 결과가 나올 수 있음을 의미하는 이와 같은 특성을 디지털 시대에는 좀 더 효율적으로 다룰 수 있다. 매체를 상호 교차하여 해당 기사를 비교한다거나 『딴

지일보』에서처럼 무거운 주제를 희화화하거나 풍자 등으로 처리함으로써 자신의 의견을 다양하게 표현하거나 대중의 폭발적인 관심을 유발하는 일이 가능해지는 것이다. 여기에는 원전의 자유로운 변환과 복제가 가능하다는 디지털 특성 또한 깊이 관여하고 있다.

〈그림 7〉 졸라맨

〈그림 8〉 아바타

<그림 7>과 <그림 8>에서 볼 수 있듯이, 의미의 진정성보다는 신선한 감각과 흥미 유발에 초점을 맞추는 기법들이 사이버 공간에서 일상화되고 있다. 각종 아바타와 플래시 애니메이션을 비롯한 다양한 캐릭터들의 등장은 신선한 발상과 세련된 감각, 그리고 현란의 매체 기술의 적절한 조화를 중시하는 문화가 사이버 공간의 형성에 깊이 관여하고 있음을 알려준다.

네티즌들이 PC 통신을 하면서 재치있게 자신을 표현하기 위한 수단이었던 이모티콘은 이제 사이버 공간에서 중요한 의사소통 방식으로 일반

화·보편화되었다. 이모티콘은 감각적이고 짧은 표현을 선호하는 신세대들의 지지를 얻어 인터넷의 중요한 소통방식으로 그 자리를 확고히 하고 있다. 이와 같은 이모티콘을 사용할 경우, 생각과 감정의 풍부한 표현뿐만 아니라 사용자들 간의 동질성을 확보할 수 있고 문화 공유가 가능하다는 장점이 있다. 이와 같은 시도들을 통해 글쓰기의 뒷전에 머물러 있던 10대와 청장년층이 자신들만의 독특한 화법과 글쓰기를 구사하기에 이르렀다는 점에 주목할 필요가 있다.

다섯째, 디지털 특성을 활용하여 완성도 높은 글을 쓰는 것이 가능해진다. 예전 같으면 망상이나 상상에 그쳤을 법한 글쓴이의 생각들이 인터넷에 접속한 많은 이들에 의해 공유를 통해 일정한 검증과정을 거침으로써 한 편의 완성된 글로 탄생할 수 있기 때문이다. 또한 접속자가 올린 글에 대해 많은 이들이 조회하고 자신의 의견을 댓글로 올리는 과정을 거치면서 그 글은 생명력을 얻게 된다. 글쓰는 입장에서는 많은 이들이 자신의 글에 관심을 보인다는 것을 즉석에서 확인할 수 있기 때문에 창작 작업에 탄력을 받게 되고, 이는 생산적인 글쓰기 작업으로 이어질 수 있다. 나아가 기존의 글쓰기 문화에 익숙하지 않았던 사람이라 할지라도 문학 관련 웹진이나 글쓰기 웹사이트 등을 적절히 활용하여 자기 글의 미비점을 보완하거나 문제점을 조언 받을 수 있게 된 것도 특기할 만한 사항이다. 이전의 글쓰기가 선배 문인들의 작품을 사숙하거나 혼자만의 고통스러운 습작과정을 거치는 경직성에 의존했다면, 디지털 시대에는 잠재작가이자 독자 역할을 수행하는 많은 이들에 의해 자신이 쓴 글이 인정받을 수 있는 가능성이 커지고 있는 것이다.

이전까지의 글쓰기가 글에 특별한 관심을 가진 이들에 의해 주도되었다면 열린 공간이라는 특성을 지닌 사이버 세계는 자유로운 참여가 가능하다. '붉은 악마'나 '노사모(노무현을 사랑하는 사람들의 모임)' 등에서 볼 수 있듯이, 네티즌들은 각종 사이트 문화나 카페의 활성화 등을 통해 독자적인 세력을 확산시키면서 사회의 흐름을 주도하는 형태에 지대한 관심을 보이고 있다. 이를 온라인과 오프라인에서 병행할 경우, 글쓰기나 문학 창작에서 개별화·독자성 추구로 인해 약화될 수 있는 균형감각의 회복과 선별할 수 있는 안목을 확장하는 데 도움을 줄 수 있다. 지금 사이버 공간에서 나타나고 있는 특성들은 단지 표피적인 현상의 변화만을 의미하는 것이 아니라 글을 접하는 의식의 변화, 나아가 행동과 삶의 변화에까지 포괄적으로 영향력을 발휘하기 때문이다.

5. 디지털 시장의 가능성을 위하여

이 글에서는 디지털 문화 특성을 중심으로 이들이 갖고 있는 장단점을 살펴보고, 이를 글쓰기와 효율적으로 접맥시킬 수 있는 방법에 대해 고찰하고자 하였다. 디지털 시대의 주도적인 역할을 담당하는 네티즌들이 교육 현장에서 이루어지는 글쓰기에 심각한 장애를 보이고 심지어 외면하는 현상은 우리 글쓰기 교육에서 반드시 짚고 넘어 가야 할 문제이다. 그들이야말로 우리 문화의 후속세대이자 장차 우리 문화를 이끌어 갈 주역이기 때문이다. 이런 이유에서 이 글에서는 디지털 문화 특성을 고려하여 교육 현장에서 적용할 수 있는 글쓰기의 교수-학습 방법에 대하여 살펴보고자 하였다.

효과적인 디지털 글쓰기가 이루어지기 위해서는 학습자들의 글에 대한 흥미를 유발하고, 이를 토대로 자생력을 키우는 적극적인 해결 방안 모색이 이루어져야 한다. 나아가 글쓰기의 영역에 그치지 않고 발표 및 토론 수업의 병행을 통해 이론과 실제가 조화를 이루도록 해야 한다. 지금까지 많은 연구자들이 인터넷이 갖고 있는 매체 특성의 하나인 언어 파괴 현상과 부정적인 현상의 범람에 주목하였다면, 앞으로는 이들이 가진 장점을 적극적으로 개발하는 새로운 방식의 글쓰기를 모색하는 방향으로 나아가야 한다. 디지털 매체 특성을 적극적으로 활용한 글쓰기가 기존의 활자매체에만 의존하던 글쓰기의 한계를 극복할 수 있는 대안의 성격을 갖고 있기 때문이다. 기존의 검열기제를 극복할 수 있는 도전의식, 다양한 매체를 활용할 수 있는 의식 전환, 감각 이미지를 생동감 있게 전달할 수 있는 풍부함 등이 접목을 이룰 경우, 디지털 시대의 글쓰기는 아날로그식 글쓰기의 한계를 극복하고 새로운 전환기를 맞이할 수 있을 것이다.

1. 패러디, 창작의 또 다른 변주

최근 시교육 논의에서 주목할 만한 현상은 원텍스트 중심의 논의에서 벗어나 패러디 작품을 학습과 연계시키거나 통합하려는 시도가 활발하게 이루어지고 있다는 점이다.[1] 이 글은 최근 들어 새로운 문화의 흐름으로 주목받고 있는 패러디 현상과 작품을 중심으로 시 교육의 활용 가능성과 교육적 효과에 대해 살펴보는 데 그 목적이 있다.

실제로 교육현장에서 패러디를 대상으로 삼을 경우, 단순 모방의 차원

---

[1] 유영희, 「패러디를 통한 시 쓰기와 창작교육」, 『국어교육연구』 2집, 서울대학교 사범대학 국어교육연구소, 1995 ; 고영화, 「다시 쓰기 활동의 비평적 성격에 대하여－전래 동화 다시 쓰기를 중심으로」, 『문학교육학』 제3호, 한국문학교육학회, 1999 ; 정끝별, 「21세기 시 문학의 미학적 특성과 시교육 방법론」, 『문학교육학』 제9호, 한국문학교육학회, 2002 ; 송지현, 「패러디와 문학교육」, 『문학교육의 본질과 방법』, 푸른사상, 2003.

에 그치지 않고 학습 주체의 사고를 집적하고 종합하는 형태로 나아가기 위한 전단계로 활용할 수 있다. 특히 학습자의 입장에서 본다면, 패러디 문학의 활성화 현상은 기존의 입장과는 다른 관점에서 문학과 문화를 이해하는 방식이 될 수 있다. 문학만이 아니라 문화 전반에 걸쳐 활발하게 진행되고 있는 패러디 현상이 삶에 기반을 둔 문화 현상과 밀접한 상호 관련 속에서 배태되었기 때문이다.

디지털 시대를 맞이하여 우리들은 시시각각으로 쏟아지는 정보의 홍수 속에서 살고 있으며, 실시간으로 변하는 정보들 틈에서 가치관의 혼란을 겪고 있다. 이 과정에서 학습자들은 다양한 문화 매체를 접촉하고, 그 수혜를 누리는 것처럼 보이지만 실제 그들이 접하는 매체는 지극히 한정적이며, 그것조차 일부 매체만을 선호하는 추세가 두드러진다. 이는 시 감상이나 시쓰기의 경우에도 정보 편중과 독식 형태로 이어지면서 상당한 문제를 야기하고 있다.

엄밀한 의미에서 본다면, 학습자들이 선호하는 인터넷의 경우 정보의 접근성과 이를 활용하는 초기 단계에서 치명적인 한계를 안고 있다. 인터넷 사용 주체들이 자신들에게 주어진 정보를 점검하거나 분석할 수 있는 자세나 역량이 현저하게 부족한 상태이기 때문이다. 따라서 접속자들은 특별한 노력을 기울이지 않는 한, 자신이 선호하는 포털사이트나 카페 등을 통해 대부분의 정보를 습득할 가능성이 크다. 이와 같은 정보 편중과 왜곡 현상은 작품 감상 및 창작에도 적지 않은 영향을 미치고 있다. 정보가 단순히 소재 제공의 차원에 그치지 않고 학습자의 사고를 구조화하고 다양하게 표출할 수 있는 주요 근거를 제공하기 때문이다. 이러한 디지털 문화의 팽배는 학습 주체의 정보 습득뿐만 아니라 정보의 가공 및 진위 여부를 확인할 수 있는 개인 능력의 중요성을 다시금 확인시켜 주고 있다. 이 시점에서 매체 발달과 디지털이라는 문화 특징이 패러디의 양산을 촉발하는 주요 요인이라는 점은 시사하는 바가 크다. TV, 휴대폰, 인터넷 등은 활자 매체와 달리 영상과 음향 같은 시청각 요소를 통해 대중들에게 전방위적인 영향력을 행사한다는 공통점을 갖고 있다. 이들을 중심으로 생활이 시작되고 하루 일과가 끝난다고 해도 과언이 아닐 정도로 우리 생활에 차지하는 비중 또한 절대적이다. 이러한 매체의 급속한 팽창과 문학 환경의 변화는 원텍스트만을 고수하던 학습 방식의 근본적인 전환을 초래하였다. 구술성이나 문식력을 주축으로 하던 예전과 달리 각종 대중매체에 의해 형성되는 행동양식뿐만 아니라 의식 변화 전반에 걸쳐 깊숙이 개입하고 있기 때문이다.

주지하다시피 패러디[2]를 창출하는 단초는 원텍스트에 대한 모방이다. 여기에서 지칭하는 모방은 새로운 창조를 위한 원천 작업이며, 이전의 세계를 답습하는 단계에서 벗어나 또 다른 세계를 확보하기 위한 적극적인 도전을 의미한다. 따라서 패러디는 기존 텍스트의 권위와 전통에 대한 도전의 성격을 띠고 있으며, 이를 바탕으로 하여 자신만의 독자적인 작품 세계를 구축하려는 의미를 담고 있다. 그런 의미에서 앞으로 패러디 문학작품은 표절과 같은 부정적인 개념의 연장선상에서가 아니라 문학 감상과 창작의 '또 다른' 구현 방식이라는 긍정적인 측면에서 새롭게 해석되어야 한다.

---

2) 패러디의 개념에 대해서는 『패로디 이론』(린다 허천, 김상구·윤여복 옮김, 문예출판사, 1992), 55~57면 참조

2. 패러디 시 창작의 활성화 배경

디지털 시대에는 각 매체의 특성을 적극적으로 활용함으로써 이전과
는 다른 방식의 시 감상과 이해를 도모할 수 있다. 이것이 가능할 수 있
는 이유는 기존의 사고방식을 뛰어 넘는 새로운 형태의 매체 상상력과
적용방법이 등장했기 때문이다. 최근 각광받고 있는 판타지 소설이나 팬
픽 등은 이러한 쓰기 방식의 출현 가능성을 보여주는 실질적인 예이다.
활자매체에 전적으로 의존하던 시쓰기와 감상과 달리 디지털 시대에는
매체를 동원하여 현실과 가상을 조합하는 새로운 시쓰기와 감상이 활발
하게 이루어지기 때문이다.

교수자는 학습자들과 연계하여 특정 시간대에 사이트를 개설하거나
기존 사이트를 통해 카페나 정팅 등의 방식으로 학생들의 참여를 유도
할 수 있다. 교수자나 학습자가 먼저 씨앗글을 제시하고, 이를 다음 접
속자가 이어 받는 방식을 통해 기존의 교육과정에서 발생하던 시에 대
한 거부감을 완화시키고 부담감을 해소할 수 있다. 결과적으로 사이버
공간을 이용한 시쓰기의 가장 큰 장점은 이전의 시쓰기에서 흔히 발생
하던 원고지에 대한 공포, 즉 백색 공포로부터 자유로워질 수 있다는 사
실이다. 학습자 입장에서는 시·공간의 제약을 넘어 보다 자유로운 분위
기에서 자신들의 감성과 느낌을 충실하게 전달하는 시쓰기를 실행할 수
있는 여건이 형성된 셈이다.

이 경우 많은 이들이 우려하는 것처럼 시쓰기의 질적 저하 현상이나
감정 발산의 대체물에 머무는 결과를 초래할 수 있다는 문제점이 발생
한다. 교육 현장의 더 큰 문제는 오히려 창작 이후 이를 일반화하거나
전파하는 과정에서 발생할 수 있다. 사이버 공간에서의 시쓰기가 학습

자들에게 시에 대한 자신감을 획득하는 차원을 넘어서 시쓰기 전반이
나 문학을 대하는 태도의 왜곡 현상을 초래할 수 있기 때문이다. 따라
서 이를 방지하기 위해서는 학습자의 자발적인 참여와 함께 교수자의
역할이 중요하다. 교수자는 지도에 앞서 사이버 공간의 시쓰기가 이전
과는 다른 방식의 시쓰기의 산물이라는 사실을 사전에 주지시켜야 한
다. 이와 함께 사이버 공간의 특성에 대해 충분하게 학습자들에게 상기
시키고, 온라인이나 오프라인 현장에서 작성된 내용을 조원들이 검토하
게 하거나 개별적으로 퇴고하게 하는 등의 세심한 배려를 기울이는 것
이 필요하다.

그러나 패러디 시쓰기는 학생들의 의식과 대응방식의 변화, 그리고 세
태 변화 등을 감안한다면 새삼스러운 현상이 아니다. 오히려 패러디 시
쓰기를 논의하기에 앞서 현재 교육 현장에서 가장 시급한 것이 무엇인
가에 주목할 필요가 있다. 이런 점을 고려한다면 우리는 문학의 위기 운
운하면서 비관에 빠져 있을 일이 아니라 새로운 시쓰기의 전략을 만들
어내는 데 주력해야 한다. 지금이야말로 학생들의 신선한 감성과 창조력
을 상상력과 결합시켜 새로운 시쓰기를 이끌어내야 할 시점이다.[3] 그런
점에서 다음의 시는 시사하는 바가 크다.

> 처음부터 파랑새는 아니었어 당신도 저런 새를 갖고 싶다면 좋은 방
> 법을 알려주지 위험을 무릅쓰고 추억의 나라나 밤의 나라 따위를 헤맬
> 필요는 없어 우선 새를 잡아와 흔해빠진 참새라도 새를 잡을 정도로 민
> 첩하지 않다고 그렇다면 새를 사오라고 그리고 남들이 모두 잠든 시간

---

[3] 정끝별은 ① 원텍스트를 모방적으로 인용하기(모방적 패러디), ② 원텍스트를 비틀어 인
  용하기(풍자·비판적 패러디), ③ 원텍스트들을 짜깁기 해보기(혼성모방적 패러디) 등을
  들고 있다(정끝별, 앞의 논문, 223면 참조).

에 새의 주둥이를 틀어막고 때리란 말이야 시퍼렇게 멍들 때까지 얼룩
지지 않도록 골고루 때리는 게 중요해 잘못 건드려서 숨지더라도 신경
쓰지 마 하늘은 넓고 새는 널려 있으니 오히려 몇마리 죽이고 나면 더
완벽한 파랑새를 얻을 수 있지 그리고 가족들 앞에서 말하라고 행복의
파랑새를 찾아왔다고 모두들 기뻐하겠지 물론 밤마다 새를 때리다 보면
둔해빠진 가족이라도 비밀을 눈치채겠지 걱정 마 그 정도는 눈감아줄
거야 그리고 비밀 없는 행복은 하늘 아래 존재하지 않는 거야 뼛속 깊
이 퍼렇게 골병든 행복 맞으면 맞을수록 강해지는 행복 처음부터 파랑
새는 아니었어

– 성미정, 「동화 – 파랑새」 전문4)

    이 시는 널리 알려진 동화 '파랑새'의 내용을 소재로 차용하고 있다.
그러나 이 시는 텍스트의 소재 도입 정도에 그치지 않고 화자의 적극적
인 참여를 통해 재해석을 시도한다는 점에서 이전의 단순한 모방과는
뚜렷한 차이를 보여준다. 그 결과 이 시는 우리에게 동화에서처럼 낭만
적이거나 환상적인 전개를 거부하고, 전혀 새로운 유형의 파랑새 이야기
를 제시하고 있다. 그 이유는 이 시가 '동화는 환상적이고 아름다운 것'
이라는 일반 상식의 무차별적인 파괴에서 출발하기 때문이다. 시인은 동
화의 또 다른 이면을 제시함으로써 독자들로 하여금 동화의 허상을 직
시하게 하는 한편 현대인들에게 동화가 갖는 상징적인 의미를 반추하도
록 만들고 있다.

---

4) 성미정, 『대머리와의 사랑』, 세계사, 1997.

〈그림 1〉 메테를링크의 동화 『파랑새』

이를 효과적으로 진행시키기 위하여 시인은 파랑새에 대한 우리들의 상식과 환상을 철저하게 무력화시키는 방법을 취한다. 그것은 "위험을 무릅쓰고 추억의 나라나 밤의 나라 따위를 헤맬 필요는 없어"라는 단정에서도 어느 정도 확인이 가능하다. 화자는 '추억'이나 '밤'이 유발하는 환상성과 낭만성을 제거하는 대신 냉혹한 현실 세계를 그 자리에 대입시켜 의미를 환기시키고 있다.

이 시는 동화의 극적 완성도를 부여하기 위한 필수적 장치인 고난과 모험을 생략한 채 결과를 전략적으로 바로 제시함으로써 독자들을 당혹스럽게 만들고 있다. 화자는 '파랑새'가 아니어도 좋으며, 심지어 다른 새를 잡아오거나 사오는 것과 같은 극단의 방법을 통해서도 행복 달성이 가능하다는 생각을 갖고 있다. 화자에게 파랑새라는 목표를 달성하기 위해서는 그에 소요되는 과정상의 절차는 더 이상 중요하지 않다.

그는 이 과정에서 몇 마리 새가 죽을 수 있으며, 오히려 "몇마리 죽이고 나면" 더 완벽한 파랑새를 만들 수 있을 것이라는 발언을 서슴없이 던지고 있다. 이러한 발언은 우리가 그동안 추구해왔던 행복에 대한 통상적인 개념과 상당한 거리가 있다. 동화에서 파랑새를 얻기 위해 노력하는 것은 파랑새가 준다는 행복 때문이지만, 그것이 새의 죽음을 전제로 할 경우라면 상황은 달라진다.

이 시에 나오는 파랑새는 '원텍스트'의 개념으로 확장이 가능하다. 동화의 파랑새가 그러하듯이, 그동안 우리들에게 '원텍스트'가 시 작품의 모든 것을 담고 있다는 이미지를 구축해왔기 때문이다. 하지만 이 시에서도 확인할 수 있듯이, 이 시대에는 파랑새로 표상되는 원텍스트는 더 이상 중요하지 않다. 복제본도 얼마든지 원본과 같은 품질을 유지할 수 있으며, 오히려 원본에 비해 상대적으로 저렴한 가격으로 동일한 효과를 얻을 수 있기 때문이다. 이 시에 등장하는 '비밀'이 암시하듯이, 우리 사회의 복제문화는 공공연한 비밀과 크게 다르지 않다.

화자의 "걱정 마 그 정도는 눈감아줄 거야"는 주변을 자신의 세력권에 편입시키기 위한 자기 변명이자 자기 암시에 지나지 않는다. 이 시에서 화자는 복제를 정당화하고, 이를 당연시하는 상황에서 일어나는 상호간의 묵계가 공범의 관계로까지 확장될 수 있음을 경고한다. 문제는 이와 같은 방식에 익숙해지면서 발생한다. 결과적으로 이 행위가 해당하는 당사자만이 아니라 모두를 파멸의 길로 이끌기 때문이다. 그런 점에서 "뼛속 깊이 퍼렇게 골병든 행복 맞으면 맞을수록 강해지는 행복"이라는 구절은 행복에 대한 화자의 시각을 극명하게 보여주는 아이러니에 해당

한다. 위에서 언급한 것처럼 자신이 원하는 것을 얻기 위해서라면 얼마
든지 원텍스트와 복제품, 목적과 결과의 관계 역전이 가능하다는 설정은
실로 위험한 발상이 아닐 수 없다.

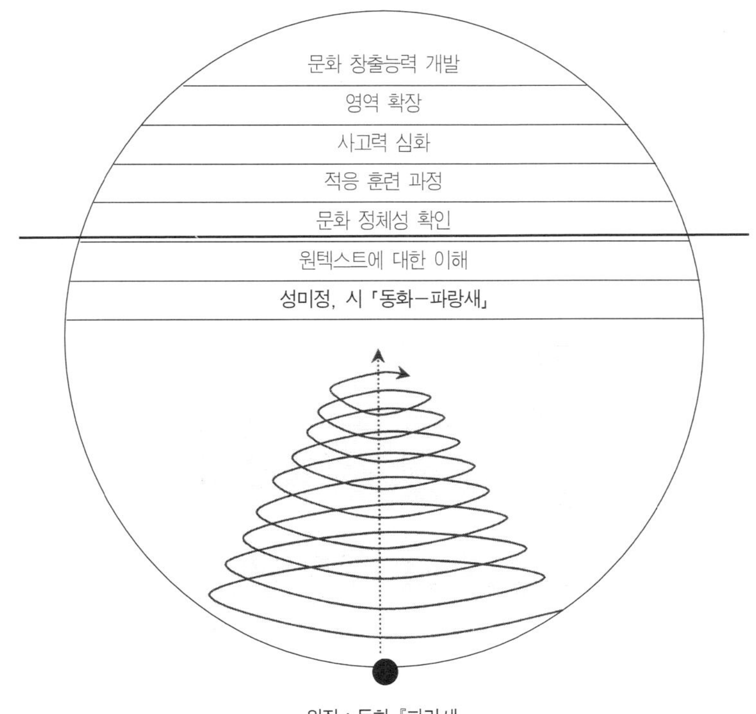

〈그림 2〉 패러디의 스펙트럼 확장 효과

위와 같은 발상이 가능한 것은 매체에 기반을 둔 디지털 시대의 도
래 때문이다. 디지털 시대는 원본과 복제의 경계를 해체시켰으며, 기
술 발달은 오히려 원본보다 나은 복제물을 가능하게 만들었다. 위의

‘스펙트럼 확장 효과’를 설명하는 도표에서 나타나듯이, 원텍스트가 패러디 형태로 발산되는 과정은 동시 다발적인 속성을 지니고 있다. 물론 패러디 작품의 기저에는 원텍스트의 학습, 문화 습득, 적응 훈련 과정, 상상력 확장 등이 위치하면서 작품에 지속적으로 영향력을 행사한다. 이 과정에서 기존의 문화와 충돌이 많으면 많을수록 예전의 문학 텍스트에서는 예측이 가능했던 패턴이라 할지라도, 오히려 패턴을 무시하는 형태로 전개될 가능성이 크다. 이는 최근 들어 매체 특성을 고수하던 기존의 방식에서 탈피하여 각 매체나 장르의 한계를 극복하기 위한 적극적인 시도가 많아지고 있는 현상과 무관하지 않다. 창작자의 창의력이나 상상력 역시 매체와 결합하면서 기존의 특성을 유지 또는 변형시키기 위한 실험적 시도가 활발하게 이루어지기 때문이다.

이 과정에서 주목할 점은 대상에 대한 접근 방식이 활자매체에만 의존하던 때와는 그 양상이 현저하게 다르다는 사실이다. 매체에 익숙한 영상세대들에게 목적과 과정상의 문제는 더 이상 중요하지 않다. 이는 목적 설정과 이를 달성하기 위한 과정을 중시하던 문자세대의 특징과 뚜렷하게 변별되는 것이다. 영상세대는 문자세대에 비해 대상을 인지하는 방식이 원초적이고 즉물적이며 감각적인 경향이 강하다. 따라서 자신이 원하는 결과물에 대해서는 다소 파격적이거나 변칙이라 할지라도 과감히 수용하는 경향이 있다. 이러한 사고방식의 차이에 의해서 문자세대나 영상세대가 파랑새를 추구하는 목적은 동일하지만 이를 어떻게 얻을 것인가에 대한 접근 방식이 완전히 달라지는 것이다.

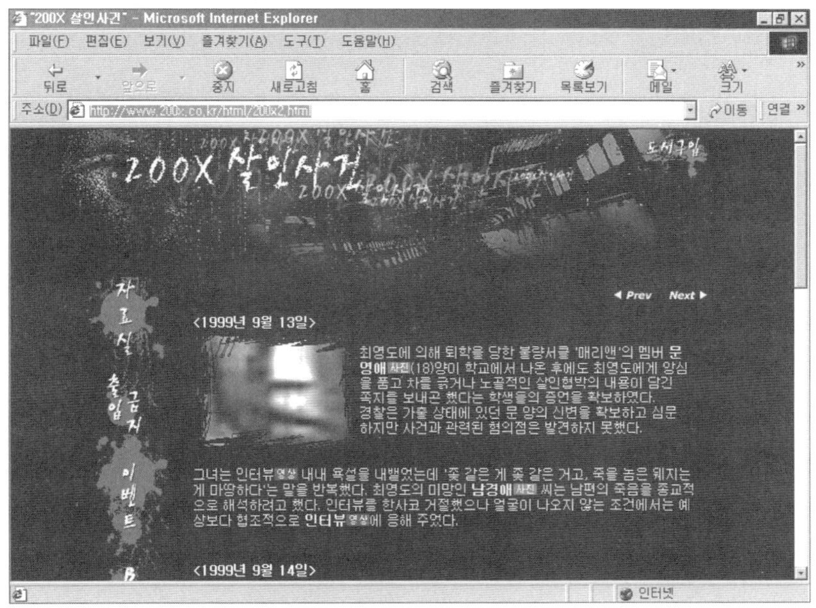

〈그림 3〉 멀티 픽션

예를 들면, 기존의 문학작품과 달리 멀티 픽션은 현란한 화면과 다양한 글꼴의 변화, 그리고 음향효과를 동원하여 독자들의 시청각을 사로잡는다. 진정한 의미의 하이퍼텍스트 문학으로 보기 어려움에도 불구하고 멀티 픽션이 흑백과 동일 글꼴과 같은 문자 형식에 익숙해져 있던 독자들에게 신선한 충격을 주는 것은 이 때문이다. 또한 이러한 변화는 멀티 환경을 구축한 사이버 공간과 맞물린 글쓰기 환경에서도 찾아볼 수 있다. 이처럼 부수적인 특징이 전면에 부각되는 디지털 시대의 특성은 현상은 상대적으로 원텍스트가 갖고 있던 권위와 진정성의 약화를 초래하는데 결정적으로 기여하였다.

3. 패러디 활용의 기능성

패러디는 논자에 따라 표절이나 도용에서부터 인용이나 차용, 패러디, 패스티쉬(혼성모방) 등의 상이한 방식으로 규정되기도 한다.[5] 또한 패러디는 조롱하거나 우습게 만들기 위해 한 텍스트를 다른 텍스트에 대조시킨다는 협의의 개념에서 이전의 작품을 재편집·재구성하고 전도시키고 초맥락화하는 통합된 구조적 모방이라는 광의의 개념까지 포괄적인 논의가 가능하다.[6] 다소 혼란을 줄 수 있는 이와 같은 개념 설정은 그동안 일반인들이 패러디를 이해하는 데 커다란 장애로 작용하였다. 그럼에도 불구하고 원텍스트와 패러디는 다종 다양의 방식으로 우리 주변에 폭넓게 포진해 있다.

모방과 표절 논쟁에서 알 수 있듯이, 이전에는 비난의 대상이었던 패러디가 디지털 시대에는 창작의 새로운 전형으로 자리 잡을 가능성이 점차 커지고 있다. 나아가 패러디 현상은 이전에 비해 좀 더 정교해진 표절의 활성화와 다양한 방법 모색을 통해 디지털 문화의 중요한 축으로 등장하는 추세이다. 이러한 현상은 인터넷상에 글을 쓰는 이들이 표절 문제를 양심, 즉 '도덕성' 문제와 직접 연계시키는 데 연연해하지 않기 때문에 발생한다. 디지털 시대를 살아가는 영상세대들에게 패러디는 글쓰기의 또 다른 영역으로 받아들여질 뿐이다. 그들에게 패러디란 이전

---

5) 린다 허천, 앞의 책.
　　김상구, 「문학·예술이론으로서의 패러디의 심미성」, 『한국논단』 51집, 한국논단, 1993.
　　김준오 편, 『한국 현대시와 패러디』, 현대미학사, 1996.
　　정끝별, 『패러디시학』, 문학세계사, 1997.
　　권택영, 「패러디, 패스티시 그리고 독창성」, 『다문화시대의 글쓰기』, 문예출판사, 1997.
　　고현철, 『현대시의 패러디와 장르이론』, 태학사, 1997.
6) 린다 허천, 앞의 책, 23면.

에 쓰인 작품들은 자신들의 영역을 확장하기 위한 도구이자 수단에 불
과하다. 이러한 현상은 매체 상상력의 확산과 함께 일어난 것으로, 소통
방식의 변화와 밀접한 관련을 맺는다.

　다음의 시들은 김춘수의 「꽃」을 패러디하여 오규원, 장정일, 장경린,
황지우 등이 작품으로 발표했던 것이다.

　　① 내가 그의 이름을 불러 주기 전에는
　　　그는 다만
　　　하나의 몸짓에 지나지 않았다.

　　　내가 그의 이름을 불러 주었을 때
　　　그는 나에게로 와서
　　　꽃이 되었다.

－김춘수, 「꽃」 부분

　　② 내가 그의 이름을 불러주기 전에는
　　　그는 다만
　　　왜곡될 순간을 기다리는 기다림
　　　그것에 지나지 않았다.

－오규원, 「'꽃'의 패러디」 부분

　　③ 내가 그의 단추를 눌러준 것처럼
　　　누가 와서 나의
　　　굳어버린 핏줄기와 황량한 가슴 속 버튼을 눌러다오
　　　그에게로 가서 나도
　　　그의 전파가 되고 싶다.

－장정일, 「라디오와 같이 사랑을 끄고 켤 수 있다면」 부분

④ 내가 꽃에게 다가가 '꽃'이라고 불러도 꽃이 되지 않았다. 플라스틱
　　조화였다.

- 황지우, 「다음 진술들 가운데 버트란드 러셀卿의 '확정적 기술'을
포함하고 있는 것은」 부분

⑤ 나와 섹스하기 전에는
　　그녀는 다만
　　하나의 꽃에 지나지 않았다

　　나와 섹스를 하고 난 후
　　그녀는 더 이상 꽃인 체하지 않는
　　利子가 되었다

- 장경린, 「김춘수의 꽃」 부분

　위의 시에서 확인할 수 있듯이, 김춘수의 「꽃」을 패러디한 나머지 시들은 원작의 영향력으로부터 쉽게 벗어나지 못하고 있다. ②, ③, ④, ⑤의 예에서 확인할 수 있듯이, 이들 시인들의 패러디 작업은 어휘 변화나 문장 변형에 주안점을 둠으로써 독자들의 호기심과 관심을 자극하는데 초점을 맞추고 있다. 그럼에도 불구하고 독자들은 이들 패러디 작품들을 접하면서 원텍스트에서는 느낄 수 없는 복제품만의 대중화된 아우라를 느끼게 된다.[7] 이들 중 특히 주목할 필요가 있는 작품은 ③, ④, ⑤이다. 장정일과 황지우는 라디오나 플라스틱 조화와 같은 개별 매체의 속성을 주제와 효과적으로 결합시킴으로써 원작과 전혀 다른 느낌의 부여를 시도하는 데 성공하고 있다.
　장정일은 「라디오와 같이 사랑을 끄고 켤 수 있다면」에서 원작에 등장

---

7) 정끝별, 앞의 논문, 219면.

하는 '꽃'의 이미지를 '라디오'로 차용하고 있다. 이때의 라디오는 '전파'라는 매체를 통해 상호 교감을 이루기 위한 커뮤니케이션 활동의 적극적인 도구이자 수단이다. 그러나 이 과정이 원만하게 이루어지기 위해서는 주체의 작동에 따른 '단추' 누르기와 같은 실질적인 행위가 필요하다. 이는 김춘수 원작의 「꽃」에 등장하는 이름 '불러 주기'와 크게 다르지 않다. 이 두 행위가 기본적으로 상호 간의 의사소통을 전제로 이루어지기 때문이다. 그러나 황지우의 경우에는 상황이 다르다. 위의 시에서 황지우는 소통의 대상으로 '플라스틱 조화'를 설정하고 있다. 설령 진짜와 동일한 느낌을 주는 조화라 할지라도 그 원천 특성상 상호 간의 소통은 이루어지지 못하며, 결국 화자는 오히려 더 큰 소통의 단절을 느낄 수밖에 없다. 현대를 살아가는 이들에게 이와 같은 소통의 단절 경험은 자신의 존재에 대한 회의와 냉혹한 현실의 직시로 이어지는 단초를 제공할 수 있다.

위의 사례에서 확인할 수 있듯이, 패러디 시들은 학습자들에게 원작과는 다른 미적 경험을 선사한다. 이러한 차이는 대상을 인식하는 방식의 변화에서 시작한 것으로, 각종 매체의 활발한 전개와 깊은 관련을 맺고 있다. 이전에는 상상조차 할 수 없었던 각종 매체들이 등장하면서 이에 적절하게 대응하지 못하는 사례들이 점점 늘고 있다. 이 과정에서 인간의 고유 영역인 상상력과 균형 잡힌 사고가 초미의 관심사로 등장하게 된 셈이다. 그런 의미에서 패러디 시들은 현대인들의 파편적인 삶, 그리고 파행으로 치닫으면서 발생할 수 있는 문제들에 대한 의식 환기를 도와줌으로써 원작만으로는 충족이 불가능한 의미 재창출 과정에 도움을 줄 수 있다. 이들 패러디 시들이 동일한 상황이라 할지라도 학습자들이 다양(diversity)하고 다각적(multilateral)인 방식으로 대응하고 사고할 수 있는 가능성을 제공하기 때문이다.

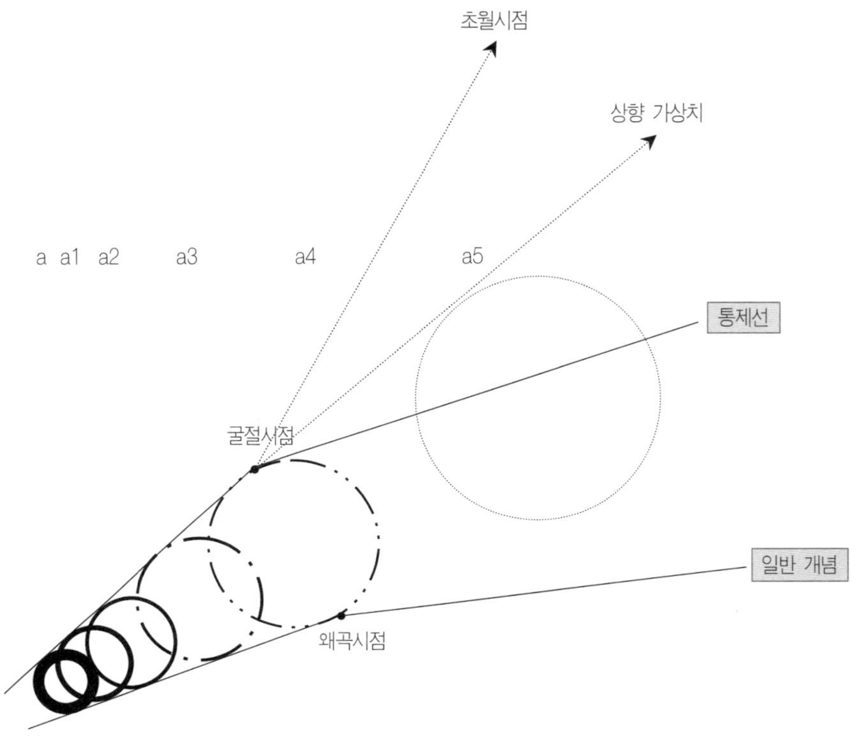

〈그림 4〉 원텍스트-패러디의 변형 및 확산 과정

위의 표는 원텍스트인 'a'에서 패러디 작품의 최종 단계인 'a5'까지 전
개되는 일련의 과정을 보여주고 있다. 시간이 경과하면서 원텍스트인 'a'
와 긴밀했던 관계는 점차 소원해지고 그 영향 관계 또한 미미해진다. 결
국 'a5' 단계에 이르면 원텍스트 'a'와는 전혀 다른 형태의 새로운 원텍
스트가 탄생한다. 원텍스트는 'a1'에서 'a5'까지 이르는 과정에서 축적된
경험과 정신세계를 바탕으로 창의성이 결합하면서 완전히 다른 이질적인
존재로 탈바꿈하게 되는 것이다. 비록 'a'가 전체 작품들의 창작의 동인
을 제공하였음에도 불구하고 'a → a1', 'a1 → a2', 'a2 → a3', 'a3 → a4',

'a4 → a5'로 전개 과정에서 이들의 관계는 영속성을 지니지 못한다.

창작 초기에 강력했던 원텍스트의 권위는 시간 경과에 따라 점차 약화되고, 그 경계가 점차 해체되고 있음을 확인할 수 있다. 이때 원텍스트가 일반에게 널리 알려져 있을수록 변화 주기는 짧아지며, 그 양상 또한 문학의 범위를 넘어서 문화 전반으로 확산된다.[8] 결국 패러디는 초기에는 원텍스트를 모방하는 형태로 진행되지만 일정한 시간이 경과하면 원텍스트와는 전혀 다른 형태를 확보하면서 또 다른 창작물의 양산 기회를 제공한다. 이는 원텍스트 형성과정에서 발생하는 절대성이 시공간과 매체 환경의 변화 속에서 해체·와해되고, 그 대신 다양한 패러디 작품을 유발할 수 있는 열린 구조를 획득하기 때문이다.

원텍스트와 패러디 시에서 발생하는 의미의 차별성은 단지 몇몇 어휘만을 바꿈으로서 얻어진 것이 아니다. 이들의 차이는 대상을 인식하고, 이를 바탕으로 행위의 연속성을 부여하는 방식의 근본적인 전환으로부터 발생하기 때문이다. 이러한 관점의 차이가 창작 주체가 사용하는 매

---

8) 이처럼 작가들이 유명 작품을 패러디의 대상으로 삼는 것은 다음과 같은 몇 가지 이유 때문이다. 첫째, 기존의 작품들이 갖고 있는 권위에 도전하고자 하는 욕망과 의지 때문이다. 창작이 새로운 도전을 바탕으로 한다는 점을 고려할 때, 기존 작품에 대한 패러디는 새로운 시각에서 대상을 보고자 하는 의도의 소산으로 볼 수 있다. 둘째, 패러디 방식이 창작자의 의도 표출에 효과적이기 때문이다. 작가들은 독자들에게 널리 알려진 작품을 패러디하여 자신이 의도하는 바를 극대화할 수 있다. 널리 알려진 작품을 대상으로 할 경우, 일반인들의 관심을 이끌어내는 일이 창작하는 것보다 비교적 쉽다. 셋째, 작가에게 패러디는 기존의 작품과 다른 자신만의 관점을 부각시킬 수 있는 손쉬운 방법이다. 유명 작품에 대해 독특한 관점에서 재해석을 가함으로써 기존의 작품이 갖고 있는 풍부한 특성을 살릴 수 있다. 넷째, 패러디는 소재와 제재의 고갈을 극복할 수 있는 돌파구 역할을 수행한다. 그동안 작가들이 소재와 제재들을 반복적으로 창작에 사용하다 보니 소재와 제재 사용이 한계에 도달하게 되었다. 결국 작가들은 기존의 소재와 제재에 관심을 돌려 다시 창조력과 영감을 얻게 된 것이다. 다섯째, 기존 작품이 갖고 있는 유명세에 편승하기 위한 방편이다. 기존의 작품이 갖고 있는 명성의 가치는 금전적으로 평가하기 힘든 무형의 자산이다. 일부 작가들은 여기에 편승하여 주목받고자 하는 의도에서 널리 알려진 유명 작품을 패러디하기도 한다.

체에 따라 대상을 인식하는 방식과 세계관의 차이로까지 이어지는 것이다. 따라서 위의 패러디 시들은 김춘수의 「꽃」을 각각의 시인들이 받아들이는 방식이며, 재해석하는 과정에서 자연스럽게 또는 의도적인 형태의 창작물로 발현된 결과로 볼 수 있다.

이들의 시도에서 확인할 수 있듯이, 패러디는 원작이 갖고 있는 기본 속성을 부분 또는 전체 변형시킴으로써 독자들에게 신선한 충격을 주고, 의식 환기를 도모하는데 일조한다. 이들의 작업은 원작과 패러디, 두 작품 사이에 빚어지는 의미 차이를 통해 독자들에게 신선한 상상력을 제공하고, 그들의 인식을 확장시키는 데 그 궁극적인 목적이 있다. 그런 점에서 패러디 시는 원텍스트의 의미를 이질화시킴으로써 독자들에게 대상과의 거리를 낯설게 만들기 위한 시도로 볼 수 있다.

4. 패러디의 전략적 의미와 가치

창작자에게 패러디는 원텍스트와의 새로운 소통 방식이자 매력적인 창작의 기회를 부여한다. 패러디는 반복이라는 점에서 모방과 유사하지만 '비평적 거리'를 의식하고 있다는 점에서 새로운 창작에 해당한다. 기존의 글쓰기를 통해서 새로운 글쓰기를 구현하는 것이기 때문에 표현 활동의 구체적인 방법이 될 수 있다.[9]

기존의 창작 시와 패러디 시가 변별성을 지니는 것은 형식상의 유사함에도 불구하고 내용의 현저한 변화가 이루어짐으로써 원작과 전혀 다

---

9) 정끝별, 앞의 논문, 220면.

른 미적 효과를 유발하기 때문이다. 하지만 어설픈 패러디 시창작은 오히려 원작을 뛰어 넘지 못하고 치졸해질 수 있으며, 원작이 지닌 의미 이상을 획득하기 어렵다는 부담을 안고 있다. 이 경우, 패러디 작업은 기존 텍스트의 작품성 재고나 새로운 장르를 개척하는 의미보다는 작가 개인의 실험적인 성격에 그칠 가능성이 크다. 작가의 장인정신을 요구하는 문학의 특수성을 고려하지 않더라도 작품이 사회적 반향을 불러일으키는 과정에서 여러 가지 한계를 내포하고 있기 때문이다. 그럼에도 불구하고 최근 들어 패러디 시들이 많이 등장하는 것은 디지털 시대의 텍스트가 열린 개념을 지니고 있기에 가능하다.10)

　김춘수의 「꽃」을 대상으로 한 몇몇 시인들의 시도뿐만 아니라 『딴지일보』, 『패러디 신문』, 『오마이뉴스』 등에서 나타나듯이, 패러디는 경직되고 획일화된 매체의 한계를 극복하기 위한 수단으로 각광받고 있다. 이들이 의사소통 창구의 제한성을 극복하고 표현 욕구를 충족시키기 위한 대안으로 형성된 것이기 때문이다. 따라서 새로운 형태의 글쓰기는 자발적이고 능동적이며, 인터넷이라는 매체 속성과 결합하면서 우리 삶의 주영역으로 빠르게 자리매김하고 있다. 이것이 가능한 이유는 인터넷

10) 닫힌 텍스트는 작가와 독자의 상호소통이 거의 불가능하고 텍스트의 의미는 작가에 의해서 전적으로 결정된다고 해도 과언이 아니다. 출간되기 이전의 창작 작업은 작가의 고유 권한이자 절대적인 영역이기 때문이다. 따라서 닫힌 텍스트 내에서 독자들의 상상력은 근본적으로 차단되어 독자들은 소극적인 수용자의 신세로 전락하고 만다. 그리하여 독자는 주어진 의미만을 전달받는 수동적인 독자로 길들여지는 것이다. 하지만 열린 텍스트에서는 독자의 역할이 달라지게 된다. 닫힌 텍스트에서 작가와 독자의 관계가 수직적이었다면 열린 텍스트에서는 수평적 구조로 변하면서 의식구조도 변하기 마련이기 때문이다. 그리하여 텍스트의 의미 생산에 작가와 독자가 함께 참여하게 된다. 작가의 권위가 줄어드는 대신 독자의 권위가 상승하여 민주적이고 수평적 위계질서가 재편성되는 것이다. 이처럼 디지털 매체 시대에는 열린 개념을 토대로 삼기 때문에 동일한 텍스트라 할지라도 디지털 개념을 적용시킬 경우 상황은 달라진다. 활자 중심 일변도에서 벗어나 사진이나 동영상을 편집과 재구성으로 처리하여 독자들의 호기심과 흥미를 유발하면서 이를 일상에 즉각 적용시킴으로써 사회적 반향을 불러일으킬 수 있기 때문이다.

이라는 매체 발달이 상호 간의 소통 단절을 극복하고, 우리 시대의 금기 허물기를 촉발시켰기 때문이다.

이와 함께 영상세대들이 기존체제의 억압과 강제에 대한 반발을 적극적으로 수용하여 디지털을 토대로 새로운 대항 문화를 속속 등장시키는 것도 주목할 만한 점이다. 이는 매체 발달이 영상세대로 하여금 사회 현상에 대한 금기의 빗장을 열고 열린 형태로 접근할 수 있는 통로를 제공하는 데서 기인한다. 그렇기 때문에 영상세대들은 별다른 거부감이나 죄책감을 느끼기 보다는 이전의 작품들을 새롭게 조합하여 자신만의 독특한 색깔을 입히고 차별화하는 것에 더 많은 관심과 노력을 기울인다. 이러한 양상이 시의 경우에는 어떻게 나타나는가에 대해 좀 더 살펴보도록 하자.

> 나는야 할리우드 키드였으므로, 할리우드 여배우 이름이나 외우며 사춘기의 전부를 허비했지 저수지의 개, 같은 날들이라고 비웃지 말게 난 모든 종류의 진지함을 경멸했어, 그게 나의 호환이고 마마야 과연, 이름 속에 갇혀 있는 게 진리일까? 비비안 리의 해골에 담긴 물을 마시고 잠깐 깨달음을 얻은 적도 있었지 하나 나의 상상력은 자꾸만 썩은 물이 고인 저수지처럼 음습한 곳으로 향하는 것 같아 심지어 불량 불법 비디오에 나오는 모든 배우의 이름을 알고 싶어 이발소 그림, 화신극장의 쇼걸, 만화에 나오는 등장인물들, 해적판 레코드 위에서 희미하게 광란하고 있는 기타리스트, 바기나에 난 점이 인상적이었던 포르노 배우·····
> ···· 폐기물의 환희 ······ 뭐 그딴 것들, 내 청춘의 독서목록이랄까 나는야 쓰레기의 이름으로 붐비는 지하 도서관, 내가 택한 건 향기 없는 진리보다 지금 이 순간, 독버섯의 매혹,

−유하, 「드루 배리모어, 장미의 이름으로」 부분[11]

---

11) 유하, 『세운상가 키드의 사랑』, 문학과지성사, 1995.

위의 시에서 화자는 자신을 '할리우드 키드'로 지칭하고 있다. 그러나 이러한 설정은 현실에 뿌리를 두기 보다는 영화라는 환상세계에 기반을 두고 있다는 점에서 이질적이다. 문제는 이것이 생산적이고 창조적인 형태로 나아가지 못하고, 다분히 냉소적이며 자학적인 성격을 띠고 있다는 사실이다. 화자의 욕망 좌절을 내포하고 있는 '할리우드 키드'는 이 시대의 냉혹하고 파편적인 모습을 독자들이 간파하게 한다는 점에서 효과적인 상징물이다.

화자는 이 시에서 '호환'과 '마마'라는 낯선 요소를 들어 자신의 출신 배경과 근원 의식을 환기하고 있다. 이처럼 그가 자신의 근원에 대한 관심을 잊지 않고 있음을 상기시키고 있지만 정작 문제는 다른 데서 발생한다. 예전에 사람들에게 두려움과 경계의 대상이었던 '호환'과 '마마'가 오늘날에는 그 의미가 변질되었기 때문이다. 그리하여 신비감과 두려움을 상실한 상태에서 이들 단어는 사람들의 회상 속에 존재하거나 그 의미를 박탈당한 채 신화의 영역에 머무르고 만다. 그러나 화자가 간파하고 있듯이, 진지함의 제거 문제는 단지 해당 대상을 '경멸'한다고 해서 해결될 수 있는 성질의 것이 아니다. 이는 화자가 자신을 영화 속에 존재하는 '할리우드 키드'로 설정하면서 발생한 것이기 때문이다.

이 시에 등장하는 해골 물을 마시는 행위는 원효 대사(617~686)의 일화를 패러디한 것이다. 일화에 의하면 원효는 "삼계(三界)가 오직 마음이요, 만법(萬法)은 오직 인식일 뿐이다. 마음밖에 법이 없는데 어찌 따로 구할 것이 있으랴. 나는 당나라에 가지 않겠다!"하고 다시 신라로 되돌아 왔다고 전한다. 이 둘 사이에는 어림잡아 1300여 년의 간극이 존재한다. 이 시차를 극복하도록 만드는 것은 인간이 존재한다는 사실이며, 무엇을 지향하며 살아갈 것인가에 대한 고뇌가 갖는 근원적인 동질성이다.

‘뭐 그딴 것들’이라는 표현에서 나타나듯이, 화자의 일시적인 깨달음은 행위에 대한 깊이 있는 성찰이 병행되지 않는 한 해프닝에 불과하다는 점에서 원효와 본질적으로 차이가 있다.

화자는 자신의 관심을 동시다발적으로 주변에 발산한다. 그가 “이발소 그림, 화신극장의 쇼걸, 만화에 나오는 등장인물들, 해적판 레코드 위에서 희미하게 광란하고 있는 기타리스트, 바기나에 난 점이 인상적이었던 포르노 배우” 등을 새삼스럽게 거론하는 것은 이들이 그동안 우리의 주요 관심 대상이 아니었기 때문이다. 그동안 이들은 우리 사회의 소외자로서 주류가 아닌 이방인의 영역에 머물러 있었다. 그렇기 때문에 이들에 대한 화자의 관심은 기존의 가치척도에 반하는 것이며, 화자의 인식 전환이 이루어지고 있음을 암시하는 시적 장치이다. 이들에 대한 관심 확대는 결국 자신에 대한 자신감 결여와 불안으로부터 시작한다. 실체를 알 수 없는 불안감이 자신과 동질 관계에 놓여 있는 주변부에 대한 관심을 촉발시켜 시 전면에 등장시키지만 결국 그것이 허상이었음을 깨닫는 순간 공허감은 더 커지게 마련이다. 이 시에서 확인할 수 있듯이, 패러디는 대상과의 비판적 거리를 형성하여, 독자들에게 동시대의 문화에 대한 비평적 능력을 획득하는 데 도움을 제공한다.12)

위의 시에서 그 흔적을 살펴보았듯이, 사이버 공간에서 시를 쓰는 이들은 시를 완성도 높은 예술품이나 문장의 정수 차원이 아닌 전달을 위한 ‘도구’로 인식한다. 그들에게 시쓰기는 더 이상 작가의 장인정신이 낳은 산물이라기보다는 자신들의 감정을 효과적으로 표출하는 도구이자 욕망을 발산하기 위한 대리행위에 불과하다. 그러나 이러한 시쓰기는 활

---

12) 유영희, 앞의 논문, 87면.

자매체에 익숙한 보수적인 이들에게는 그다지 바람직하지 못하며 오히려 못마땅한 시쓰기에 해당한다.

일부 시인들은 순백의 원고지를 접할 때, 그리고 펜이 소리를 내며 원고지 위를 지나갈 때마다 평소에는 미처 느끼지 못했던 감정을 느끼며, 창작의 기쁨을 맛본다고 고백한다. 어떤 이는 자신의 펜이 원고지를 메울 때 살아 있음을 경험한다는 술회를 하기도 한다. 이러한 일화는 단순히 아날로그 글쓰기의 전형만이 아니라 창작의 희열이 주는 기쁨에 초점을 맞춘 것이다. 왜냐하면 디지털 시대의 글쓰기가 주지 못하는 것들을 원고지나 타자기로 쓰는 과정에서 얻을 수 있기 때문이다.

메모했던 내용을 원고지에 정리하면서 자신의 숨겨져 있던 감수성과 조우한다거나 미처 생각지도 못했던 사고의 단초를 발견하는 일은 시쓰는 입장에서는 커다란 보람이 아닐 수 없다. 글을 쓰는 과정에서 사색의 깊이가 깊어지며, 퇴고 과정을 거치면서 글이 더욱 짜임새 있게 고쳐지기도 한다.13) 고도의 집중도를 요구하는 이러한 창작 과정을 거치면서 작가의 미적 특성이 집약된 개성 있는 작품이 탄생한다. 그러나 컴퓨터의 전면 등장은 사고하는 주체의 영역을 제한시킬 뿐만 아니라 시쓰기와 같은 창조적인 행위를 능동적이 아닌 수동적인 영역에 머무르도록 유도한다. 컴퓨터라는 첨단 문명의 이기가 사색이 갖는 느긋함과 여유를

---

13) 필자는 현재 한국시단에서 활발하게 시를 창작하고 있는 김용택, 정호승, 그리고 안도현 등 일부 작가들과 대담 속에서 창작 습관의 공통점을 확인할 수 있었다. 그것은 발표에 앞서 유난히 퇴고를 많이 한다는 사실이다. 김용택은 단기간에 집중도 있게 창작하는 편으로, 보름 만에 시집 한 권 분량의 시를 쓰기도 했다는 인터뷰를 남기고 있으나 퇴고에 있어서는 예외가 아니다. 정호승이나 안도현 역시 창작과정에서 수많은 퇴고를 거쳐 한 편의 시를 완성한다고 알려져 있다. 이에 대해 안도현은 "나는 가난한 시 한편을 붙들고 밤새 엎드려 / 한 줄 썼다가 두 줄 지우고 두 줄 지웠다가 다시 한 줄 쓰고 지우고 전전긍긍할 도리밖에 없다"(「전전긍긍」, 『너에게 가려고 강을 만들었다』, 창작과비평사, 2004)라고 말한 바 있다.

속도의 문제로 대체시켜 버리기 때문이다. 이렇듯 속도의 문제는 시쓰기 양식의 변화에 영향을 끼쳤을 뿐만 아니라 그들의 창작태도에도 영향을 미치게 된다. 미완의 원고와 어설픈 아이디어라 할지라도 선점의 논리를 확보하기 위해 시공간의 확보가 용이한 디지털상에 끊임없이 올려야 하기 때문이다.

그렇기 때문에 디지털 시대에 시쓰는 이들에게 모니터의 개념은 아날로그 시쓰기에 익숙한 이들이 원고지에 가졌던 의미 부여와 전혀 다른 형태가 될 수밖에 없다. 이 때 모니터는 창작 주체와 객체의 상호 소통의 장이자 연결 기회를 제공하는 훌륭한 연결고리 역할을 수행한다. 이처럼 디지털 문화를 둘러싼 환경 변화는 학습자들에게 시 창작의 동기 부여를 제공하고 창작 기회의 다양성을 열어준다는 점에서 긍정적인 의미를 갖는다.

5. 패러디 시의 교육적 기대 효과

원텍스트만을 논의의 주 대상으로 삼던 연구자들이 패러디 시작품에까지 관심을 확장하면서 우리의 문학교육은 새로운 국면을 맞이하고 있다. 패러디는 일부에서의 주장처럼 부정적인 요소도 지니고 있지만, 가치관의 다양성과 상대성의 시학이라는 측면에서 긍정적인 여지를 갖는다. 이를 입증하듯, 요즘의 패러디 문학에는 기존의 작품에서 중시하던 주체나 동일성, 표현 대신 타자와 차이성, 그리고 재현의 시학[14]이 활발

---

14) 구모룡, 「패러디 시학의 이데올로기」, 김준오 편, 『한국 현대시와 패러디』, 현대미학사, 1996, 68면.

하게 도입되고 있다. 이러한 패러디의 구성 원리를 시교육에 활용하면 다음과 같은 교육적 효과를 거둘 수 있다.

첫째, 원텍스트의 의미를 분석·파악하고 새롭게 고찰할 수 있다.

학습자들은 텍스트 원작과 패러디 작품을 비교 분석함으로서 이들의 어떤 요소가 작품의 미학 형성에 결정적인 영향을 미치고 있는가에 대해 파악할 수 있다. 이 과정에서 학습자들은 다양한 방식의 분석을 적용하여 원작의 의미를 재음미하고 텍스트의 구성 미학을 이해할 수 있게 된다. 패러디 작품을 바탕으로 하는 작품 이해 훈련은 다른 관점에서 원텍스트를 재해석할 수 있는 여지를 제공한다. 원텍스트가 패러디 방식을 통해 다른 방식으로 변형되어 나타날 때, 작품 특유의 개성과 가치를 재확인 할 수 있기 때문이다. 학습자들은 이 과정을 통하여 원텍스트가 지닌 다양하고 풍부한 의미망들을 확장시켜, 작품의 스펙트럼을 광범위하게 넓힐 수 있다.

패러디 기법인 핵심어에 대한 풍자, 비틀기 등을 통해 기존의 질서에 대한 우상화를 경계하고 새로운 관점의 확보가 용이해지는 것도 빼놓을 수 없는 패러디 훈련의 주요 특성이다. 이와 같은 훈련은 학습자들의 건전한 비판능력을 향상시킬 수 있으며, 작품의 정형화를 해체하여 또 다른 작품을 창작할 수 있는 동력을 제공한다는 의미를 갖는다. 학습자들은 이처럼 원텍스트와 패러디 시작품의 폭넓은 학습을 통해 텍스트를 피상적으로 이해하던 단계에서 벗어나 시 창작 배경과 상황 전반에 대한 이해를 구체화시킬 수 있다. 뿐만 아니라 영상세대의 특징이라 할 수 있는 요소들을 시 교육에 결합시켜 적극 활용한다면 효과적인 학습 및 토론 수업이 가능할 수 있다. 이러한 시도를 통해 교수자가 일방적 수업으로 학습자들에게 강의하던 방식에서 벗어나 학습자들과의 상호 소통을 늘일 수 있고, 새로운 의미 부여를 통해 작품을 보는 안목을 키울 수 있다.

둘째, 패러디 시는 형식의 자유로움과 금기 파괴와 같은 새로운 형식 실험에 효과적이다. 문학에서의 원텍스트는 전형성을 확보한 정전(正典)이며, 일정한 권위를 획득한 고정형태의 텍스트이다. 특히 작가에 따라 개작이나 작품 변화가 많은 시의 경우, 무엇을 원텍스트로 삼을 것인가는 작품 이해의 중요한 근거가 되어 왔다. 그러나 이러한 무게 중심의 쏠림 현상은 원텍스트가 갖고 있는 권위를 뒷받침하는 근거가 되는 동시에 또 다른 측면에서 본다면 사고의 경직성을 초래할 가능성이 상존한다. 따라서 학교교육을 통해서 원텍스트에 길들여진 학습자들은 원텍스트의 권위에 압도당하거나 경직성에 자연스럽게 노출될 가능성이 크다. 이러한 경직성은 학습자가 갖고 있는 창작 능력 발산의 장애가 될 수 있다는 점에서 현장 적용시 주의가 필요하다.

벅스뮤직(www.bugs.co.kr)의 1,400만 회원이나 다음 카페(cafe. daum.net)의 3,200만에 달하는 회원들은 창작으로 발전할 수 있는 엄청난 잠재력의 미개척지라 할 수 있다. 이들은 온라인상에서 이루어지는 각종 활동을 통해 제도권 교육이 해결해 줄 수 없는 또 다른 형태의 학습을 경험하고 성장과 발전을 도모할 수 있다. 이들이 오프라인과 온라인상에서 '어떤' 원천을 '어떻게' 제공받느냐에 따라 뛰어난 활동성을 발휘할 수 있는 잠재적인 동력을 확보하고 있기 때문이다. 이러한 문화 배경을 고려한다면, 학습자들이 원텍스트와 패러디 시작품을 균형 있게 학습함으로써 원텍스트가 갖고 있던 권위의 경직성으로부터 벗어나 텍스트를 직시할 수 있는 안목을 형성하는 과정은 시사하는 바 크다. 패러디 학습이 원텍스트의 학습 과정에서 발생할 수 있는 편향성과 제약성의 한계를 극복하고 텍스트 이해의 폭을 넓히는 데 기여할 수 있기 때문이다. 패러디 학습을 통하여 학습자들은 원텍스트를 둘러싸고 발생할 수 있는 다양한 오해와 편견, 그리고 이데올로기의 한계를 뛰어 넘어 작품의 본질과 구성 미학에 좀 더 충실하게 접근할 수 있다.

셋째, 미의식의 다양성 확보가 용이해진다. 원텍스트와 패러디 시를 함께 학습하는 것은 독자들에게 새로운 형태의 작품 미학을 경험하게 하는 통로가 될 수 있다.

시 텍스트는 개별적인 요소들의 단순한 집적형태라기보다는 시 전체가 하나의 완결된 구조 미학을 수행하는 예술품이다. 다른 문학 장르와 달리 시는 작품을 구성하는 어느 것 하나라도 그 완결된 구조에서 어긋날 경우, 전체 구도가 허물어지고 마는 특성을 지니고 있다. 시가 어휘 선정에서부터 배치, 형상화 등 다양한 요소들의 조화에 의해 작품 미학을 확보하는 특수성을 지닌 장르이기 때문이다. 패러디는 이와 같은 전형적인 완결성의 미학에 도전하는 속성을 지니고 있다. 패러디 시인들이 어휘나 구조 변형 등의 다양한 시도를 통하여 원텍스트가 이룩한 고정 형태에 도전함으로써 학습자들에게 미적 충격과 신선한 느낌을 불러일으키고자 하기 때문이다. 학습자들은 언어유희와 실험적 의도가 실제 작품으로 구현될 때, 새로운 언어 감각이 주는 세련된 느낌을 다양하게 경험할 수 있다.

또한 패러디 시작품은 학습자들이 텍스트의 미학을 형성하는 주요 요소들의 역할과 그들 사이에 존재하는 유기적 관계를 파악할 수 있는 기회를 제공한다. 학습자들은 원작과 패러디 작품을 비교 분석하면서 예술 작품의 구성 원리를 이해하고, 실제 작품을 통해 작가와 교감을 시도하는 것이 가능해진다. 이러한 일련의 과정은 학습자들의 텍스트에 대한 이해와 실전 적용을 촉진시킴으로써 다양한 관점으로 세계를 인지하게 만드는 원동력으로 작용할 수 있다.

넷째, 원텍스트를 해석하는 과정에서 주체의 능동적이고 적극적인 참여가 이루어질 수 있다. 완결성과 정격성을 근간으로 삼는 원텍스트가 닫힌 구조를 취하고 있는 데 비해 패러디 작품은 열린 구조를 지향한다. 이런 독특한 구조 때문에 학습자들의 참여가 거의 불가능한 원텍스트에 비해 패러디 작품은 적극적인 동기 유발과 참여를 이끌어 낼 수 있다. 특히 패러디는 원텍스트에 대한 충분한 이해를 토대로 출발하기 때문에 이 과정에서 학습 주체나 창작 주체가 능동적으로 자신의 견해를 반영하는 것이 용이하다. 학습자들은 패러디 학습을 통하여 그동안 행해오던 수동적이고 소극적인 관점에서 작품을 읽는 단계에서 벗어나 자신의 느낌과 경험을 기반으로 작품을 정치하고 세밀하게 독해하는 일이 가능해진다.

패러디는 원작의 부속이나 하위형태가 아닌 독자적인 영역을 구축하고 있는 문학작품이다. 학습자의 입장에서는 패러디 작품을 접하기에 앞서 원작에 대한 이해가 선행되어야만 제대로 작품을 이해할 수 있다. 이 과정에서 학습자들은 원작을 썼던 시인과 이를 패러디한 시인의 창작의도를 비교·분석할 수도 있고, 원작에서 미처 다루지 못한 부분을 패러디 작품에서 읽어낼 수도 있다. 결과적으로 학습자들은 이들 사이에 미적 차이가 존재하는 원인을 자신의 관점에서 파악하고, 이를 토대로 세계관을 확장시킬 수 있다.

다섯째, 독자의 참여 영역 확장에 기여한다. 패러디 시창작은 원텍스트의 권위와 명성에 대해 도전할 수 있는 계기를 제공함으로써 학습자들에게 창의력을 발산할 수 있는 기회를 부여하고 나아가 도전정신을

불러일으킬 수 있다. 앞에서 언급했던 것처럼 원텍스트가 패러디의 대상
이 되는 것은 그만큼 원작이 지명도를 확보하고 있기 때문이다. 따라서
패러디 작품의 접촉은 학습자들에게 널리 알려진 기존의 유명한 작품들
의 답습이나 모방 단계에서 벗어나 자신만의 독특한 시각을 확보하는
계기가 될 수 있다. 학습자들이 원텍스트를 충실하게 내면화함으로써 원
작과 패러디 사이에 존재하는 차이를 이해할 수 있으며, 이를 토대로 실
험적인 성격의 또 다른 패러디 시를 창작할 수 있기 때문이다. 원텍스트
와 패러디 시에 대한 이해를 바탕으로 학습자들은 기존의 형태를 뛰어
넘는 파격적이고 참신한 시도를 실행함으로써 자신의 잠재력과 창작 역
량을 발휘할 수 있는 계기를 마련할 수 있다.

영상세대들은 기존에 사용하던 오프라인뿐만 아니라 싸이월드(http://
cyworld.nate.com)나 플래닛(http://planet.daum.net)과 같은 미니홈피나 블로그,
그리고 각종 포털사이트를 창작 환경으로 다양하게 활용할 수 있다는
점에서 유리하다. 또한 인터넷을 비롯한 각종 매체를 활용하여 시·공간
의 제약으로부터 자유로울 수 있는 장점이 있다. 이는 그동안 창작의 장
애로 작용했던 활자에 대한 거부감과 두려움을 극복하는 계기로 작용할
수 있을 뿐만 아니라 문학에 대한 편견을 완화시키는 데도 도움을 줄 수
있다.

실험적인 창작은 기존에 익숙한 시 양식이나 소재에만 연연해서는 불
가능하다. 파격과 참신함을 얻기 위해서는 창작에 앞서 발상의 전환이
필수적인 것도 이런 이유에서이다. 하지만 발상의 전환은 기존에 익숙하
게 행해지던 방식을 파괴하거나 급전시키기 위한 학습자들의 적극적인
노력이 요구되는 작업이다. 만약 패러디 작품을 원작품의 대용품이나 이
벤트 차원에 국한시켜 실험하거나 평가했을 경우, 학습자들은 창작의욕

을 고취받기 보다는 오히려 괴리감을 느낄 수 있다. 학습자들은 실험성이 강한 패러디 시 창작을 통해 원텍스트의 다양한 가능성을 확인하면서 창작의 즐거움과 독특한 문화 경험을 체득할 수 있다.

여섯째, 문학의 상호텍스트성의 활성화에 기여한다. 학습자들은 패러디 시를 바탕으로 상호 텍스트성을 통하여 장르 간 다양한 문학체험을 가능하게 할 수 있다. 패러디 작품에 대한 학습은 학습자들로 하여금 동일하거나 유사한 주제의 작품들을 비교하여 감상하게 하거나 다른 장르나 매체와 연계하여 상호 텍스트 차원15)으로까지 발전시킬 수 있다. 이는 열린 구조를 지향하는 패러디의 기본 속성과 무관하지 않다. 이 속성을 토대로 학습자들은 시에서 소설로, 소설에서 영화를 넘나드는 다양한 실험을 시도할 수 있다. 특히 최근 들어 CG(computer graphic) 기술의 발달과 인터넷의 활발한 보급은 학습자들이 사진 자료나 동영상 자료 등과 같은 다양한 자료를 결합하여 시의 경계를 해체하고 확장하는 데 실질적인 도움을 줄 수 있다.

그런 의미에서 패러디를 활용할 경우, 학습자들은 다양한 문화 체험과 매체 이해를 기반으로 하여 시와 소설, 소설과 희곡, 소설과 드라마, 시와 영화 등의 경계 넘나들기를 이루어냄으로써 원텍스트의 의미망을 다양하게 확보할 수 있다. 특히 매체 발달로 인하여 비주얼(visual) 마인드가 보편화되고 있는 추세를 고려한다면 향후 시교육은 원작 위주의 학습 방식을 확장하여 다매체 도입과 같은 적극적인 방식으로 진행될 필요성이 있다. 학습자 입장에서는 시·공간 차이가 나는 원텍스트를 이해하기 위하여 기존의 활자매체 외에 영화나 TV와 같은 영상매체를 이용한 학

---

15) 송지현, 「패러디와 문학교육」, 『문학교육의 본질과 방법』, 푸른사상, 2003, 145면.

습방법의 개발을 시도할 가치가 있다. 이때 원텍스트와 패러디 시를 각
종 대중매체와 결합시켜 학습할 수 있다면 학습자들에게 동기 부여와
함께 추상적이고 관념적인 단계에 머물러 있던 상상력을 구체화할 수
있을 것이다.

일곱째, 학습자들의 창작의욕을 고취가 가능하다. 패러디 시작품은 학
습자의 창작 의욕을 자극하여 실제 작품 창작의 계기를 제공할 수 있다.

최근 관심의 대상으로 떠오른 '얼짱'
문화는 예전에도 그와 유사한 사례가
있었으나 이를 촉발시킨 것은 한 여고
생이 만든 '5대 얼짱' 사이트였다. 자신
이 좋아하는 일을 위해 만들었던 이 사
이트는 연예계 진출에 영향을 미칠 정
도로 막강한 위력을 발휘하면서 초미의
관심 대상으로 급부상하였다. 이 '5대
얼짱' 사이트의 인기에 힘입어 비슷한
이름을 내건 다른 사이트들이 우후죽순
식으로 생겨나는 것을 확인할 수 있다.

〈그림 5〉 5대 얼짱 관련 사이트

이와 같은 사례에서 볼 수 있듯이, 대중적인 인기를 구가할 경우 이는
모방의 확산으로 이어지고 급기야는 새로운 문화 창출의 동력으로 작용
하게 된다. 이처럼 문화 유행의 원리는 시 창작과정과 같이 전문성과 적
극적인 참여를 요구하는 경우, 보다 효과적으로 응용이 가능하다.

학습자들의 경우, 원텍스트를 학습하면서 성격이 유사한 또 다른 작
품, 즉 패러디 작품을 창작하고자 하는 욕구를 자극 받는다. 이와 같은
자극은 학습자들의 잠재력을 활성화시킴으로써 창작 대열에 동참하고픈

열정을 불러일으킬 수 있으며, 기존의 창작자들과는 다른 관점에서 작품을 바라보는 시각을 키우는 데 도움을 준다. 최근 BGM(background music)의 경우를 예로 든다면, 기존의 음악 감상과 달리 개인의 이미지를 표출하는 방식의 일환으로 사용되고 있다.16) 이는 학습자들이 자신들만의 독특한 개성을 표출하는 데 유용한 방식이 될 수 있다. 패러디 학습을 바탕으로 학습자들은 기존의 시에서는 다룰 수 없었던 실험적인 형식을 과감하게 시도함으로써 시가 우리 삶과 영혼의 문제를 담아내는 문학 장치로서 충분히 그 역할을 수행하게 할 수 있다. 나아가 학습자들의 패러디에 대한 관심 증가와 창작 현상은 다양한 매체를 활용한 혼성교차 문학의 확산 현상을 가속화시킬 수 있다.

6. 패러디, 욕망의 시학

이 글에서는 최근 문화계의 새로운 화두로 등장한 패러디 시를 대상으로 교육 현장의 적용 가능성과 그 의미를 살펴보고자 하였다. 그동안 우리 교육 현장에서는 원텍스트 중심의 학습이 주경향을 형성함으로써 패러디 작품에 대한 관심은 부수적이거나 보조적인 형태로 이루어져 왔다. 그러나 이번 연구를 통하여 패러디 작품이 원텍스트에 대한 이해를 돕는 한편 학습자들에게 적극적인 참여 동기와 기회를 제공한다는 점에서 실질적으로 교육 현장에 적용 가능하다는 것을 확인할 수 있었다. 패러디 작품을 시 교육에 활용하였을 때, 발생할 수 있는 교육적 효과는

---

16) 「너에게 나를 보낸다, 아바타 뮤직으로」, 『동아일보』, 2004년 10월 20일자 문화면 기사 내용 참조.

다음과 같다.

① 원텍스트의 의미를 새롭게 분석·파악하고 재고찰하는 기회를 제공한다.
② 원텍스트가 형성하고 있는 경직성 탈피에 용이하다.
③ 독자들에게 새로운 형태의 작품 미학을 경험하게 한다.
④ 원텍스트를 해석과정에서 주체의 능동적이고 적극적인 참여가 이루어질 수 있다.
⑤ 원텍스트의 권위와 명성에 대해 도전함으로써 학습자들의 창의력 발산의 기회를 제공하고 도전정신을 불러일으킨다.
⑥ 상호 텍스트성을 통하여 장르 간 다양한 문학체험을 가능하게 할 수 있다.
⑦ 학습자의 창작 의욕을 자극하여 실제 작품을 창작할 수 있는 계기를 제공한다.

디지털 시대에 이루어지는 패러디 글쓰기는 이전과 전혀 다른 방식의 글쓰기가 아닌 이전 글쓰기의 변형 또는 발전적 해체에 가깝다. 이러한 특징은 최근 출판계의 뚜렷한 변화에서도 감지된다. 출판계가 디지털 문화의 발달과 함께 글쓴이의 문명(文名)이나 인지도에 따라 책 판매 부수가 결정되던 경향에서 점차 벗어나고 있기 때문이다. 예전처럼 글쓴이의 인지도나 사회적 지위 등을 바탕으로 하는 창작에 따른 권위와 독자들의 신뢰는 익명성을 바탕으로 한 디지털 시대에는 심각한 도전을 받고 있다. 이러한 흐름은 교수자뿐만 아니라 학습자의 입장에서도 시 텍스트를 감상하고 이해하는 방식에 뚜렷한 변화를 야기하고 있다. 그런 점에서 패러디 작품을 대상으로 하는 시 교육은 우리 문화의 흐름을 시의적절하게 반영할 수 있는 유효한 방법론이 될 수 있다.

급변하는 문화 환경 속에서 새롭게 각광받기 시작한 패러디 문화는 우리 삶의 질을 향상시키는 데 일조할 수 있을 뿐만 아니라 새로운 문학 장르의 가능성을 시사해준다는 점에서 그 의미가 크다. 따라서 향후 우리의 교육 현장에서 패러디 시 학습을 단순히 일회성 이벤트가 아닌 좀 더 다각적이고 효율적으로 활용할 수 있는 방법론 개발에 심혈을 기울일 필요가 있다.

다매체 시대의 글쓰기와 문학교육

1. 다매체 시대의 진화

최근 보편화된 컴퓨터나 휴대폰에서 알 수 있듯이, 매체의 변화는 삶의 외형적인 변화만이 아니라 우리들의 의식 세계까지 변화시키고 있다. 다매체 시대에 개인의 사고와 언어는 더 이상 개인의 자율적 선택과 판단에 의해 이루어지지 않으며, 다른 기호들과의 텍스트 상호적 관계에 의해 그리고 사회의 권력관계나 이데올로기와의 밀접한 관련 속에서 이루어진다.[1] 우리 사회에서 점차 매체 의존도가 높아지고 있는 추세를 감안한다면 이와 같은 상황은 향후 글쓰기교육이나 문학교육의 방향성을 결정하는 주요 사안이 될 수 있다.

---

1) 최인자, 「문식성 교육의 사회·문화적 접근」, 『국어교육연구』 제8집, 서울대 국어교육연구소, 2001, 197면.

초창기 휴대폰이 단순한 통화 기능만을 전담했던 데 비해 이제는 문자메시지 보내기, 카메라 기능, 동영상 전송, 모바일(mobile) 등을 담당하는 엔터테인먼트 역할을 수행하는 형태로 진화·발전하고 있다. 기술 발달에 따라 휴대폰이 살아 있는 유기체처럼 변화하듯이, 그동안 우리의 문학교육이나 글쓰기의 교수-학습 전략 역시 다양한 방식으로 시대에 적합하게 진화를 거듭해 왔다고 할 수 있다. 이러한 변화의 핵심에는 불과 몇 년 사이에 갑작스럽게 도래한 디지털의 보편화 현상이 자리 잡고 있다. 디지털 문화의 보편화는 이를 접하는 사람들의 생활 영역의 확대와 변화, 나아가 글쓰기 문화의 직접적인 전환을 초래하였다.

이러한 시대 변화에도 불구하고 현행 7차 교육과정을 수행하기 위해 교과서에 수록되어 있는 문학작품은 중·고등학생들의 정서를 대변하기에는 그 현실 격차가 너무 크다고 할 수 있다. 대부분의 교과서 수록 작품들이 전통적인 작가의식이나 문학성을 기반으로 하는 데 비해 실질적인 해당자이자 수요자에 해당하는 중·고등학생들은 자신들의 감각과 정서에 맞는 작품들을 더 선호하는 경향을 보이고 있기 때문이다.[2] 각종 베스트셀러 순위에서 확인할 수 있듯이, 대중매체의 발달과 초고속 인터넷의 보급으로 인해 문학을 접근하는 방법 또한 대중화·상업화·일상화와 같은 문화 전반의 흐름을 반영하는 추세로 변화하고 있음을 알 수 있다.[3]

---

[2] 6차 교육과정과 달리 7차 교육과정에서 주목할 점은 <작문>과목에 '문학적 글쓰기'가 빠지고, '정보화 사회에서의 글쓰기'가 새로 포함되었다는 사실이다. 이와 같은 현실은 우리 교육이 시대 흐름을 민감하게 반영하고 있다는 사실을 보여주는 대목이지만 아직 학교 현장에서 본격적으로 논의되기에는 미흡하다는 점에서 여전히 과도기 단계라고 할 수 있다.

[3] "영화나 텔레비전, 라디오 매체 등이 주로 3, 40대의 '청·중년층'의 문학 향유와 관련이

그동안 중·고등학교 교과서에 수록되었던 문학작품들은, 미학이나 문학사적 의미 외에 시대 흐름이나 선자의 전략적 고려, 심지어 정치적인 목적 등과 같은 외부 요인에 의해 결정된 경우도 적지 않았다는 점에서 많은 문제를 안고 있다. 그 결과 문학작품은 학습자들의 인지적·정서적 경험을 확장시키고 이를 함양하기 위한 문학 본연의 목적을 상실하고 학생들에게 점수를 따기 위한 수단이나 도구 차원에 그치는 결과를 초래하였다. 지금까지의 교육과정 역시 학습자 중심이 아닌 교수자 중심으로 구현되어 왔고, 교육과정의 변천에 따라 편차는 있지만 이와 같은 양상을 반복하면서 기본적인 틀을 유지시켜왔다고 해도 과언이 아니다. 이러한 실태는 수요자 중심과정이라는 평가를 받고 있는 7차 교육과정에도 크게 달라지지 않고 있다. 교과서에 수록된 작품들이 학습자들의 인지적 영역을 풍부하게 하거나 정서 함양에 도움을 주기 보다는 도덕성이나 도식성을 지나치게 강조함으로써 현실 감각과 적응력을 떨어뜨린다는 지적을 받는 것도 이러한 이유에서이다. 무엇보다도 최근 들어 이러한 문제들이 전면에 부각되는 이유는 문학 외부의 환경 변화 외에도 문학작품을 바라보는 인식의 뚜렷한 성향 차이가 발생하고 있기 때문이다.

사실 이와 같은 징후들은 이미 학교현장에서 일찍부터 예고되어 있었던 일이다. 무협지나 판타지 소설이 중·고등학교뿐만 아니라 대학 도서관의 대출순위 1위 자리를 차지하는 현실은 문학에 대한 학습자들의 관

있다면, 인터넷 매체 환경과 유기적으로 결합되는 새로운 문학 현상은 특히 청소년들과 상당한 관련을 갖는다. 이것은 영화나 라디오 등의 매체들이 전통적인 음성·문자 매체에 환유적 관계를 갖는 것에 비해, 인터넷 매체는 음성·문자 매체와 은유적 관계를 갖기 때문이다. 이때 전자는 현실의 질서를 재현하고 있다는 점에서 후자는 현실의 질서와 병행하는 가상의 질서를 구축하고 있다는 점에서 각기 그 근거를 갖는다."(최지현, 「인터넷에서의 청소년 문학 생활화 방안」, 『문학교육학』 9호, 문학교육학회, 2002, 84면)

심이 달라지고 있으며, 시대의 흐름을 반영한 필연적인 결과라는 사실을 대변한다. 즉, 주제가 무겁고 읽기 어려운 책들이 외면당하면서 그 대안으로 감각적이면서 흥미를 충족시킬 수 있는 책들이 도서관 대출의 주류로 전면에 등장하고 있다.4) 작품성이나 미적 완성도가 높은 작품과의 접촉을 통해 학습자들의 정서 경험을 확장하게 하고, 이를 삶의 질과 연계시키려던 문학교육 본래의 목적이 사라진 대신 부수적인 문제들을 어떻게 대응할 것인가 하는 문제가 새로운 화두로 등장하게 된 것이다. 이러한 현상은 향후 우리의 문학교육이 '어떻게' 전개되어야 하며, 문학교육의 경쟁력을 확보하기 위해서는 '무엇'이 필요할 것인가에 대하여 좀 더 깊이 있는 논의를 필요로 한다는 것을 의미한다. 이를 논의하기 위해서는 문학교육의 수요자이자 향유자에 해당하는 학습자들의 성향과 환경 변화에 대해 먼저 살펴볼 필요가 있다.

그동안 미디어 텍스트를 '읽는' 교육 혹은 '비평' 교육은 국어교육 내에서 그 영역을 비교적 점차 넓혀온 반면, 미디어 텍스트를 '쓰는' 교육 혹은 '제작' 교육은 아직까지 많은 경우에 있어 특별활동의 영역 속에 남겨져 있다.5) 이와 같은 지적은 디지털 학습 콘텐츠가 활발하게 개발되고 있음에도 불구하고 여전히 우리의 교육 현장에서 미디어를 학습 도구로 인식하고 개발하여 실질적으로 사용하는 데 여전히 미흡한 상태

---

4) 교수신문이 전국 14개 대학에 자료를 요청하여 조사한 '2002년 상반기 대학도서관 도서대출 현황'에 따르면 대부분의 도서관 대출 순위 10위안에 판타지 소설이 3권 이상 꼽혔고, 많게는 9권까지 기록한 대학도 두 곳이었다(『교수신문』, 2002. 7. 25). 예를 들면, 관동대학교 도서관 대출순위 10위(2003년 9월)에 든 작품 중 8편이 판타지 소설이나 대중소설에 속하는 작품일 정도로 우리 대학의 독서 편향은 심각한 수준이라 할 수 있다.
5) 정현선, 「성찰적 문화교육으로서의 미디어 리터러시 교육」, 『국어교육학연구』 14집, 국어교육학회, 2002, 398면.

임을 시사한다.

이 글에서는 시대의 문화 흐름에 주목하여, 디지털 문화 특징을 중심으로 향후 문학교육이 나아갈 방향과 다매체 시대에 대응할 수 있는 교수-학습 전략에 대해 살펴보고자 한다. 그동안 여러 연구자들은 문학교육과 대중매체의 상관성, 디지털 문화와 교육의 연계 여부 등에 관하여 폭넓고 다양한 관심을 기울여 왔다.6) 이 논의들은 우리 시대의 사회·문화적 흐름을 대변하며 연구자들 역시 디지털과 대중매체의 주요 특징과 현상에 대해 지속적인 관심을 견지함으로써 문학교육의 새로운 방향을 제시했다는 점에서 중요한 의미를 갖는다. 그러나 이들 중 일부는 통신 언어의 특이성, 매체 환경의 변화, 매체 특성과 문화 변인 등과 같이 특정 부분에 논의를 한정시켜 왔던 것 또한 간과할 수 없는 사실이다.7) 이

---

6) 이채연, 「WBI(Web-based Instruction)를 이용한 국어교과 개별화수업 설계와 활성화 방안」, 『국어교육』 96호, 한국국어교육연구회, 1998.
이채연, 「디지털시대의 문학교육」, 『문학과 교육』 제5호, 한국교육미디어, 1998 가을호.
최병우, 「문학교육에 있어 다매체 환경의 활용」, 『문학교육학』 제2호, 한국문학교육학회, 1998.
최지현, 앞의 글.
김정자, 「전자게시판 글쓰기에 대한 연구」, 『국어교육연구』 11집, 서울대 국어교육연구소, 2003.
이용욱, 「디지털 서사체의 미학적 구조」, 한국문학이론과 비평학회 제8회 학술대회 발표논문 자료집, 2003.
장창영, 「디지털을 활용한 글쓰기 교수-학습 전략」, 『한국문학이론과 비평』 20집, 한국문학이론과 비평학회, 2003.
권순희, 「하이퍼미디어 시대의 표현 방식」, 『국어교육학회』 제20회 학술 발표대회 자료집, 2002.
정현선, 앞의 글.
7) 최혜실, 『디지털시대의 문화 예술』, 문학과지성사, 1999.
신범순, 「사이버 시대의 시의 유령적 초상과 창조적 고민의 소멸」, 『한국현대문학연구』 8집, 한국현대문학회, 2000.
최인자, 『국어교육의 문화론적 지평』, 소명출판, 2001.
권명아, 「문화 산업 시대의 텍스트 독해와 글쓰기 교육」, 『다매체 시대의 문학 I』, 국학자료원, 2002.

에 이 글에서는 매체 환경의 변화와 그 특징을 중심으로 다매체 시대에 대응할 수 있는 글쓰기와 문학교육의 교수-학습 전략에 대해 논의를 전개시켜 나가고자 한다.

2. 매체 환경의 변화와 인식 전환

7차 교육과정에서 가장 두드러진 특징은 학습자의 성장 단계에 따라 교육 내용을 체계화하는 '종적 체계화'와 학습자의 개인별 수준차에 따라 교육 내용을 체계화하는 '횡적 체계화'가 나타난다는 점이다.8) 이는 기존의 학습자에 대한 사전 정보나 위계 없이 획일화된 방식으로 문학교육을 접근하던 예전 방식과 비교한다면 진일보한 것이라 할 수 있다. 그러나 이러한 외형상의 변화에도 불구하고 교육 현장에서 대중매체와 디지털 기술의 발달을 토대로 하는 매체 상상력에 주목한 연구와 교육 현장에서의 실제 적용 사례는 미약한 것이 우리의 현실이다.

매체 발달에 따른 학습자들의 행동양식과 사고방식의 변화는 현행 교과과정이나 현장교육이 미처 따라가기 어려울 정도로 급속하고 다양하게 이루어지고 있다. 그동안 문자세대들이 글을 쓰거나 책을 읽는 과정에서 보여주었던 인내와 끈기, 그리고 퇴고의 미덕은 사라진 지 오래이

김명석, 「인터넷 시대 글쓰기 교육의 과제」, 『현대문학의 연구』 19집, 한국문학연구학회, 2002.
김영만, 「개인 홈페이지를 활용한 국어 작문 교육에 대한 연구」, 『국어교육연구』 11집, 서울대 국어교육연구소, 2003.
8) 김중신, 「학습자 중심의 문학교육과정 내용 체계」, 『문학교육과정론』, 삼지원, 1997, 164면.

다. 예를 들면 N세대들은 채팅이나 문자메시지를 보내거나 전자메일을 주고 받으면서 이를 총괄적으로 검토하거나 퇴고해서 보내는 경우가 거의 없다. 그들이 내용의 충실한 전달이나 의미 심화를 꾀하기 보다는 상황이나 환경에 맞게 자신의 생각이나 느낌을 즉각적이고 감각적으로 표현하는 데 더 큰 의미를 두기 때문이다. 이는 글쓰기의 특성 변화에서도 두드러지게 나타난다.[9]

예전과 달리 글쓰는 이가 글을 쓸 때뿐만 아니라 다 완성된 글을 보내는 과정에서 지체 현상(delay appearance)을 겪을 경우, 이를 견딜 수 없게 된 것도 주목할 만한 현상이다. 이는 매체 발달과 디지털의 보편화 결과로 글쓰기가 속성과 날림으로 이루어지면서 단상의 토로에 그치거나 사고의 파편화 현상을 초래할 가능성이 높아지는 것을 의미하기 때문이다. 이 문제는 대중매체와 디지털이라는 매체 환경의 변화에 적합한 글쓰기란 무엇이며, 이를 활용한 글쓰기교육과 문학교육이 과연 가능할 수 있느냐 하는 민감한 사안과 직결된다. 따라서 이 문제를 해결하기 위해서는 먼저 기존의 교육 방식과 다매체 시대의 글쓰기교육과 문학교육이 어떤 차이를 지니고 있는가에 대해 살펴볼 필요가 있다. 아날로그 시대가 삶의 진정성과 존재 의미에 초점을 맞춘 글쓰기와 문학 작품이 주류를 이루었다면 디지털 시대에는 흥미와 재미를 위주로 한 감각적인 글쓰기와 대중매체와의 연계를 통한 문학의 실전 응용 측면이 두드러지게 나타나기 때문이다.

---

9) 2000년 시행된 제7차 교육과정에서는 "작품의 수용과 창작 활동을 함으로써 문학적 감수성과 상상력을 기른다"(교육부, 「제7차 교육과정－국어과교육과정」, 교육부 고시 제1997, 15호, 1997, 151면)라고 문학 창작의 성격을 규정하고 있다. 이때 말하는 창작은 학습과정에 포함되어 있는 창작 주체의 문학 능력의 향상을 비롯하여 이를 바탕으로 하는 정서 함양을 위한 문학적 글쓰기의 전반적인 과정과 그로 인해 파생할 수 있는 결과까지를 포함한다고 할 수 있다.

　이러한 징후는 특히 방송매체를 중심으로 한 인식의 변화에서 두드러진다. 먼저 신문, 라디오, TV, 인터넷 등을 비롯한 각종 방송매체에서 '책'을 접근하는 방식이 변화하고 있다.[10] 이는 작가들의 교훈 위주의 글쓰기가 약화되고 문학의 진정성이 희석되는 대신, 상업성과 대중성에 기반을 둔 일반인들의 글쓰기 참여가 더욱 활발하게 이루어지는 것과 밀접한 관련을 맺는다. 이러한 변화의 기저에는 글쓰기를 둘러싼 의사소통 구조와 소통 방식의 혁신적인 개선이 자리잡고 있다.

　물론 예전에도 저자 사인회, 시 낭송회, 각종 문학모임 등을 통해 저자와 독자들이 직접 만날 수 있는 계기가 있었다. 이 외에도 독자들이 특정 작가의 작품을 습작·모방하거나 문하에서 사숙하면서 직접 가르침을 받거나 편지, 인편 등으로 교류하는 방법이 자주 이용되었다. 이들의 경우 여러 가지 측면에서 소통의 제한성을 지니고 있었다는 점에서 본격적인 의미의 쌍방향 소통으로 보기에는 어려운 점이 많았다. 하지만 디지털 시대에는 제한적 방식에 의해 이루어지던 저자와 독자의 소통방식이 좀 더 적극적이고 다각적인 형태로 이루어지는 추세이다. 기존의 아날로그 방식과 함께 매체 활용을 병행하거나 디지털을 접맥시키는 빈도가 점차 높아지는 것 또한 현재의 글쓰기와 문학의 보편적인 경향이라 할 수 있다.

---

10) MBC 오락프로그램 <느낌표>의 경우, 책을 희화화한다는 일부의 비판도 있으나 대중들에게 독서를 할 수 있는 여건을 제공했다는 점에서 획기적인 기획이었다고 할 수 있다. 이는 공격적인 전개방식을 통해 독자들의 자발적 참여를 유도한다는 점에서 기존의 교육부나 학교 중심으로 이루어지던 우량도서 소개나 베스트셀러 제시와 같은 소극적 방법과는 질적으로 차이가 있다.

〈그림 1〉 복효근 시인의 홈페이지

결국 매체 발달과 기술 혁신은 작가와 독자 관계의 변화뿐만 아니라 이들이 소통하는 방식 역시 변화하게 만들고 있다. 예전의 방식처럼 작가→독자로 이어지던 일방향성에서 벗어나 안도현(www.ahndohyun.com), 박남준(www.moacsanbang.com), 복효근(www.boksiin.com) 등과 같이 직접 홈페이지를 운영한다거나 독자들의 문의에 메일 답장이나 정모(정기 모임) 등을 통해 궁금증이나 문제를 직접 해결해주는 등 쌍방향 방식을 모색하는 작가들이 점차 많아지고 있다. 이러한 현상은 비단 작가 개인의 시도에 국한되지 않고, 각종 포털사이트나 웹사이트상에서 독자들과의 적극적인 관계 개선을 시도하는 사례의 증가에서도 확인할 수 있다. 최근 들어 이와 같은 현상은 사이버 공간에만 국한되지 않고 점차 오프라인과 온라인을 연계하는 형태로 그 영역을 확장해나가는 추세이다.

이를 입증하듯이, 신문이나 라디오, 그리고 TV 등에서 책과 작가를 이벤트의 일환으로 사용하는 시도가 점차 많아지고 있다. 신문에서는 주말 특집판으로 신간 서적을 비롯하여 다양한 책을 소개하고 있고, 라디오 역시 작가를 초청하여 대담이나 특집 형태로 방송하기도 한다. 매체와 연계를 꾀하는 이와 같은 양상은 TV에서는 좀 더 두드러지게 나타난다.

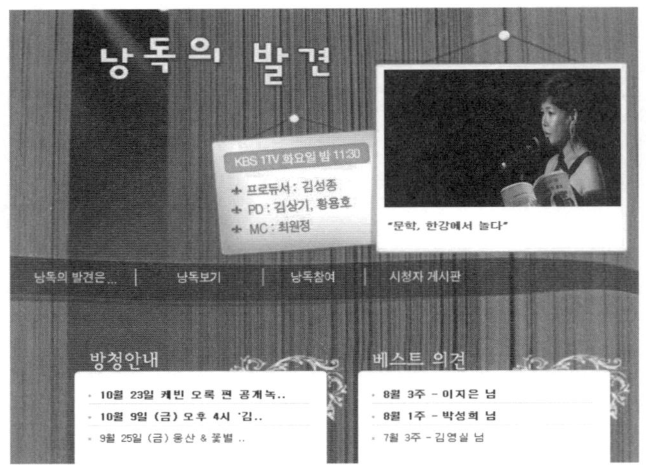

〈그림 2〉 KBS 〈낭독의 발견〉

그동안의 대표적인 책 소개 TV 프로그램으로는 〈느낌표〉, 〈행복한 책 읽기〉, 〈낭독의 발견〉 등이 있다.11) 주목할 점은 책읽기 방식의 변화뿐만 아니라 문학 작품을 대하는 방식이나 글쓰기에서도 이미 이 같은 경향이 점차 확산되고 있다는 사실이다.

그러나 이와 같은 급변하는 사회 흐름에도 불구하고 제도권의 글쓰기

11) 각 방송사에서는 이들 프로그램을 통해 대중들을 대상으로 한 책읽기의 변화를 시도하고 있지만, 이것 역시 적지 않은 문제점을 노출하고 있다. 방송에서 소개한 책에 대한 독자들의 편중 현상, 우위를 선점하기 위한 출판계의 부작용 양산, 선정 과정에 따른 문제점 등이 대표적인 예이다.

교육이나 문학교육은 선언적 지식의 전달을 위주로 하는 추상적인 형태를 유지해 왔다고 해도 과언이 아니다. 교육 현장의 요구가 상황의 심각성을 체감한 교사 개인의 독자적인 시안 개발[12]이나 소수 집단에 의한 스터디 형태, 그렇지 않으면 과외나 학원 등을 비롯한 사교육에 의해 채워져 온 것이 우리의 현실이다. 대학 입시에 초점을 맞추고 진행되는 제도권 교육에서 이루어지고 있는 글쓰기교육과 문학교육만으로는 교수자와 학습자 사이에 발생하는 현실과의 괴리감과 절망감을 극복하기란 거의 불가능에 가깝다.

현재 교육현장에서 다루는 작품과 학습자들이 선호하는 작품 사이에는 간극이 너무 크기 때문에 적절하게 이를 중재할 수 있는 요소가 필요하다. 일부에서는 학습자들이 선호하는 문학작품의 수준을 문제 삼아 대중매체가 감성의 질적 저하를 방조하거나 하향 평준화를 조장한다는 비판을 하기도 한다. 그런 점에서 김대행의 다음 글은 시사하는 바가 크다.

> 지금은 이미 사라져 버린 옛것이 분명한 고전적 언어 문화를 살피는 일이 도구적 실용성과 거리가 멀다는 것은 분명하다. 그것은 당장 현실로 치환되는 방법도 아니며, 그 성과 또한 현실에 직접적으로 환원 가능한 것일 수 없음도 사실이다. 그러나 고전표현론이 대상으로 하는 대상이 지금 우리의 언어사용이나 언어문화보다는 훨씬 더 근원적이라는 점, 그리고 체계화가 용이한 정태적 실체라는 점, 그리고 필연적으로는 역사적 결과라는 점 등을 통해 이론에 기반을 둔 교육으로 나아가는 설계가 가능해질 수가 있다.[13]

---

12) 현직 교사들이나 학원 강사들이 운영하는 사이트는 '국어교실'이라는 제명하에 국어와 관련된 학습 자료, 작문 지도안, 논술 등을 주로 다루고 있으며, 이외에 국어교육학회(www.koredu.or.kr), 문학교육학회(www.ksle.or.kr), 한국국어교육연구학회(koredu.org) 등 각종 학회에서도 논의가 활발하게 이루어지고 있다.
13) 김대행, 『국어교과학의 지평』, 서울대출판부, 1995년, 249면.

국어교과의 성격을 규정하는 위의 글에서 지적하고 있듯이, 문학교육은 눈앞에 드러나는 가시적인 성과나 현실 대응전략만을 목표로 하는 것은 아니다. 문학교육이 수용자의 상상력을 자극하여 정서를 풍부하게 만들고, 이를 바탕으로 더 나은 인간의 삶을 영위하게 하는 데 그 궁극적인 목적이 있기 때문이다. 그러나 우리의 현실 상황은 위의 언급처럼 그렇게 낭만적이지는 않다는 데서 비극은 발생한다. 오늘날 대개의 학습자들은 명작이라 불리는 문학성 높은 작품보다는 대중소설이나 판타지 소설, 인터넷 소설 등을 선호하며, 오프라인보다 온라인상에 올라 있는 글에 더 많은 관심과 반응을 보이고 있는 것이 우리의 실정이다. 또한 그들은 대중성과 상업성 논란, 그리고 베스트셀러의 선정 과정에 따른 각종 잡음에도 불구하고 대중매체에서 다루어질 경우 시대·문화의 흐름에 폭발적으로 반응하는 공통점을 가지고 있다.14) 이런 사실은 그들이 독자적인 안목을 가지고 작품을 선별할 수 있고, 이를 감상하거나 창작할 수 있는 능력을 확보하고 있는가 하는 문제와는 별개의 사안이다.

이를 해결하기 위해서는 영상세대라 할 수 있는 학습자들이 문자세대에 비해 '인터넷'이라는 문명의 이기 활용에 보다 적극적이며 능동적이라는 사실에 주목할 필요가 있다. 이는 야후(www.yahoo.co.kr)나 다음(www.daum.net), 네이버(www.naver.com), 네이트(www.nate.com), 코리아(www.korea.com) 등과 같은 각종 포털사이트의 약진과 검색엔진의 지능화, 다음 카페(cafe.daum.net), 네이버 카페(cafe.naver.com), 다모임(www.damoim.net) 등의 집단 모임의 활성화 등에서 그 양상을 확인할 수 있다. 이들 사이트의 증가와 다양화는

---

14) 통신문학 초기에 이우혁의 『퇴마록』, 김예리의 『용의 신전』, 이영도의 『드래곤 라자』 등을 비롯한 신예들의 글이 100만 건 이상의 조회수를 올린 것은 우리 문학사에서 기억할 만한 사실이지만, 그동안 문학이 오랜 세월동안 추구해왔던 문예 미학과 진정성의 획득 여부에 대해서는 다시 고려할 필요가 있다.

학습자들이 단순히 매체 활용에 익숙하다는 사실과 함께 이를 효율적으로 활용하는 방식을 스스로 체득하거나 개발에도 능동적으로 참여할 수 있음을 시사한다.

온라인상에 올라 있는 글에 대한 네티즌들의 반응은 그 속도나 강도 차원에서 기존의 문학작품을 접하면서 보이던 태도와는 비교할 수 없을 정도로 빠르고 적극적인 성향을 띠고 있다. 따라서 향후 교육과정에서 대중매체와 디지털 매체를 효과적으로 사용할 경우, 우리의 글쓰기와 문학교육은 새로운 전기를 맞이할 수 있을 것이다. 이 글은 디지털의 부정적인 측면이 지나치게 강조되고 있는 상태에서 학교 교육과 병행할 수 있는 건전한 대안체제로서 대중매체와 온라인을 활용할 수 있는 방법론을 모색하기 위한 시도라는 의미를 지니고 있다.

3. 문학교육 수업 모형과 기대 효과

최근 교육현장에서 각광받고 있는 정보 통신 기술은 다양한 교수 학습 활동 수행, 자기주도적 학습의 활성화, 정보의 공유, 상호 작용촉진을 도모함으로써 교수 학습의 질적, 양적 향상에 이바지하고 있다.[15] 디지털 문화를 온몸으로 체험하며 살아가는 이들에게 글쓰기나 문학은 예전의 글쓰기나 문학의 연장선상에 있으면서 다른 한편으로는 전혀 새로운 미지의 영역이라는 중층의 의미를 지닌다. 그렇다면 문학교육에서 디지털 문화에 익숙해진 학습자들의 관심을 유도하기 위해서는 어떤 방안이

---

15) 신헌재 외, 「매체를 활용한 방법」, 『학습자 중심의 국어과 수업 방안』, 박이정, 2001, 195면.

필요할 것인가에 대해 좀 더 구체적으로 살펴보도록 하자.

문학교육은 그 활동 영역에 따라 이해, 감상, 창작 지도의 세 부분으로 나누어진다.16) 이를 고려한다면 문학의 표현(창작) 활동도 문학의 수용(이해·감상) 활동 못지않게 중요한 국어 예술의 체험에 해당한다.17) 따라서 교수자들은 학습자들이 수업시간뿐만 아니라 수업 외의 일상에서도 적극적으로 표현 활동에 참여할 수 있도록 분위기를 조성하는 일이 중요하다. 이때 만약 교수자가 활자매체나 판서에만 의존하던 기존의 수업 방식에서 벗어나 사진, 음향, 영상, 동영상 등을 적극적으로 활용할 수 있다면 학습자들의 관심을 배가시킬 수 있을 것이다. 특히 최근 각광받는 게임이나 드라마 등을 소재로 다룰 경우 학습자들의 흥미와 학습 동기를 유발하고, 나아가 다양한 형태의 글쓰기를 유도할 수 있다.18) 게임업체나 영화사 등에서 공모 등을 통해 스토리텔링이나 시나리오 등을 모집하는 추세를 고려한다면 앞으로의 글쓰기는 기존의 독후감이나 백일장에만 치중하던 방식에서 벗어나 그 영역의 다변화를 모색할 필요가 있다.

영화의 예를 든다면, 동영상 매체라는 특성 때문에 다른 매체에 비해 학습자들의 관심도가 높은 편이다. 영화는 장면(frame)의 연속성에 의존

---

16) 글쓰기를 국어 교육에서 본다면 크게 쓰기와 창작, 즉 비문학적 글쓰기와 문학과 관련 있는 글쓰기로 나눌 수 있다. 이중 비문학적 글쓰기는 의사소통의 목적을 효과적으로 달성하는 데 초점이 맞추어져 있으며, 문학 관련 글쓰기는 학습자의 문학작품의 수용 차원의 글쓰기와 고유의 창작 글쓰기로 나눌 수 있다. 이러한 이유에서 문학교육에서는 작품의 단순한 수용뿐만 아니라 학습자의 창작 의욕을 고취할 수 있는 방법에까지 관심을 기울여야 한다.

17) 김수업, 『국어 교육의 원리』, 청하, 1989, 176면.

18) 장창영 외, 『디지털시대의 글쓰기』 II, 태학사, 2003. 이 책의 3부와 4부에서는 사진, 만화, 광고, 드라마, 영화 등을 이용하여 실제 글쓰기에 적용시킬 수 있는 구체적이고 실용적인 방법에 대해 다양하게 다루고 있다.

하기 때문에 정적이기 보다는 동적이며, 시·청각을 동시에 자극하는 관계로 관객들의 영화에 대한 몰입 속도 또한 다른 매체와 비교할 수 없을 정도로 빠르다. 이런 이유에서 수업시간에 영상매체를 다룰 경우 활자매체만을 독자적으로 다룰 때보다 학생들의 집중도가 현저하게 높아지며, 수업의 분위기 또한 좋아지는 것을 체감할 수 있다. 이는 칠판 판서나 교과서에 철저하게 의존하여 수업할 때보다 TV, 라디오, 인터넷, PPT(파워포인트), 그리고 빔 프로젝트 등을 적절히 사용할 경우에도 유사한 효과를 기대할 수 있다.

최근 교육현장에서 점차 높아지고 있는 매체 의존현상은 디지털 문화를 학습 현장의 변방이 아닌 주영역 안에 포함시켜야 한다는 것을 강도 높게 시사해준다. 그러나 이러한 방식의 문학수업이 안고 있는 가장 취약한 단점은 학습자들의 장기적인 동기 유발이나 학습 개선 효과보다는 이벤트성 수업에 그칠 수 있다는 사실이다. 이와 같은 문제는 대중들의 기대효과에 의존하는 대중매체와 디지털의 매체 특성상 교수자뿐만 아니라 학습자에게도 그대로 전이될 수 있다. 매체를 이용한 수업이 학습자들의 동기 유발과 적극적인 참여를 이루어낼 수 있음에도 불구하고 단발성 이벤트에 국한되어버린다면 더 큰 문제를 야기할 수 있기 때문이다.

이외에 학습자들의 문학에 대한 의식 왜곡이나 사고의 경직성이야말로 단기간 안에 극복할 수 없는 심각한 문제이다. 그렇기 때문에 교사는 중재자의 입장에서, 때로는 조율자의 입장에서 학습자들의 문학수업을 지도하고 적절한 방향을 제시할 책임이 있다. 자칫 잘못하면 오히려 바람직하지 않은 습관과 의식 왜곡을 유발하여 학습자들의 문학에 대한 편견과 의식 형성에 치명적인 결과를 초래할 수도 있기 때문이다. 따라서 다매체 시대에는 수업에서 교수자와 학습자 모두가 소극적이고 수동적인 차원이 아니라 적극적으로 매체를 활용하는 입체적이고 능동적인 교수-학습 전략이 필요하다.

필자는 활자매체와 영상매체에 대한 반응도를 확인하기 위하여 수업 시간에 인터넷 소설 『엽기적인 그녀』와 『동갑내기 과외하기』를 사전에 제시하고, 이후 영화 예고편을 학습자들과 함께 관람하였다. 이때 학습자들은 활자매체를 접할 때보다 영화의 예고편을 볼 때 보다 적극적인 반응을 보였으며, 관람시간 내내 높은 집중력을 발휘하였다. 이는 동영상을 중심으로 하는 시·청각의 직접 자극에 힘입은 바 크지만, 그보다는 학습자들이 대중매체에 익숙해진 주변 환경의 변화와 직접적인 관련을 맺고 있다. 학습자들이 매체와 일정한 거리를 두고 객체화시키지 않고 그 자체를 생활의 일부분으로 동일시하면서, 생활에 적용하는 과정을 통해 삶의 확장 형태로 만들기 때문이다. 현재 우리의 경우, TV를 비롯한 동영상이나 인터넷 등의 여건을 고려한다면 다매체 시대의 글쓰기로 나아갈 수 있는 최적의 환경에 있다고 해도 과언이 아니다. 실제 블로그(blog)나 디시인사이드(www.dcinside.com), 다음 카페(cafe.daum.net), 각종 문학 사이트 등에서 이루어지는 활발한 모임과 글 올리기 현상은 다매체 시대의 글쓰기와 문학이 새로운 국면을 맞이하고 있음을 시사해준다.

지금 이 시간에도 인터넷의 발달과 함께 학습자들의 의식 변화는 예측이 불가능할 정도로 빠르게 진행되고 있다. 특히 성의식의 변화 양상에서 확인할 수 있듯이, 기존의 사고방식으로는 이해가 불가능한 사고방식이 보편화되는 추세를 보이고 있다는 점은 주목할 만한 현상이다.19)

---

19) 자신이나 친구의 얼굴 사진을 '얼짱'이라 하여 인터넷에 주저 없이 올리고, 채팅을 통해 성을 사고파는 인터넷 문화에서는 이전에 우리 사회를 지배해왔던 도덕이나 관습의 흔적을 쉽게 발견하기 어렵다.

이렇듯 네티즌들의 의식 변화 중심에는 기술 발달과 매체 변화에 따른 영향력이 폭넓게 자리 잡으면서 매체 특성이 사회변혁의 구심점으로써 제 역할을 수행하게 만드는 구조를 취하고 있다.[20] 그렇다면 영화를 중심으로 이와 같은 특성을 문학에 적용시킬 수 있는 구체적인 방안에 대해 살펴보도록 하자.

〈그림 3〉 소설 『碑銘을 찾아서』

〈그림 4〉 영화 〈2009 로스트 메모리즈〉

영화 <2009 로스트메모리즈>(<그림 4>)는 복거일의 소설 『碑銘을 찾아서』(<그림 3>)를 근간으로 하여 만들어진 영화이다. 이 작품은 안중근 의사의 이토 히로부미(伊藤博文) 저격이 미수에 그쳤다는 전제하에 가상의

---

20) 예전에는 금기시되거나 문제시되어 왔던 '엽기'가 한 시대를 풍미하는 코드로 등장하게 된 것이 대표적이다. 최근 다음 카페 등에서 특정 연예인 따라하기나 안티 사이트 만들기가 유행을 이루고, 이들을 모방한 흉내내기나 개인기 등이 더 이상 특별하지 않게 된 것은 이 같은 문화현상이 네티즌들에 국한되지 않고 사회 전반으로 확산된 결과이다.

상황을 설정하여 이야기를 전개시키고 있다. 이와 같이 대체 역사 (alternative history)를 통하여 상상력을 자극하는 방식은 교육 현장의 수업에서도 적극적으로 활용할 수 있다.

그동안 우리 교육의 주류를 형성해 왔던 책을 중심으로 펼쳐지는 문학 상상력 교육은 학습자들의 의식을 환기시키고 정서를 함양하는 데 그 궁극적인 목적이 있었다. 하지만 이 방법은 체계적이고 지속적인 훈련을 받아온 학습자에게는 그 효과가 크지만 문식력이 떨어지는 학습자들을 수업에서 소외시키는 결과를 촉발하는 원인이 되기도 한다. 이와 달리 드라마, 영화, 인터넷 등을 활용한 수업은 학습자로 하여금 비주얼에 기반을 둔 매체 상상력을 자극하여 상황에 즉각 몰입하도록 하며, 전체적인 공감대를 증폭시키고 정서의 일체화를 꾀할 수 있게 만드는 효과를 갖는다.

활자매체와 달리 영상매체에서 대체 역사가 더 위력을 발휘할 수 있는 것은 학습자들의 감각을 자극하는 영상미학으로 구현되며, 진행 속도 또한 빠르게 전개되기 때문에 작품 몰입이 용이해지기 때문이다. 이와 같은 방법은 학습자에게 특수 상황이나 장면을 부여했을 때, 향후 일어날 수 있는 다양한 가능성을 제시하게 함으로써 이야기의 다원화를 훈련시키는 형태로 확장할 수 있다. 이전의 문학교육이 텍스트와 거리두기를 통해 사색과 감응을 강조함으로써 학습자들의 반응 유발에 역점을 기울였다면 영상매체에서는 텍스트와의 거리 좁히기를 통하여 이 효과를 달성할 수 있다. 그렇기 때문에 이와 같이 대체 역사 쓰기를 통해 개인사나 가족사, 그리고 민중들의 삶을 기록하게 하는 것은 학습자들의 창작에 대한 동기유발과 함께 간접 경험의 자장을 확장시키는 계기를 제공할 수 있다. 이를 위한 실질적인 방법과 그 기대 효과는 다음과 같다.

1) 자료의 내용 확인과 제목 선정 전략

학습자들은 제목 쓰기와 제목을 중심으로 전체 내용을 파악하는 훈련을 통해 글 전체의 흐름을 유추하는 훈련이 가능하다. 학교 수업 현장에서는 학습자들에게 자신이 쓴 작품 제목을 정하라고 했을 때 쉽게 정하지 못하거나 적절하게 붙이지 못하는 경우가 종종 발생한다. 이와 같은 현상은 글제가 주어졌을 경우 더 확실해지는데, 학습자들은 주제와 제목을 동일시하거나 무제로 하는 경우까지도 종종 일어난다. 그렇기 때문에 학습자들에게 작품에 제목을 붙이는 훈련과 이를 본문과 연결하게 하여 글에서 '제목'이 갖는 의미와 그 비중에 대해 감지하도록 할 필요가 있다.

최근 드라마나 방송의 두드러진 추세 중의 하나는 예전에는 사용이 불가능했던 제목들이 자주 등장한다는 점이다. 특히 이러한 사례는 드라마나 광고, 영화, 인터넷과 같이 동영상 매체를 중심으로 두드러지게 나타난다.

〈그림 5〉 드라마 〈옥탑방 고양이〉

〈그림 6〉 드라마 〈1%의 어떤 것〉

　한때 선풍적인 인기를 끌었던 <느낌표>, <옥탑방 고양이>, <비타민>, <1%의 어떤 것> 등에서 이와 같은 예를 찾아볼 수 있다. 이들이 드라마나 방송 프로그램의 제목으로 가능할 수 있게 된 것은 무게 중심을 의미의 진정성에 두기보다는 시청자들의 관심을 끌 수 있는 감각적인 언어 구사에 맞추었기 때문이다. 의식의 변화에 따라 의미의 선명성이나 내용 파악을 유추할 수 있는 아날로그형 제목보다는 얼마나 독자들의 관심을 유발하고 감각에 호응할 수 있느냐가 더 많은 관심을 유발하는 것이다. 이와 같은 추세는 제목을 어떻게 다느냐에 따라 전혀 다른 흥행의 결과를 초래할 수 있는데, 이름을 개명하여 대박을 터뜨렸다는 기사가 더 이상 낯설지 않은 것이 우리의 현실이다.[21]

　경제적 효용가치가 삶의 중심축을 형성하면서 이름이나 상표가 갖는 상징성과 사회적 파급력은 무시할 수 없을 정도로 막강한 위력을 발휘한다. 이러한 이유에서 인지도가 높은 상품이나 회사의 경우에는 그 독자적인 이름이 상표 전체를 대변하거나 엄청난 부가가치를 유발하기도 한다. 문학 역시 예외가 아니라는 점을 고려할 때, 문학교육에서 학습자들이 제목 붙이기 훈련을 적용하는 데 있어 디지털 환경이야말로 가장 효과적인 방식이라 할 수 있다. 매체 환경이 시시각각 바뀌는 만큼 끊임없이 새로운 정보들이 실시간으로 올라오기 때문에 특별히 교실이 아니라 온라인상에서도 훈련이 가능하며, 연속성 또한 확보할 수 있기 때문이다. 이처럼 학습자들에게 제목을 제시하고

---

21) 특히 이러한 사례들은 외화를 번역하여 제목을 다는 영화나 원서를 번역하여 출간하는 책의 경우에서 쉽게 찾아볼 수 있다. 『칭찬은 고래도 춤추게 한다』(케네스 블랜차드 외)가 대표적인 경우이다.

대상에 대한 이미지나 상황을 유추하게 하는 훈련은 전체의 윤곽을 가늠하게 할 수 있을 뿐만 아니라 전체 내용을 통찰하는 능력을 향상시킬 수 있다.

이를 위하여 하성란의 『삿뽀로 여인숙』이나 김영하의 『엘리베이터에 낀 그 남자는 어떻게 되었나』와 같이 특이한 제목을 가진 문학작품을 제시하고, 이때 학습자들이 제목에서 느끼는 느낌과 향후 이야기의 전개 방향에 대해 토론할 수 있다. 이처럼 학습자들에게 제목을 통해 내용 전개를 유추하게 하고, 이를 실제 내용과 비교하게 함으로써 글의 진행에 따른 감각을 향상시킬 수 있다.

2) 자료의 내용 확인과 재구성 전략

학습자들에게 글 전체를 조감할 수 있는 능력을 키우기 위해서는 서사 부분에 관심을 기울일 필요가 있다. 이를 위하여 학습자들에게 첫장면과 마지막 장면을 제시하고 중간 내용을 채워 넣게 하거나 마지막 이어쓰기를 시도한다면 서사 전략의 확장과 글쓰는 역량을 동시에 향상시킬 수 있다.22)

예전에 유명했던 어느 영화감독은 첫장면과 마지막 장면을 함께 촬영했다고 전해진다. 이는 작품 전체에서 첫장면과 마지막 장면이 갖는 상징적인 역할과 그 의미를 보여주는 경우에 해당한다. 첫장면이 작품에 대한 첫인상과 같다면 마지막 장면은 작품을 보고난 후 오랫동안 남는

---

22) 우한용은 창작을 하는 학생을 '학습작가'라고 칭한 바 있다. 이때 지칭하는 학습작가란 초개인적 주체로서의 작가(전문 작가)가 되기에는 사회적 계층이 형성되지 않은 상태를 의미한다(우한용, 「창작 교육의 이론과 방향」, 문학과문학교육연구소 편, 『창작교육, 어떻게 할 것인가』, 2001).

여운과 같다. 하지만 학습자들이 이들 사이에 존재하는 간극을 만족할 만큼 채워 넣기란 쉬운 일이 아니다. 비록 도입이 신선하다 할지라도 중간 부분이 식상하거나 진부한 표현으로 이어진다면 오히려 용두사미가 될 수 있다. 따라서 중간 부분을 어떻게 전개시키느냐 하는 문제는 처음과 마지막을 어떻게 연계시킬 것인가 하는 문제와 더불어 작품의 미학과 완성도를 결정짓는 중요한 요소이다.

이 방법은 활자매체에서도 적용이 가능하지만 영상매체에서 사용할 때 더 큰 효과를 얻을 수 있다. 영상매체에서는 동일한 장면이라 할지라도 어떻게 배치하느냐에 따라 전혀 다른 결과를 낳을 수 있기 때문이다. 경우에 따라서는 원활한 장면 구성이나 작품 미학을 위하여 편집 과정에서 디지털로 처리하거나 특수 효과를 부가하기도 한다. 연출자의 연출 능력뿐만 아니라 편집 기술에 의해서도 얼마든지 상황의 반전이 이루어지고 작품의 완성도가 달라질 수 있기 때문이다. 이러한 사실을 고려할 때, 각 장면 장면의 미적 완성도가 중요하지만 장면 사이의 연계와 전체를 총괄할 수 있는 능력을 향상시키는 것 역시 그 못지않게 중요함을 알 수 있다.

교육 현장에서 이를 적용할 경우, 기존의 구성이나 서사 훈련 단계에서 '기승전결'이나 '발단 → 전개 → 위기 → 절정 → 결말'로 이어지던 정형화되고 천편일률적인 방식에서 벗어나 다양한 형태의 서사 텍스트 구성과 독해가 가능할 수 있다. 이러한 훈련을 반복하면서 학습자들은 서사의 이론과 원리를 자신의 글쓰기에 적용하여 사건의 전환이나 극적 반전을 이루는 부분을 어떻게 구성할 것인가에 대해 구체적인 전략을 세울 수 있다.

3) 자료 확인을 통한 캐릭터 설정 전략

학습자들은 인물 캐릭터(character)를 중심으로 등장인물이나 작품의 성격을 파악하는 훈련을 할 수 있다.[23] 먼저 교수자는 학습자들에게 사전 정보 없이 인물의 캐릭터 사진을 제시하여 등장인물의 특징을 분석하고, 이를 통하여 인물이 지니고 있는 다중 성격을 파악하도록 한다.

예를 들면, 학습자들에게 송강호나 배두나 등과 같이 다양한 역할을 맡은 배우사진들을 제시하여 이들이 각기 어떤 특징을 가지고 있는가를 파악하게 할 수 있다. 송강호의 경우, 작품마다 그 성향이 뚜렷한 차이를 보이는 역할을 맡았던 배우라는 점을 고려하여 등장인물의 사진을 통해 각각의 영화에서 맡은 인물의 특징을 유추하도록 한다. 이를 위하여 학습자들에게 <쉬리>, <반칙왕>, <YMCA야구단>, <살인의 추억> 등의 스틸 사진을 제시하여 각각 영화 안에서의 관계 설정과 이로부터 유추되는 등장인물의 성격을 추측해보도록 하는 것도 의미 있는 작업이 될 수 있다.[24]

---

23) 박기수는 캐릭터 서사의 특징으로 캐릭터 자산 가치의 지속과 확대 재생산을 지향한다고 밝히고 있다. 한 명이 다양한 캐릭터로 등장할 수 있는 영화나 드라마야말로 이와 같은 캐릭터 서사의 가능성이 크다고 할 수 있다(박기수, 「한국 캐릭터 서사의 활성화 방안 연구」, 『한국언어문화』 23집, 한국언어문화학회, 2003, 198~202면 참조).

24) 각 인물의 캐릭터 설정과 그에 따라 파생될 수 있는 다양한 문제들에 대하여 전북대 고은미 선생의 많은 조언이 있었다. 이 자리를 빌어 감사하게 생각한다.

〈그림 7〉 영화 〈YMCA 야구단〉　　　　〈그림 8〉 영화 〈반칙왕〉

〈그림 9〉 영화 〈쉬리〉　　　　〈그림 10〉 영화 〈살인의 추억〉

　　동일한 인물이라 할지라도 영화에서는 <그림 7>, <그림 8>, <그림 9>, <그림 10>과 같이 다양한 캐릭터 설정이 가능하다. 따라서 어떤 이유에서 이런 차이가 발생하는가에 대해 조별 토론 과정에서 학습자들이 원인을 분석하도록 하여 인물의 캐릭터 특성과 다중성에 대해 폭넓게 논의할 수 있다. 이 방법을 응용하여 소설 작품을 분석하거나 역할극으로 옮길 때, 학습자들은 등장인물을 어떻게 연기하고, 대사나 표정 등을 어떤 방식으로 처리할 것인가를 다른 학습자들과 함께 이야기함으로써 인물에 대한 독자적인 성격 설정과 입체성을 확보할 수 있다. 이와 같은 훈련은 학습자들이 그 영역을 확장시켜 영화 외에 다른 매체와 결합시키는 경우에도 도움을 준다. 학습자들이 소설뿐만 아니라 영화나 드라마에 등장하는 인물을 활자매체를 비롯하여 게임이나 문화콘텐츠 등에서 어떻게 활용할 수 있을 것인가에 대해 각자 자신들의 의견을 충분히 개진할 수 있기 때문이다.

4) 매체 특성의 확인 및 특질 이해 전략

학습자들은 소설과 영화의 차이를 이해하고, 서사 전략을 재구성하여 작품을 역동적으로 만들 수 있다. 동일한 소재라 할지라도 텍스트의 형상화 과정이 다른 방식을 사용하는 소설과 영화에서 다룰 경우, 학습자들은 전혀 다른 경험을 확보할 수 있다. 이는『엽기적인 그녀』와 같이 소설을 영화화하거나『다모』처럼 만화를 드라마로 만드는 경우에도 동일하게 적용이 가능하다.

먼저 학습자들에게『우리들의 일그러진 영웅』(이문열),『서편제』(이청준),『영원한 제국』(이인화),『공동경비구역 JSA』(박상연,『DMZ』) 등 소설 작품과 영화의 비교를 통해 둘 사이에 어떤 차이가 발생하는지에 대해 구체적으로 분석하도록 한다. 또한 작품이 현실 사회의 모순에 대한 비판이며 자기 성찰을 담고 있다는 점을 고려하여 이들의 형성 배경이 된 사회적·역사적 요인을 총괄적으로 제시함으로써 학습자들이 작가의 창작 의지와 작품의 배경을 살펴볼 수 있도록 한다. 이를 통해 학습자들은 소설과 영화의 차이가 어디에서 발생하는지에 대해 집중적으로 논의함으로써 각 텍스트 형성의 주요 특질을 충분히 이해할 수 있다. 나아가 학습자들 간에 소설과 영화의 차이점을 비교하여, 이러한 특징을 활용하여 현장 글쓰기에서 적용할 수 있는 방안에 대해 다각적으로 모색할 수 있다.

소설에 비해 영화는 제한된 시간 내에 내용 전달이 용이하며 시·청각을 효과적으로 자극하여 관객들의 이해를 촉진시키는 것이 가능하다는 장점을 갖고 있다. 반면에 영화는 등장인물이나 상황을 확정적으로 제시하여 독자들의 상상력을 제한하게 하며, 잔상 효과에 의해 학습자들의 새로운 영역 확장을 불가능하게 만드는 제약을 갖는다. 이러한 한계를 극복하기 위하여 앞에서 살펴본 것처럼 교수자는 수업시간에 조원들과 함께 각각 영화배우, 감독, 제작자 등의 역할을 맡아, 각 인물에 대한 의견을 작성하도록 하여 작품이 갖고 있는 특성을 풍부하게 이끌어내도록 할 수 있다. 또한 그것이 등장인물의 내면심리와 밀접하게 관련되어 있다면 소설과 달리 영상매체에서는 어떤 방식으로 나타날 것인지에 대해 토론해 볼 수 있다.

5) 텍스트 적용 및 실제 응용 전략

텍스트를 활용한 글쓰기에서는 광고와 같이 실제 대상을 주축으로 다룰 경우, 학습자들의 긍정적인 반응 유발과 기대효과가 가능하다. 먼저 학습자들에게 광고 카피 분석을 통해 홍보 문안을 직접 작성하도록 하여 문장의 맥을 파악하고, 문장력을 강화시킬 수 있다. 구체적으로 학습자들에게 광고의 특징을 효과적으로 분석하여 자신이 맡은 영화의 홍보에 적당한 문안을 작성하도록 한다. 이를 위하여 학습자들에게 먼저 소비자들의 관심을 끌었던 광고 카피들이 갖고 있는 주요 특징을 조사·분석하도록 한다. 학습자가 생각할 때, 가장 잘 되었다고 생각하는 카피와 그렇지 않은 카피를 선정하여 왜 그렇게 판단하였는지에 대해 자신의 견해를 세분화하여 항목화하도록 한다. 이를 반복 훈련시켜 성공한 광고와 실패한 광고의 주요 특성을 파악하고 글쓰기에 응용하여 적용시키도록 한다. 이 작업은 '자본주의의 꽃'이라 불리는 광고의 카피 분석을 통해 당대의 시대상뿐만 아니라 사람들의 의식 흐름을 파악할 수 있다는 점에서 유익하다.

다음으로 인터넷상에서 많은 조회수를 기록한 글들이 갖고 있는 특징에 대해서 분석해 보는 방법이 있다. 먼저 교수자는 이들이 어떤 특징을 가지고 있기에 다른 글보다 많은 조회수를 기록하였고, 이 과정에서 발생한 또 다른 문제점은 없는지에 대해 집중적으로 문제를 제기한다. 인터넷에서 조회수를 많이 획득한 회원들의 글들은 다른 글들에 비해 공통적으로 일정한 패턴을 지닌다는 점에서 학습자들이 우리 사회의 소통 특징을 이해하는 데 유효한 방식이 될 수 있다.

조회의 차별화가 일어나는 이유는 조회수가 많은 제목들이 단순히 언어 구사의 기교만이 아닌 인간의 욕망과 심리의 상관관계를 적절히 이용하고 있기 때문이다. 교수자는 학습자들의 실전 훈련을 위해 신문 주요 기사의 헤드라인 잡기, 대중가요 제목 정하기 등을 통해 오프라인상에서 체험을 쌓게 한 후, 온라인상에서 본격적인 홍보 문안 작성에 들어가게 한다. 또는 가상의 문화행사를 설정한 후 홍보기사 쓰기를 시도하거나 등장인물 가상 인터뷰 등과 같이 행사 전반에 걸친 취재를 하도록 함으로써 실전 훈련의 계기로 삼을 수 있다. 이를 최종적으로 인터넷에 올림으로써 향후 전개되는 일련의 과정을 다른 학습성원들과 점검하여 학습자들의 학습 효과를 환기할 수 있다.

6) 사이버 공간을 통한 역동적 참여 전략

사이버 공간의 참여를 유도하기 위한 전략의 하나로 학습자들이 직접 카페를 만듦으로써 글쓰기에 따른 책임감을 부여하는 한편 적극적인 동참을 유도할 수 있다.[25] 최근 들어 두드러진 사회 현상 중의 하나는 네티즌들의 영향력이 점차 커지고 있으며, 그 영향력 또한 막강해지고 있다는 사실이다. '붉은 악마'나 '노사모'의 예에서 확인되었듯이, 인터넷을 중심으로 하는 모임들은 특정 단체의 이익을 넘어서 상당한 수준의 사회 영향력을 행사하면서 사회 파급효과를 갖는 위력을 발휘한다. 3,200만 명 이상의 회원을 둔 다음의 카페(www.daum.net)나 1,000만여 명의 회원을 가진 다모임(www.damoim.net), 세이클럽(www.sayclub.com), 벅스뮤직(www.bugs.co.kr) 등에서 볼 수 있듯이, 네티즌들은 양적 팽창과 함께 적극적이고 능동적인 참여를 바탕으로 자신들의 관심사를 사회 운동으로까지 확산하는 경향을 보이고 있다.

삶의 활력소를 제공하거나 삶의 돌파구를 제시하는 사이트의 양산은 그동안 전면에 등장하지 않고 음지에 머물러 있던 사람들의 적극적인 참여와 능동적인 대응을 가능하게 만들었다. 이는 글쓰기나 작가들에게도 영향을 미치고 있는데, 『그놈은 멋있었다』의 작가 귀여니의 경우 88만여 명을 상회하는 팬클럽 회원[26]들을 거느리고 있을 정도이다. 이외에도 정양, 안도현, 박남준, 이정록, 복효근 등의 작가와 각종 문학단체들이 활

---

25) 고형일은 인터넷의 등장이 원격교육을 실현함으로써 교육 시기의 제한을 극복하고, 자신의 능력과 취향에 따라 교육을 받을 수 있으며, 교육 내용의 다양화로 교육 수요자의 욕구를 만족시킬 수 있게 되었다고 주장한다(고형일, 『근대화 정보화 그리고 한국교육』, 교육과학사, 1996, 368~369면).

26) http://cafe.daum.net/rnlduslsla
초창기 이후 카페 회원수의 증감에는 차이가 있지만 여전히 90만에 가까운 팬클럽이 유지된다는 자체만으로도 논의할 가치가 있다.

발하게 홈페이지를 운용하면서 독자들과의 상호 소통을 시도하고 있는 중이다.27) 이렇듯 인터넷 카페나 홈페이지는 네티즌들이 관심있는 분야에 자발적으로 참여한 것이기 때문에 효과적으로 운용된다면 다른 매체에 비해 충성도나 그 효과가 높을 수 있다. 또한 기본적으로 쌍방향성을 보장한다는 점에서 효과적인 글쓰기와 그에 대한 퇴고를 비롯한 다양한 형태의 피드백 훈련이 용이하게 이루어질 수 있다. 이는 선형적 의사소통과 비선형적 의사소통의 공유를 통해 하이브리드(hybrid) 형태로 이루어질 경우 더욱 효과적이다.

이 외에도 온라인은 참여자 상호 간의 의견 공유와 자유로운 소통 구조가 확보된다는 점에서 소통장애를 극복하고 원활한 소통을 가능하게 만드는 장점이 있다. 문제는 지속적인 업그레이드가 필수적이기 때문에 관리자의 꾸준한 관심이 필요하고, 효율적으로 유지하기 위해서는 새로운 자료와 정보가 보완되어야 한다는 점이다. 하지만 이를 잘 활용할 경우, 자신이 관심 있는 분야나 특정 사안에 대해 사이버 공간 내에 모임을 만들고 이를 운용하는 과정을 통해서 글쓰기에 대한 안목과 전체를 총괄하는 역량을 키울 수 있는 매력을 갖고 있다.

4. 문학교육 적용과 향후 과제

활자매체가 주도하던 시대와 달리 다매체 시대의 주목할 만한 특징으

---

27) 대표적인 예로, 한국문화예술진흥원은 문화관광부로부터 문학창작활성화를 위하여 국고보조금을 지원 받아 우수 인터넷 문학사이트 지원 사업을 시행하고 있으며 점차 그 폭이 넓어지고 있다.

로는 학습자들의 적극적인 참여가 가능한 열린 공간이라는 사실을 들 수 있다. 특히 자발적인 동참과 참여가 이루어진다는 점에서 일정한 구심력이 제공될 경우, 참여에 따른 만족도나 반향은 기대 이상의 효과를 거둘 수 있다. 이는 정식으로 등단하지 않은 작가나 전문가가 아닐지라도 얼마든지 인터넷상에서는 글쓰기에 능동적으로 참여하는 것이 가능하다는 것을 의미한다. 이 특성을 실제 문학작품 읽기나 쓰기 등에 다양하게 적용시킬 경우, 학습자들이 주도적으로 참여하는 교육 현장의 글쓰기나 문학교육의 목표를 효과적으로 달성할 수 있다.

특히 일반에게 널리 알려진 드라마를 고전이나 현대 문학작품과 결부시켜 활용할 경우, 문학작품에 대한 기존의 견해와는 다른 해석이 가능하며, 작품에 대한 심도 있는 분석이라는 부수적인 효과를 충족시킬 수 있다. 설화나 인지도가 높은 작품을 대중매체와 결합시킬 경우, 그만큼 인지도가 높기 때문에 학습자의 공감대 형성이 용이하다는 점에서 작품에 대한 새로운 접근과 재해석이 이루어질 수 있다. 영화 <황산벌>이나 드라마 <주몽>과 같은 방식으로 역사에 접근함으로써 활자매체와는 전혀 다른 방식의 행간 읽기가 가능해지며, 다른 매체와의 효율적인 연계를 추진할 수 있기 때문이다. 이와 같이 매체를 활용한 방법을 실제 글쓰기와 문학교육에 적용할 경우, 다음과 같은 효과를 기대할 수 있다.

첫째, 제목 붙이기와 읽기 훈련을 통해 제목이 갖는 상징적 의미를 확인하고, 글의 전체 상황을 유추하는 훈련을 할 수 있다. 둘째, 첫 장면과 마지막 장면을 제시한 후 중간 내용을 채워 넣기 또는 마지막 이어쓰기를 통해 서사 전략을 확보하고 학습자의 글쓰는 역량을 향상시킬 수 있다. 셋째, 캐릭터 사진을 중심으로 등장인물의 성격을 분석하고, 이들에 대해 학습자 상호 간 토론을 거침으로써 인물의 다중성에 대한 깊이 있는 분석이 가능하다. 넷째, 소설과 영화의 차이를 비교 분석함으로써 장르별 서사 전략의 특징과 차이를 이해할 수 있다. 다섯째, 홍보 문안 작성 훈련을 통하여 매체의 특성을 이해하고, 신선하고 다양한 형태의 글쓰기에 대한 감각을 익힐 수 있다. 여섯째, 카페 만들기 훈련을 통해 쌍방향 소통 전략을 익힐 수 있으며, 학습자의 글쓰기에 대한 의욕을 충족시킬 수 있다.

이처럼 다매체를 활용하여 글쓰기 지도와 문학교육을 시행할 때 가장 큰 장점은 학습자의 동기 유발을 유도하여 자발적인 참여를 불러일으키고, 전체를 총괄적으로 파악할 수 있는 능력을 키우는 것이 가능하다는 사실이다. 또한 정보나 대상에 대한 가치 평가뿐만 아니라 문학작품의 감상능력을 신장시킬 수 있으며, 토론의 활성화를 통해 상호 의사소통의 방식을 익히는 것이 또한 가능하다.

학습자들은 이 과정에서 작품에 대한 비판의식을 향상시키고 작품을 읽은 후 자신의 느낌을 총괄하여 내재화할 수 있다는 장점이 있다. 하지만 인터넷상의 글쓰기에만 집중할 경우, 이벤트성에 그칠 위험성이 상존하는 관계로 외형상의 성장에 걸맞게 내실 있는 내용 채우기에 대해서도 진지하고도 다각적인 노력이 병행되어야 한다. 학습자들에게 참여의 계기와 다양한 해석의 가능성을 부여하는 다매체를 활용한 글쓰기와 문학교육은 향후 우리의 교육 문화의 새로운 전기를 마련할 수 있을 것이며, 지금은 그 비상을 준비하기 위하여 토대를 마련해야 할 시기이다.

참고문헌

강유정, 「이모티콘 세대」, 한국경제, 2007. 6. 15.

강현구·김종태·장은석, 『문화콘텐츠와 인문학적 상상력』, 글누림, 2005.

고규진, 「다문화시대의 문학 정전」, 『독일언어문학』 제23집, 한국독일언어문학회, 2004.

고영화, 「다시 쓰기 활동의 비평적 성격에 대하여－전래 동화 다시 쓰기를 중심으로」, 『문학교육학』 제3호, 한국문학교육학회, 1999.

고은미 외, 『문학, 디지털 시대의 화려한 변신』, 글숯대, 2005.

고현철, 『현대시의 패러디와 장르이론』, 태학사, 1997.

구모룡, 「패러디 시학의 이데올로기」, 김준오 편, 『한국 현대시와 패러디』, 현대미학사, 1996.

권명아, 「문화 산업 시대의 텍스트 독해와 글쓰기 교육」, 『다매체 시대의 문학 Ⅰ』, 국학자료원, 2002.

권순희, 「하이퍼미디어 시대의 표현 방식」, 『국어교육학회』 제20회 학술 발표대회 자료집, 2002.

권택영, 「패러디, 패스티시 그리고 독창성」, 『다문화시대의 글쓰기』, 문예출판사, 1997.

김대행, 『국어교과학의 지평』, 서울대 출판부, 1995년.

김대행, 「매체언어 교육론 서설」, 『국어교육』 97집, 한국국어교육연구회, 1998.

김덕수, 「문화산업으로서의 문학산업」, 『현대문학이론연구』 25집, 현대문학이론학회, 2005.

김명석, 「인터넷 시대 글쓰기 교육의 과제」, 『현대문학의 연구』 19집, 한국문학연구학회, 2002.

김상구, 「문학·예술이론으로서의 패러디의 심미성」, 『한국논단』 51집, 한국논단, 1993.

김승종 외, 『디지털 시대의 글쓰기 Ⅰ·Ⅱ』, 태학사, 2003.

김영만, 「개인 홈페이지를 활용한 국어 작문 교육에 대한 연구」, 『국어교육연구』 11집, 서울대 국어교육연구소, 2003.

김의숙·이창식, 『문학콘텐츠와 스토리텔링』, 역락, 2008.

김재국, 「디지털시대의 새로운 문학이론에 관한 소론」, 『한국현대문학연구』 10집, 한국현대문학회, 2002.
김정자, 「전자게시판 글쓰기에 대한 연구」, 『국어교육연구』 11집, 서울대 국어교육연구소, 2003.
김중신, 「학습자 중심의 문학교육과정 내용 체계」, 『문학교육과정론』, 삼지원, 1997.
김중신, 「문학교육에서 정전 형성 요건에 관한 시론」, 『문학교육학』 제25집, 한국문학교육학회, 2008.
김지영, 「언어를 벼려 生을 헤집는 文靑들의 맥박」, 『동아일보』, 2007. 12. 18.
김창원, 「국어교재와 사고력」, 『국어교육학』, 소명출판, 2001.
김춘수, 『김춘수 전집』, 문장, 1986.
김혜영, 「이미지의 작용 방식과 상상력 교육」, 『국어교육』 105집, 한국국어교육연구회, 2001.
김효선, 『산티아고 가는 길에서 유럽을 만나다』, 바람구두, 2006.
김효섭, 「오늘은 조자룡 돼서 놀아볼까」, 『서울신문』, 2008. 4. 15.
나정순, 「매체의 활용과 작문 교육」, 『국어교육연구』 8집, 서울대 국어교육연구소, 2001.
라영균, 「정전과 문학교육」, 『독어교육』 제26집, 한국독어독문학교육학회, 2003.
류정아, 「문화콘텐츠 개발을 통한 문화산업 발전과 지역활성화」, 『유럽연구』 24집, 한국유럽학회, 2006.
박기수, 「한국 캐릭터 서사의 활성화 방안 연구」, 『한국언어문화』 23집, 한국언어문화학회, 2003.
박기수, 「문화콘텐츠 정전 구성을 위한 시론」, 『문학교육학』 25집, 한국문학교육학회, 2008.
박상천, 「예술의 변화와 문화콘텐츠의 의의」, 『인문콘텐츠』 2집, 인문콘텐츠학회, 2003.
박선애, 「한국 근·현대문학의 동·식물 상징 기호를 활용한 문화콘텐츠 창작 소재로서의 가능성 연구」, 『우리어문연구』 30집, 우리어문학회, 2008.
박성환, 「문화콘텐츠와 인문학의 소통과 가능성」, 『인문과학』 41집, 성균관대 인문과학연구소, 2008.
박영철, 「북치고 장구치는 외국기업들」, 『위클리조선』 2011호, 2008. 6. 30.
박인기, 『국어교육과 미디어텍스트』, 삼지원, 2000.
박인기, 「문학교육과 문학 정전의 새로운 관계 맺기」, 『문학교육학』 제25집, 한국문학교육학회, 2008.
박종성, 「디지털 문명과 문학의 생존」, 『인문학연구』 제27권 1호, 2000, 64면.
백욱인, 『디지털이 세상을 바꾼다』, 문학과지성사, 1998.
변희원, 「'엄지소설'의 반란」, 조선일보, 2008. 1. 23.

서유경, 『인터넷 매체와 국어교육』, 역락, 2002.

성미정, 『대머리와의 사랑』, 세계사, 1997.

송 무, 「문학교육의 '정전' 논의」, 『문학교육학』 제1집, 한국문학교육학회, 1997.

송지현, 「패러디와 문학교육」, 『문학교육의 본질과 방법』, 푸른사상, 2003.

송현동, 「문화콘텐츠와 한국학」, 『종교연구』 44집, 한국종교학회, 2006.

신범순, 「사이버 시대의 시의 유령적 초상과 창조적 고민의 소멸」, 『한국현대문학연구』 8집, 한국현대문학회, 2000

신성환, 「새로운 잡종의 미학, 문학예술에서의 퓨전 현상 분석」, 『한국언어문화』 제28집, 한국언어문화학회, 2005.

신성환, 「디지털 복제시대의 새로운 예술미학」, 『한국언어문화』 제34집, 한국언어문화학회, 2007.

신익호, 「현대시에 나타난 '꽃'의 패러디 수용 양상」, 『한국언어문학』 제40집, 한국언어문학회, 1998.

심화영, 「디지털 책을 읽어요」, 디지털 타임즈, 2008. 2. 29.

안도현, 「전전긍긍」, 『너에게 가려고 강을 만들었다』, 창작과비평사, 2004.

오규원, 『오규원 시전집』, 문학과지성사, 2002.

오세정, 「이야기와 문화콘텐츠」, 『시학과 언어학』 11집, 시학과 언어학회, 2006.

오장근, 「문화콘텐츠 분석을 위한 인문학적 분석 도구-텍스트-기호학에 기반한 문화연구를 위하여」, 『언어과학연구』 38집, 언어과학회, 2006.

오태헌, 「한일 문화콘텐츠 사업의 지원 정책 현황과 특징」, 『일본연구논총』 25집, 현대일본학회, 2007.

우한용, 『문학교육과 문화론』, 서울대 출판부, 1997.

우한용, 「문학교육과정 개정의 방향 탐색」, 『문학교육학』 제20집, 한국문학교육학회, 2006.

원진숙, 「대학생들의 글쓰기 실태와 지도 방안」, 『새국어생활』 9호, 1999.

유 하, 『세운상가 키드의 사랑』, 문학과지성사, 1995.

유성호, 「문학교육과 정전 구성」, 『문학교육학』 제25집, 한국문학교육학회, 2008.

유영희, 「패러디를 통한 시 쓰기와 창작 교육」, 『국어교육연구』 2집, 국어교육연구회, 1995.

유영희, 「현대시 교육콘텐츠의 구축방안과 의미」, 『국어교육』 125집, 한국어교육학회, 2008.

윤여수, 「세계 겨냥 '삼국지 : 용의부활…' 해외진출 새 장 열다」, 『스포츠동아』, 2008. 3. 27.

이상수, 「루쉰 신격화되고 후스는 격하됐다.」, 『한겨레신문』, 2003. 11. 24.

이승훈, 『이상 문학 전집 1-시』, 문학사상사, 1989.

이용준, 『디지털 혁명과 인쇄매체』, 커뮤니케이션북스, 1998.

이장우, 「한국문화콘텐츠 산업의 경쟁력과 해외진출전략」, 통합학술대회, 한국경영학회, 2007.

이지영, 「'삼국지…' 이인항 감독 '한국 CG 기술 덕에 영화 살았다'」, 『동아일보』, 2008. 3. 24.

이형권, 「김춘수 시의 작품 패러디 연구」, 『한국언어문학』 제41집, 한국언어문학회, 1998.

임지연, 「하이퍼텍스트 문학의 미학 특성과 하이퍼텍스트 시의 존재 방식」, 『겨레어문학』 제37집, 겨레어문학회, 2006.

장경린, 『사자 도망간다 사자 잡아라』, 문학과지성사, 1993.

장노현, 「인문학적 문화콘텐츠와 창의성」, 『한민족문화연구』 18집, 한민족문화학회, 2006.

장미영, 「소설의 문화원형 콘텐츠 활용 방안」, 『한국문학이론과 비평』 24집, 한국문화이론과 비평학회, 2004.

장정일, 『길 안에서의 택시잡기』, 민음사, 1988.

장창영, 「디지털을 활용한 글쓰기 교수−학습 전략」, 『한국문학이론과 비평』 제20집, 한국문학이론과 비평학회, 2003. 9.

장창영, 「방사상 수사와 디지털 텍스트 읽기」, 『한국언어문학』 51집, 한국언어문학회, 2003.

장창영, 「디지털 문학의 텍스트성과 입체화 전략」, 『한국문학이론과 비평』 제25집, 한국문학이론과 비평학회, 2004. 12.

장창영 외, 『문화콘텐츠와 스토리텔링』, 신아출판사, 2006.

전방지・심상민, 『문화콘텐츠와 창의성』, 글누림, 2005.

전정구, 『소월 김정식 전집』, 한국문화사, 1993.

전정구 ,『김정식 작품 연구』, 소명출판, 2007.

정경운, 「서사물의 디지털콘텐츠 전략 연구」, 『한국문학이론과 비평』 28집, 한국문화이론과 비평학회, 2005.

정근원, 「영상세대의 출현과 인식론의 혁명」, 『세계의 문학』, 1993년 여름호.

정끝별, 『패러디 시학』, 문학세계사, 1997.

정끝별, 「21세기 시문학의 미학적 특성과 시교육 방법론」, 『문학교육학』 제9호, 2002.

정현선, 「성찰적 문화교육으로서의 미디어 리터러시 교육」, 『국어교육학연구』 14집, 국어교육학회, 2002.

정희모, 「'글쓰기' 과목의 목표 설정과 학습 방안」, 『다매체 시대의 문학 Ⅰ』, 국학자료원, 2002.

조창환, 「한중교류, '귀여니' 넘어 '박하사탕'으로?」, 『오마이뉴스』, 2007. 12. 11.

최유찬, 「컴퓨터 게임의 문학적 특성」, 『문자문화와 디지털문화』, 국학자료원, 2001.

최유찬, 「토지의 다매체 수용과 문화지형학—『토지』 판본 비교 연구」, 『현대문학의 연구』, Vol.21, 현대문학연구학회, 2003.

최윤식, 「경기도 문화콘텐츠산업 발전전략」, 『지역정보화』 39집, 한국지역정보개발원, 2006.

최인자, 『국어교육의 문화론적 지평』, 소명출판, 2001.

최재봉, 「젊은 독자들 자신만의 '졸라체' 찾길」, 『한겨레』, 2008. 3. 4.

최지현, 「문학교육에서 정전 (正典)과 학습자의 정서체험이 갖는 위계적 구조에 관한 연구」, 『문학교육학』 제5집, 한국문학교육학회, 2000.

최혜실, 『디지털시대의 문화 예술』, 문학과지성사, 1999.

최혜실, 『모든 견고한 것들은 하이퍼텍스트 속으로 사라진다』, 2000.

허 연·손동우, 「블루칩 있다…독특한 개성에 작품성 대중성 겸비」, 『매일경제』, 2008. 4. 13.

홍용덕, 「문화예술인 10명 중 4명 '수입 전혀 없다'」, 『한겨레』, 2008. 1. 17.

황지우, 『황지우, 문학앨범』, 웅진닷컴, 1995.

Baudrillard, J., 이상률 역, 『소비의 사회』, 문예출판사, 1992.

Baudrillard, J., 하태환 역, 『시뮬라시옹』, 민음사, 1992.

Baudrillard, J., 『기호의 정치경제학』, 이규현역, 문학과지성사, 1992.

Bolz. Norbert, 윤종석 역, 『구텐베르크 은하계의 끝에서—새로운 커뮤니케이션의 상황들』, 문학과지성사, 2000.

Flusser. V., 윤종석 옮김, 『디지털 시대의 글쓰기』, 문예출판사, 1998.

J. Guillory, 박찬부 역, 『문학연구를 위한 비평용어』, 한신문화사, 1994.

McLuhan. Marshall, 박정규 역, 『미디어의 이해』, 커뮤니케이션북스, 1997.

Poster. Mark, 김성기 옮김, 『뉴미디어의 철학』, 민음사, 1994.

린다 허천, 김상구·윤여복 옮김, 『패로디 이론』, 문예출판사, 1992.

<곡성군 문화관광>(http://www.simcheong.com)

<시사랑문예대학>(http://www.poemq.or.kr)

<시와 시학>(http://www.poemtopia.com)

<아트앤 스터디 창작학교>(http://www.artnstudy.com)

<오마이뉴스>(http://www.ohmynews.com)

<전주대학교 X-edu 사업단>(http://xedu.jj.ac.kr)

<춘향제>(http://www.chunhyang.org)

찾아보기

저자 **장 창 영**

전북대학교 국어교육과에서 학사, 국어국문학과에서 석사·박사 학위를 취득했다. 중국 산동대학교 초빙교수, 서울대학교 국어교육과 박사후연구원, 서울대학교 국어교육연구소 객원연구원을 거쳐 현재 전북대학교 국어국문학과 겸임부교수로 재직 중이다. 논문으로는 「언어-문학영재와 시적 언어능력」, 「시어의 전략적 의미와 미학」, 「방언과 시교육방법론」 등이 있으며, 저서로는 『디지털시대의 글쓰기』(공저), 『문화콘텐츠와 스토리텔링』(공저), 『문학, 디지털시대의 화려한 변신』(공저), 『디지털시대의 독서기법』(공저) 등이 있다.

글누림 문화예술 총서 8
디지털 문화와 문학교육

초판 인쇄 2009년 10월 15일 | **초판 발행** 2009년 10월 30일
지은이 장창영
펴낸이 최종숙 | **책임편집** 추다영 | **편집** 권분옥 이소희
펴낸곳 글누림출판사 | **등록** 2005년 10월 5일 제303-2005-000038호
주소 서울시 서초구 반포4동 577-25 문창빌딩 2층
전화 02-3409-2055(편집부), 2058(영업부) | **팩시밀리** 02-3409-2059
홈페이지 http://www.geulnurim.co.kr | **이메일** nurim3888@hanmail.net

ISBN 978-89-6327-044-9 93800
정 가 17,000원

* 잘못된 책은 교환해 드립니다.

"이 저서는 2006년 정부(교육인적자원부)의 재원으로 학술진흥재단의 지원을 받아 수행된 연구임"(KRF-2006-812-A00035)